汉语言文学的理论与发展研究

苏　洪◎著

吉林出版集团股份有限公司

图书在版编目（CIP）数据

汉语言文学的理论与发展研究 / 苏洪著. — 长春：
吉林出版集团股份有限公司，2022.9

ISBN 978-7-5731-1968-1

Ⅰ．①汉… Ⅱ．①苏… Ⅲ．①汉语－文学语言－研究
Ⅳ．①I206

中国版本图书馆 CIP 数据核字（2022）第 157239 号

汉语言文学的理论与发展研究

著　者	苏　洪
责任编辑	陈瑞瑞
封面设计	林　吉
开　本	787mm×1092mm　　1/16
字　数	220 千
印　张	10.5
版　次	2022 年 9 月第 1 版
印　次	2022 年 9 月第 1 次印刷
出版发行	吉林出版集团股份有限公司
电　话	总编办：010-63109269
	发行部：010-63109269
印　刷	北京宝莲鸿图科技有限公司

ISBN 978-7-5731-1968-1　　　　　　　　　　　定价：68.00 元

前　言

汉语言文学作为我国传统文化的重要组成一支在国内外掀起汉语热潮，在汉语言文学的熏陶下，对后浪人文素养的提升起到了重要意义。但受网络语言的影响，汉语言的发展也在经历着跌宕起伏，面临着一定的发展困境和桎梏，本书重点探析了汉语言文学发展的困境，并提出了创新汉语言文学的路径及对策。

和其他学科相比，汉语言文学难度上升了一个梯度。在教学的过程中应该采取区别式对待的教学路径，而在现实中，老师的教学模式却比较单一，以教材为主按部就班，划重点式记忆让学生的积极性并不高。填鸭式的教学方法对于汉语言文学来说，效果十分不明显。经某课堂验证，学生课堂走神、学习效率低下的现象比较常见，并且与老师的互动几乎不在同一频道上，对汉语言文学的认知和主动学习的意愿不够强烈，课堂的效率和效果完全依赖于老师。但老师没有充足的精力去照顾到每一位学生，也驱动着汉语言文学教学方式的加速革新。

如今网络语言已经充斥在大多数人的生活中，或多或少对人们的思维观念产生潜移默化的影响。在汉语言的发展历程中，网络语言的冲击力最大，辐射范围最广。五千年的华夏文明让汉语言文化根深蒂固，烙印在每一位国人的心中。但随着互联网时代的加速到来，网络文字在更多领域中率先打开了通道，从最初的鲜为人知到慢慢接受至使用，甚至有人把网络语言当成了汉语言文学。尤其是"90后""00后"对网络语言格外偏爱，这种情感甚至是超越了传统的汉语言，这对汉语言的普及、延伸以及继续传承造成了非常大的干扰。

汉语言文学的特性与青少年学生所处年龄段表现出来的特点是有些背道而驰的。学生在青少年阶段，活泼有朝气，喜欢玩和钻研，一些偏向于实践性的、考验动手能力的课程更能勾起学生的兴趣。恰恰汉语言文学本身就是非常复杂难以理解的，没有新颖的呈现形式，学生很难做到烂熟于心。"陈旧的方式＋死记硬背"的路径只会让学生越来越应付考试，对汉语言的长久发展是十分不利的。

综上所述，在新媒体的环境下，汉语言文学必须要适应网络的快速发展。汉语言文学的传承对培养现代化人才的综合素质起到了重要的作用。及时解决困境和问题，要采取符合实际、契合常理的处理办法，具体问题具体分析。制定科学高效的方法，积极应对网络变化、网络语言带来的冲击，最大限度地保障汉语言文学的教学质量。

目　录

第一章 汉语言文学的理论研究

第一节 汉语言文学教育的困境与突围

汉语言文学是一门理论与应用相结合的课程，它不仅能促进学生个人修养的提高，而且与社会生活的方方面面息息相关。在院校，汉语言文学也是一门基础课程，培养了大批具有较高文学修养和人文精神的文学、文化、教育等领域的人才，为社会的发展做出了积极的贡献。然而，随着现代社会的发展和教育教学的改革，现代中等职业院校的汉语言文学专业教育在一定程度上陷入了困境。教育理念、教育方式、教育管理体制等方面存在着或多或少的问题，影响着专业教育的效果和人才培养的效果。本节将分析汉语言文学教育中存在的问题，并提出一些解决办法，以期为打破汉语言文学教育的困境提供一些参考。

语言作为人类在人类社会生存和发展的基础能力，与人类的生存活动有着密切关系。通过对汉语言的学习，学员可以逐渐提升自己的语言表达能力和写作能力，同时，在面对一部文学作品赏析时可以直接运用专业知识对其进行评价，在此赏析和评价中不断提提升我们自身的人文素养，从而为社会发展做出积极的贡献。

一、汉语言文学教育改革的意义

中国汉语言文学教育形成于五四时期。随着时代的进步和社会的发展，社会开始重视专业应用型人才的培养，以更好地满足各个行业的工作需求。汉语言文学教育能有效提高学生的语言表达、写作、审美能力和文学基础知识水平等。虽然，汉语言文学在职业定位上比较模糊，但在传承和发展人文精神方面发挥着重要作用，具有丰富的人文教育价值。

二、汉语言文学教育的困境

（一）学生学习认知存在偏差

学生是教育活动的主体。只有充分调动学生的积极性，使他们自觉地参与教学活动，才能有效地开展课堂教学，实施教育改革。然而，中等职业学校的学生普遍不热衷于学习汉语和文学。他们只是把它当作一门中文课程，认为这对他们未来的职业发展没有帮助。一些学生把专业技术放在首位，在汉语言文学专业课程中，学习本专业的知识内容。这种思想在一定程度上，影响着语文教育的发展。

（二）教育观念和教学方法缺乏创新

新课程改革以来，新的教育理念和教学方法不断涌现，使现代课堂教学的形式看起来光鲜亮丽，但由于汉语言文学本身具有高度的理论性。目前，大多数中等职业院校在教授汉语言文学时，仍在延用旧的教学方法，使用"灌输式"模式，学生则采用被动的学习方式，记笔记，背笔记，少了独立思考的机会。汉语言文学是一门显示人性的闪光点、语言和文化魅力的学科，但在这种教学模式中，知识变得僵化，学生在学习过程中，积累了更多的知识，却不会去理解其内涵，很难找到学习汉语的乐趣，致使其所获得的理论知识不能内化为自己的理解和成就。这导致越来越多的学生感受不到语文教育的意义，形成了一个恶性循环。

（三）需要改进评价机制

经过多年的教育实践，大多数中等职业学校，建立了专门的汉语言文学考试数据库。教学结束后，根据课程内容安排相应的考试，检查学生对教学内容的掌握程度。但这种评估方法导致内容、考试范围和标记的方法基本上都是相同的，这也导致许多学生追求分数，在课堂上记笔记，考试前几天死记硬背，学生的知识水平在短时间内大范围地提升，但是一旦考试后，很快被遗忘。这种评价方法很难真正促进学生文化素养的提高，更难以引导学生进行深入的思考和探索，也不会培养出具有深厚文化底蕴的人才。

三、汉语言文学教育改革的策略

（一）加强汉语言文学教育的宣传

树立正确的教育观是有效开展教学活动的前提和保证。所以，学校和教师应关注汉语言文学教育，并积极学习汉语言文学教育的意义和功能。学校可以定期组织教师培训，推广最新的教育理念；汉语言文学课程的教师要明确自己的责任，并激发教师上课时的热情；学校管理层也可以定期上课，以保证汉语言文学课程的质量。

（二）创新汉语言文学专业的教育理念和方法

学生是课堂教学的中心，汉语言文学教育的理念和方法，应始终立足于学生的发展需要。因而，教师应改变过去"灌输式"的教法，在教学过程中，注重提升自身水平的同时，更加关注学生的学习过程，引入先进的教育理念和方法，引进各种新颖的课堂教学方式，如小组合作学习、交互式教学、情境教学方法等等。这不仅可以建立起一个更有吸引力和有效的汉语言文学课堂，还可以给学生更多的玩耍空间，激发他们积极参与课堂教学活动，师生、学生之间积极互动交流。

（三）完善汉语言文学课程评价体系

汉语言文学课程评价要尊重课程的本质，注重学生文化素养的培养，而不是对教材内容的记忆。这样，不但可以大大改善学生死记硬背的学习方式，也能鼓励学生思考、表达自己的想法，为了促进学生的文学素养，让每一个孩子绽放不同的光芒，应实施开放教育，使学生的个性得以发展。

随着社会的发展和进步，具备良好的文化修养和人文精神，已成为现代人才培养的重要目标。汉语言教育改革的成效，不仅关系到学生综合素质的提高和未来的发展，而且影响到社会主义精神文明现代化建设和中华文化的传承。与院校的大多数专业课程相比，虽然汉语言文学课程缺乏一定的专业性，职业方向模糊，但它们对学生有着全面、长期的积极影响，能够让学生终身受益。因此，汉语言教育改革具有重要意义，我们应该继续研究和实践，为汉语言教育发展探索可行的方法，以便充分显示中国语言和文学的魅力，也让更多的学生在学习过程中提高和成长。

第二节　汉语言文学的经典阅读与体验

中国历史文化源远流长，经过上下五千年的积累，中国历史文化有独属于中华民族的特殊魅力，优秀古代文学作品可以让现代人走进古代生活、研究古代生活、怀念先辈，这对于我们来说，是一笔巨大的精神财富。随着信息时代的来临，更多的人开始倾向于流行事物，青春读物布满大街小巷，而经典文学被部分年轻人遗忘。因此笔者要以汉语言文学作为切入点,深入探讨增强阅读汉语言文学的方法,让更多年轻人乐于阅读经典文学。

笔者犹记得当年阅读《滕王阁序》时的震撼,看完后就对作者王勃产生了极大的兴趣,想要了解究竟是何种神仙人物能写出如此优美的抒情叙述文。这篇诗词是唐代王勃不到 25 岁时所作,反观如今大多数人 25 岁还都在学校中,不知世事苦,而古代 25 岁的人便可以作出流传后世的诗词。每当看到这篇诗词,笔者都一如初读时般震撼,一个人竟然能够将自然哲学、自由、理想、斗争、向往、个性融合在一首诗词中,这在现如今社会也仍然存在指导性意义。不仅如此,此文将"像雾一般"称为雄州雾列、"像流星一般"称为"俊采星驰",这种表达方式、优美的语境在现代文中十分少见,才更显珍贵,更值得被大家记住。

一、汉语言文学经典阅读的重要性

笔者将根据我国汉语言教育现状做一下说明,指明汉语言文学经典阅读的重要性。阅读我国文学经典,了解古代先人智慧,是帮助学生提高学文学素养,让其在先辈智慧结晶中学会明辨是非,感受古代先辈自强不息的人格特点,体会中华民族的人格魅力。通过阅读文学经典作品能够明显提高学生文学素养,使其在学生时代养成健全的人格,更好地面向社会。我国专家学者提出过阅读文学经典的益处,能够陶冶情操、提高审美、净化精神世界、树立崇高道德思想,且能够让学生拥有在打拼事业过程中遇见困难不退缩,为自身所坚持的奋斗到底的精神。如果生活中缺少对文学作品的阅读,则难以真正开拓个人眼界及知识面,只能在流行文化中随波逐流,逐渐迷失自我,无法丰富自身精神世界。文学经典阅读在人成长过程中起到十分重要的作用,必须以不同方式将其发扬光大,且以传承的方式不断流传,带领一代又一代中华民族儿女前进。

二、汉语言文学的"出世"和"入世"

笔者曾进入书店观察,发现书店最显眼位置摆放的书籍和畅销书推荐都是青春小说类作品,除去这类作品就是学习类或教辅类材料书籍,而经典文学作品则是在书店最里端带着灰尘,看起来一副无人问津的样子,这让人十分不解。在我国教育类书籍中,从小学开始开设的语文课程中就开始讲解各种文学作品,怎么在现实生活中,此类作品是最不受欢迎的呢?大概是进入信息时代后,人们看书习惯发生了改变,相比一堆书扔在家中难以收拾,电子版的书籍更容易让现代人接受。但是,电子版与纸质类书籍的阅读意义和感受则是完全不同的,尤其是文学作品。基于信息时代的冲击,实体书店产业结构开始发生转变，古代文学及当代文学增减种类，甚至某些书店已经不考虑售卖此类书籍，因此部分人想要买来阅读都无法在书店找到正版图书，这使得现代人阅读经典文学作品变得越来越困难。手机、百度、谷歌等硬件、软件的兴起，让人们更容易获取自己想要知道的事情，却将阅读变成了一件奢侈的事情，人们有大把的时间躺在床上刷着微博看娱乐新闻、看朋友圈的广告，在琳琅满目的网络世界中沉迷，却不愿拿起一本书，静下心来阅读。信息时代带给我们快速获取信息的能力，但让我们失去了探究事情的根本的好奇心。时代发展是把双刃剑，我们更要在时代发展中不断坚持传承，将中华民族文化历史一代代传承下去，让每个中国人都能有自强不息、坚持不懈的中国精神。

三、汉语言经典阅读的展开办法

（一）开展系列推广经典导读活动

学习是无止境的，经典阅读也是，文学经典之所以被称之为经典就是值得我们去反复阅读，且在每次阅读中都能有新收获。文学经典中不仅有华丽的词语，更多的是作者创作的心路历程，在反复阅读中，阅读者能够分析出作者所处时代的背景及发展，并且深入了解作者的时代。在学校教育中，想要倡导大家进行反复阅读，可以通过制定阅读日的方式，让全校学生共同阅读经典；组织各班学生拿出自己最喜欢的一部经典作品进行讲书活动，讲书过程中，学生尽可说出自己的感想，哪怕说错了也没有关系，要给予勇于讲书的学生以精神或物质奖励，激起该学生及周围学生的阅读兴趣，或让该学生带领班级阅读，成立文学阅读小组，在月底对读过的经典文学进行讲书比赛，利用竞技精神激发全班或者全校学生阅读文学作品；在学校举办读书大会，且邀请当代著名文学作家进行演讲，让学生感受到学校对经典阅读的重视。

（二）采集经典名著推荐经典书目和相关文献

校内图书馆应当采集更多经典名著书籍及文献，并且将文学作品置于图书馆最显眼处，让学生时刻都能看到经典文学作品，引导学生进行文学经典阅读。同时，校内图书馆在引进经典名著时，应当对名著进行调查，对各个版本进行仔细比对，确认采集的文学作品版本更容易被学生接受，且能够让学生阅读，不然有些版本学生无法理解，反而会让学生失去阅读兴趣。古典作品收集的过程中，为避免阅读者无法理解，可收集名著作品论文，为阅读者提供高效阅读指导工作。比如《红楼梦》《西游记》《水浒传》等作品都被改编为影视作品，可影视作品与原著相差极大，所以有效的阅读指导十分必要，让学生区分文学经典与影视作品的差异。

（三）利用网络阅读和电子阅读推广经典工作

虽然上文中提到网络是把双刃剑，但将其优势扩大化，让学生从思想上正确认知网络，便可以避免学生沉迷网络世界。经典阅读体验可在网络上进行推广，或举办文学经典阅读活动，让学生及时地在经典阅读平台内订阅文学作品，在平台开放交流，让学生探讨文学经典阅读中的思考及获得的经验，从友好交流中增加学生文学经典阅读量。

文学经典是我国先人的智慧结晶，更是中华民族发展的重要历史文化，必须不断地传承下去。在如今信息时代影响下，很多人不愿翻看晦涩难懂的文学作品，但是并不能因此停止阅读文学作品，而是要加大文学经典阅读的宣传力度，让更多人知道阅读经典的好处，让更多人在优秀文学作品中丰富自身精神世界。

第三节　人文素质教育与汉语言文学

一、人文素质教育与汉语言文学的融合

在语言文学教育中，汉语言文学是一门非常重要的学科，对培养学习者素质素养和形成正确的价值观起到了不可取代的作用。因此，强化注重汉语言文学教育，对促进我国社会进步和发展意义重大。基于此，我们应积极探究汉语言文学中人文素质教育的重要性，并提出有效融合人文素质教育和汉语言文学的对策，以培养出更多集专业技能和高素养于一身的优秀人才。

汉语言文学教育有助于提升学习者的内涵和素质，帮学习者树立起正确的价值观，提高学习者综合素质能力。但结合实际情况来讲，汉语言文学教学中培养学习者人文素养中还存在很多问题，如何妥善解决这些问题，是我国广大教育者需要探讨和研究的课题。下面，笔者就对如何在汉语言文学中融合人文素质教育进行探究。

（一）汉语言文学中实施人文素质教育的必要性

汉语言文学中实施人文素质教育有助于提升学习者的素质素养。在开设汉语言文学课的过程中，既有利于提高学习者系统学习汉语言知识的能力，也有助于提升学习者的人文素质素养。在当前各大高校招生规模的日益扩大下，青年学生所面临的就业压力越来越大。并且，用人企业不但要求应聘者具有一定的理论知识技能，还要具有

一定的综合素质能力，特别是操作能力和解决问题的能力。可见，学习者想要在竞争激烈的人才市场上立足，必须具有较强的人文素养，这样才能在众多应聘者中脱颖而出。在汉语言文学教学过程中，教学者要有目的、有意识地培养学习者分析和解决问题的能力，并锻炼他们的写作能力。而学习者需主动参与模拟招聘会和各项比赛，并积极准备，以不断提高自身能力，为日后找到满意的工作打下坚实基础。

汉语言文学中实施人文素质教育有助于培养人文情怀。高尚的人文情怀和一定的审美能力，是一个人优质生活的重要体现。而且，高尚的人文情怀有助于提升人们对生活和工作的热情，激励人们怀有一颗积极向上的心来工作与生活。高尚的人文情怀可以通过阅读优秀的文学作品得到培养。

（二）汉语言教育中学生人文素质培养的现状

当前大部分学习者缺乏完善的人格。当前，很多学习者对社会中的是非善恶缺少理性的思考与判断，缺乏独立的思想，更注重追求自我利益。再加上受西方外来文化的影响，导致很多不文明、不良的举动在生活和学习中频繁出现，严重影响了他们的健康成长。此外，心理承受能力差，意志薄弱，使得一些学习者在生活遇到各种困难或者接受一些打击后，就会萎靡不振，甚至会走上犯罪的道路。当前社会中频繁出现的绑架、偷窃事件，让很多高等院校教育者深感痛心。思想的堕落让一些学习者误入了歧途，这是教育的悲哀，也是社会的悲哀。

汉语言教育忽视了人文素质的培养。在新时期的今天，以前的汉语文学教学方式已经很难满足当前教育教学的需求。原本的教学模式过于注重传授理论知识，忽视了知识技能运用能力的培养，也忽略了人文素质的培养。在新媒体时代背景下，学习者的汉语思维易受多媒体技术的影响下，教学者应该高度注重新媒体与汉语言文学的融合，强化课堂中师生间的互动，营造良好的课堂气氛，注重培养新时代学习者正确的思维方式。并且，在向学习者灌输理论知识的基础上，注重培养学习者的分析能力，将汉语言文学与实际生活密切融合，进而加强学习者的人文素质，扭转当前教学中注重理论知识传输、忽视人文素质培养的教学局面。

（三）汉语言文学教育与人文素质教育融合的对策

强化学习者人文素质教育，有利于学习者全面健康发展，并对当前学习者存在的心理问题进行有效改善，为学习者重拾学习信心、确立奋斗目标奠定了坚实基础。在汉语文学教育过程中，汉语言文学是一门重要的学科，可以帮助学习者更好地继承传统文化，并积极践行社会主义核心价值观，即在了解和学习我国传统文化下，丰富自身知识体系，树立起正确的价值取向，进而推动自身取得更好的发展。

营造良好的人文环境。对于学习者而言，环境非常重要。汉语言文学教育既需要在课堂中进行，也要在课堂外积极开展。教学者应大力支持与鼓励学习者自发成立汉语言文学组织、诗歌社团等，使其在积极参与这些社团的过程中充分探讨和运用汉语言文学知识。并且，教学者可组织一些文学创作比赛和朗诵诗歌的活动，让学习者感受到汉语言文学具有的魅力。在教学中，教学者还要注重培养学习者的汉语言文学素质，强化学习者的综合水平，更好地引导学习者实现自我价值。

注重培训教学师资。教师的教学能力关系着学习者的学习热情。如我国中央电视台的《百家讲坛》节目受到了广大观众的欢迎和喜爱，除观众对历史与人文知识感兴趣以外，与教授们的精彩讲授也有着很大的关系。对于汉语文学教育，要提高学习者学习热情，就需要选择一批素质高、水平高的教学者。教学者自身必须具有较强的文学素养，对汉语言文学有深度的了解，有着较高的文学素养，可以很好地掌握语言与文字，在课堂上可以精彩讲授，充分吸引学习者的注意力。想要做到这些，教学者就必须在日常中经常学习，不断丰富自身知识体系，定期或者不定期参与教学培训。同时，学校还要经常聘请一些汉语言文学专家到学校内开办讲座，这不但能让教学者积极学习，还能够提高学习者学习这门课程的热情。

选择优秀教师任教。课程教学质量的高低与教师教学水平高低有着很大关系。众所周知，不同的教师讲授同一篇文章，其效果是不同的。汉语言文化教育自身要求教师具有较高的文学素养，并有着渊博的知识体系，因此对教师教学能力有着高要求。选择优秀的、专业素养强的教师可以提高学生学习热情，强化课堂教学效率，更好地控制课堂教学。通过研究发现，往往优秀的教师，其带出的学生也多半是优秀的。因此，想要提高学生的人文素养和综合能力，优秀教师任教是尤为关键的。在这样的情况下，高校应在招教标准上严要求，确保可以招进来更加优秀的汉语文学教师，进而为提高学生的人文素养奠定坚实基础。

结合实际情况选择具体的教学内容。大多数高校都将汉语言文学这门课程设置成选修课，怎样才能引发学习者学习兴趣？首先就要从教学内容上入手。对此，教学者需要做好教学内容上的取舍。如在教学中，对于枯燥乏味的文章可适当剔除，拓展学习者感兴趣的文学内容，引导学习者积极参与谈论，激发学习者学习欲望。又如，对于体现作者积极向上人生态度的古诗，可适当渲染文章，并与学习者积极讨论诗词内容，让学习者对作者的人生事迹有所了解，并以他们为榜样，在日后生活和学习中遇到任何困难都能够做到迎难而上。

积极开展各项教学实践活动。当前，学习者人格上的缺陷影响着学习者的生活与学习，对学习者健康发展是非常不利的。所以，在具体教学中，教学者应多组织一些教学活动，有目的地培养学习者形成健全人格。所以，在汉语言文学教学过程中，教学者可经常组织诗歌比赛、朗诵比赛等活动，让学习者在积极参与这些活动的过程中，树立起正确的人生观、世界观和价值观，让学习者拥有健康的心理，进而更好地成长成才。

从上面的分析中可见，在我国教育教学不断普及背景下，再加上高校学习者人数日益增加，学习者的人文素质高低受到了社会各界的普遍重视，转变不良价值观，培养学习者形成健全的人格是当前高校教育急需重视的问题。汉语言文学教育既能够丰富学习者的知识体系，也可以帮助学习者树立起正确的价值取向，提高升他们的人文素养。所以，在实际教学中有必要注重汉语言文学教育，加强教师队伍的建设，为我国社会源源不断地培养出高素质人才。

二、汉语言文学的追求与人的涵养

汉语言文学作为一门学科，主要对中国语言的词语、用法进行研究，并对古今诗歌、小说、散文等文学作品进行赏析。汉语言文学历史发展久远，作为传承我国传统文化的载体之一，其在文化传承方面有着举足轻重的作用，同时在不同文化交流方面也发挥着重要的作用。在全球经济一体化背景之下，不同国家、不同地区的人们不仅在经济方面做到了深入交流发展，在文化方面的交流也日趋频繁，学好汉语言文学会进一步增强对自己国家文化的认同感与归属感。我国汉语言文化博大精深，了解汉语言文学的追求与人的涵养之间的关系，对我国汉语言文化的发展有着很大积极意义上的影响。

（一）汉语言文学的追求

汉语言文学离不开对古代诗词歌赋、现代小说、散文等文学作品的赏析研究，而汉语言文学的追求即为对文学作品中蕴含的"真、善、美"的追求。文学作品作为人类情感表达的主要载体之一，其通过优美的语言、华丽的辞藻，将人内心的真情实感表现出来，打动人心，这便是"真"的体现。一部好的文学作品，其中无论是主角还是配角，在语言描写、行动刻画方面都透露着"真"，正如我们评价一部好的文学作品都会说"感情真挚动人，人物有血有肉"。正是汉语言文学在赏析文学作品过程中坚持追求着"真"，才让真正好的作品流芳百世，逐渐作为一种文化传承下来，例如四大名著。另外，汉语言文学还追求"善"，所谓善，是人的本性之一，与之相对的，即为"恶"。人是一种较为复杂的动物，善恶都是人真实的本性，即世上没有绝对的"善"，也没有绝对的"恶"，善恶全凭一念之间。汉语言文学追求的便是"抑恶扬善"，通过对文学作品的赏析解读，借助不同的人物角色，展现人物的善恶，赞美人的善，唾弃人的恶，引导人们向"善"的方向发展，从而促进文化的发展与进步。最后汉语言文学追求的是"美"，"美"分为两种，一种是视觉上的美，还有一种艺术上的"美"，无论文学主题是悲伤还是喜悦，都能给人一种艺术上美的享受，而文学本身就是艺术美的表现形式之一。正是汉语言文学通过对"真、善、美"的追求，才使得凝聚着人民智慧结晶的古老文化得以一代代传承下来，对一代又一代人们产生积极的影响。

（二）汉语言文学的追求对人的涵养影响

人的涵养体现在多方面，例如行为思想、价值观念，而真正评判一个人是否具有良好的涵养则主要体现在其行为思想价值观念是否满足了"真、善、美"的要求。基于此，汉语言文学的追求对人的涵养具有较为深远的影响，主要体现在以下几个方面：

引导人的涵养顺利成长。人并不是自出生就具备良好的涵养，涵养需要一个养成的过程，而在养成过程中自然需要来自外界的引导。汉语言文学通过文学作品的表达，使得抽象的价值观念及思想以文字表达的形式变得更加具象化，人通过长期对文字的学习，自然能够领会到其中的深意，通过对好的文学作品中蕴含的思想价值与观念不断模仿，在其引导之下自然会将其思想价值观念内化为自身的能力，具体体现即为涵养的成长与丰富。

提升人的涵养。汉语言文学追求的即为"真、善、美"，人们通过品读赏析文学作品，久而久之，自然会被好的文学作品中蕴含的"真、善、美"所影响，进而在潜移默化之中影响人的日常行为与价值观念。一个人是否具有健全的人格和正确的价值观念与后天所处环境带来的影响是密不可分的。因此正是因为汉语言文学对"真、善、美"的追求为人们塑造了一个健康、积极向上的精神环境，才会使得人的涵养得以进一步提升。

对人的涵养进行修正。人的涵养也有好坏之分，而对于汉语言文学的追求，可以起到修正人涵养的作用。好的文学作品基于对"真、善、美"追求会进一步肯定并巩固人具有的好的涵养，而对不好的涵养会加以指正，促使人往更好的方向发展。文学本身就具有一定的内在规律性，这种规律性会产生一定的感染力，促使人不断地进行自我思考、自我反省，从而有效实现自我在修正，促进人的全面发展，还有利于人实现自我价值与社会价值。

综上所述，学好汉语言文学，理解明晰其内在的追求，对一个人涵养的引导、提升、修正有着重要的作用。此外，汉语言文学在文化传承方面也有着重要作用，需要人们加强对汉语言文学的重视，深入理解汉语言文学的追求有效提升自身的涵养。

第四节　后现代教育思想下的汉语言文学教学

随着国家对传统文化学习传播力度的不断加大，新形势下对汉语言文学教学也提出了新的要求。当前，以更加开放的视角来进行汉语言文学教学体系设计，更好地融入现代化的教学理念，有助于全面促进汉语言文学教学的丰富性和有效性。本节将探究后现代教育思想的内涵以及倡导相关理念，分析当前汉语言文学教学方面的实施现状，针对后现代教育思想下如何展开汉语言文学教学提出相关对策，以供参考。

一、后现代教育思想的内涵及理念分析

后现代教育思想是指围绕教学目标，注重融入平等和以人为本教学理念的教学思想体系，突出师生互动和平等对话，主张学生自主探究和潜能的开发，是一种现代化的教学理念。

在汉语言文学教学方面，加强后现代教育思想的引入，一方面可以更好地为学生创设丰富生动的教学模式，全面调动学生的学习兴趣，让他们感受到汉语言文学的魅力和文化的深刻内涵，进而在潜移默化中提升他们的文化素养；另一方面，通过平等对话和全面互动交流等，也有助于更好地传播文化，在思想交流中更好地分享和生成更多的新观点、新想法，全面促进教学成效的提升。此外，引入后现代教育思想，有利于培养学生的创新能力和想象力，根据学生的差异来设计相关的教学评价模式，注重从不同的视角对学生的综合能力进行评价，更有助于提高他们对学习的重视程度，激发主体学习意识和创新潜能，引导他们将汉语言文学知识等联系实际加以应用，提高实践水平。

后现代教育思想内涵丰富，其主要理念如下。

一是突出人人平等的理念。后现代教育思想并不是单纯地提出以教师为主体或者以学生为主导，它更强调的是能够以平等对话的方式来进行交流，创设共情的情境，进而避免教师的权威性给学生的学习带来一定的影响或者干扰，或者过于突出学生的主体性而忽视教师的指导作用等。以更好地引导教师和学生对自身的情况进行科学定位，进而共同围绕学科学习等进行交流和探讨，全面提高育人成效。

二是突出对话交流。后现代教学的核心内容之一就是对话，也就是说学习可以通过对话的方式来交流观点，进而形成更多的富有创造性的新颖的思想资源，无论是理

论还是实践学习方面都突出教师和学生平等的原则。这就要引导广大教师注重学生的个体差异，并对学生给予更多的公平机会，以更好地引导他们施展自己的才能，更好地实现因材施教。

三是突出教学方法的个性化和教学评价。一方面，后现代教育思想注重根据学生的实际来进行教学模式的创新，避免单纯地采用单一的教学模式，从而导致教学缺乏趣味性。在教学中注重结合学生的实际，探究适宜的多元化教学方法，从而更好地引导学生系统地学习知识，并不断学习和开发新的学习方法，学到更多的知识和经验。另一方面，突出教学评价，教学既要注重过程，又要通过合理的评价方式来检验教学情况。这样才能更好地了解学生的学习成长情况，进而在过程性和结果性评价中对学生的综合素质全面了解，有助于为下阶段的教学和交流等提供良好的参考。当然，后现代教学思想中要求的教学评价，并不仅仅是进行知识掌握情况的测评，还需要教学者进行教学评价方式的不断创新和灵活应用，以便有效发挥其应有的价值。

在汉语言文学教学方面，教师面临较大的教学压力，教学目标发生了变化，市场对人才的能力和素质等方面的要求也发生了很大的变化。为此，教师需要结合教学的新形势来进行教学方式和教学理念的不断创新，这样才能更好地提升专业学生的综合能力。但是长期受传统教学思想的影响，目前在汉语言文学教学方面，教师依然习惯延续传统的教学方式来进行教学，没有充分考虑学生的个体差异以及学习兴趣，来进行教学模式的优化创新设计。教学资源也不够丰富，主要是以相关的教科书内容为主来进行理论教学，理论与实践教学安排不够合理，教学形式也比较单一，这些既不利于激发学生的学习主动性，也影响了学生潜能的开发，不利于汉语言文学专业学生将来的发展。

二、后现代教育理念融入汉语言文学教学方面的具体对策

后现代教育思想作为一种现代化的先进的教学理念，在汉语言文学教学方面进行融合应用有助于提高教学成效，为了更好地加强后现代教育思想的融入，建议在汉语言文学教学方面进行以下探究。

（一）加强教学计划的科学设计

在汉语言文学教学方面，首先要进行教学计划的科学设计，这样才能够为教学活动的有序开展提供指导。在教学计划的设计方面，教师应当转变传统的教学思想和观念，避免形式主义和经验主义，要从学生的实际出发，从教学的基本要求出发，深入研究后现代教育的思想，并从平等的视角来积极发挥教师、学生的能动性，建立相关

的合作教学计划。这样可以更好地为后续的教学活动等提供良好的帮助，更好地激励学生为了达成教学目标而不断努力，加强自主学习和深度探究。

（二）注重师生的有效互动

教师在汉语言文学教学的实施过程中，要注重发挥学生的主体性进行教学互动，单纯地通过教师的讲解，不仅不利于提高教学效率，甚至还会影响学生的学习兴趣和潜能的开发。为此，教师应当打破传统的教学模式，从全面调动学生积极性的角度来进行教学模式的优化设计，这样更好地促进师生互动，也有助于更好地让教师全面深入地了解学生的个体差异和综合素质，便于因材施教。教师可以引入合作学习法或者开展分层教学法，根据不同学生的兴趣和了解的具体情况，鼓励学生自主建立相关的学习小组或者通过分层教学的方式，设计差异化教学目标以及教学内容、教学评价机制和教学方式等，更好地提高教学的针对性和科学性。

（三）注重教科书资源的开发应用，并引导学生加强实践探索

一方面，教师要对教科书的资源进行有序开发。要围绕新时代教学的新要求以及市场形势的变化，加强教学资源的深度开发，积极借助现代互联网载体等为学生提供更丰富的教学资源。同时要结合教学大纲等加强教科书资源的开发，基于学生认知差异和基础等对教学资源进行重新建构和安排，科学进行课时的设计，加强公共课程的教学组织，以及选修课程的多元化设计。这样可以全面引导学生结合自身的实际，更好地选择感兴趣的学习资源开展深度探究，提高文化素养。围绕教科书资源可以应用现代信息技术等进行微课教学、慕课教学，通过思维导图法等不同的教学方法进行教学主题的设计安排，从而全面促进师生对话和互动交流。另一方面，要加强学生实践能力的培养。要为学生提供丰富的实践平台，通过外出学习调研、参与学科建设计划的设计探索以及利用业余时间开展教学实践活动等不同的方式，为学生提供更为优质的应用实践平台，引导他们联系实际，加强对市场的需求分析和自身能力的评估，找出自身的不足和优势，为深度学习成长等提供可靠的参考。此外，教师在教学中还应当注重教学评价的多维度设计，注重过程性评估，并充分发挥学生的主体性进行自我评价和小组评价等。这样既可以增强学生的自主管理意识，也有助于提升他们的学习自信，养成良好的学习习惯和系统的逻辑思维意识，提高综合学习成效。

第二章 汉语言美学欣赏

第一节 汉语言中的文艺美学

一、汉语言文学的性质和应用

汉语言是一门极为复杂又很重要的学科，在一个以语言为交流工具的社会中有着举足轻重的作用。语言包括语言学和汉字学等，不仅有现代汉语还有古代汉语，在语言的延展性上比较强。汉语言文学从语言的基础上延展到文学性主要以中国文学为主，有当代文学和文学的相关文学史，具有较高的文学性。从汉语言的文学性上又可以延展到文学教育性上，在汉语言文学中教育性十分强，如果要学习汉语言文学就需要从理论深入。文学教育性主要表现为其深刻性、理论性和研究性。

汉语言文学可以从语言中表现出其生动鲜明的特性，用有感染力的词语表现出语言的美丽。提升汉语言文学的修养也是在提升自身的内在修养，表现在外在行为之中。在追求文学修养的过程中，只有感受到文学世界的真善美，汉语言文学的美与艺术才能得到释放。修养是后天形成的，需要一定物质意识形态进行模仿，而汉语言文学的内在精神就是影响人们形成良好的内在修养的一大因素。汉语言文学是世界文学的代表，中国上下文化五千年的文明结晶，可以很好地指导着我们在成长过程修养形态的客观沉淀。

二、文艺美学的特性

中国文艺美学包含两个方面，一种是理论话语，一种是学术建构，话语形式受到学科逻辑和文化逻辑相互纠缠，二者的矛盾造成文艺美学从产生到现在的话语现象。文艺美学表现为一种理论话语，理论是一种明确的逻辑完整的体系，然而话语没有形式上的严格性，可以为闲谈的零散的悖论的形式。文艺美学在中国虽然是在谈论一种理论，但在于文艺美学的言说，从形式严格性上说有一定问题，但正因为成问题而造就它的深刻性和丰富性，因此，最好将之看成一种话语。当然它不是一种一般的话语，而是一种理论话语。

文艺美学在文化转型中产生发展，无论从学术的严格性上有着怎样的概念混合，但在具体的文化语境中却恰好有利于文学理论自身的学科转型。与政治意识形态关联最密切的文艺理论，要摆脱与自己的学术本性无本质关联的政治性，回归自我的学科本性，文艺美学的提出，确实都是名正言顺的。美学是世界学术体系中最难的学问之一，其难首先表现在，世界上每个文化都知道美，却很难形成关于美的学问。美是广泛的，无论在什么地方都能遇上美的问题，美总是与宇宙的最高者相连，美的本质一直与哲学的根本问题相关，与人类学的基础相关。而美的学问则意味着要把美的概念按照学术体系的方式将美的问题学科化。

三、汉语言中的文艺美学

文艺美学应该在现代学术体系中有自己的学科逻辑，另外它又是一种文化现象，应该以自己特有的方式作用在现实生活中。文艺美学是如何从这两个一直相互纠缠的方面摆脱出来，成功完成学科建设，又找到自己现实作用和面向文化的恰当方式，面对的困难还很多，要走的道路也很长。但是只有当这两方面都得到清醒的认识和进行正确的定位时，有关文艺美学的探索才会真正地清晰起来。文艺美学的产生还来源于中西文化在艺术本质认识上的差异，艺术的本质是追求美的过程，因此艺术哲学本身就是美学。中国传统讲究文以载道，在中国传统语言中，文艺美学的理论可以包含很强的政治性，文艺美学还能突出文艺自身的特性。所以，文艺美学在中国得到认可，与中国文化的学术变化有着不可分离的联系。

我国上下五千年的文化历史源远流长，艺术底蕴博大精深，汉语言的美首先是由内容美和思想美决定的，但这并非轻视语言的形式美和艺术美，否定语言的使用技巧。孔子早就强调演讲要有文采，说话要讲求技巧，他说"情欲信，辞欲巧"，这样才能说服打动对方。毛泽东说"缺少艺术性的艺术品，无论政治上怎样进步，也是没有力量的"。鲁迅说"单是题材好，是没用的，还是要技术"。在无产阶级革命与社会主义的建设中，周恩来的为人处世既有原则性，又具有灵活性，在人际交往中，他讲究刚柔相济，把方方面面的关系处理得恰到好处，特别是在错综复杂的国际风云中，他纵横驰骋，游刃有余，表现出无与伦比的外交语言艺术，更是令人折服。

第二节　汉语言文学专业中的美学课程

　　美学是中文专业课程设置的一门必修课程或选修课程，一般中文系的高年级开设，是文学理论课程的深化。作为汉语言文学专业理论课程的延续，美学具有重要的价值。它能够在文学理论课的基础上进一步深化理论思维，把审美思维扩展到艺术和其他文化形态上；能够扩展学生人文学科的综合知识，培养学生形式宽阔的跨学科知识结构。可以说，美学课程是中文系高年级不可或缺的课程，对学生整体能力的培养具有重要价值。但是，美学作为一门多学科交叉的理论课，在教学活动中也存在着一系列问题，如晦涩性、审美经验缺乏、理论体系陈旧等。这些都需要在教学实践中因势利导，发挥教师和学生的主体性，将美学变成生动的、有经验贴切性和研究性的课程。

一、多学科交叉的美学体系

　　美学最初是作为哲学的一个分支，在古希腊兴起的，其后也是在哲学学科内部延伸和发展的。随着哲学问题的转变，美学也经历了同样的发展过程。从古希腊的本体论哲学体系中诞生的本体论美学开始，美学成为本体论哲学的一个有机构成部分，其提问方式随着哲学的提问而延续，由"世界是什么？"变成了"美是什么？"。柏拉图天才式的追问"美是什么？"构成了美学的开端。此后许多年，美学一直作为哲学的一个部分而存在。1750年，鲍姆加登创立美学，美学作为独立学科出现，但是仍然在哲学的框架内运行。以康德、黑格尔为代表的德国古典美学也是如此，康德讲述美学和目的论的《判断力批判》不过是沟通《纯粹理性批判》和《实践理性批判》的桥梁。其后，认识哲学体系中的认识论美学，语言论转向的语言论美学都与哲学思想息息相关，成为哲学思想延展的一个重要场域。

　　作为一门独立的学科，美学与哲学的交集在现代美学这里开始逐渐淡化。到了现代美学这里，参与美学建构的知识体系开始丰富起来。在新的知识体系中，对美的哲学追问只是很小一部分，而是作为本体论存在着。心理学、语言学、教育学、人类学等的介入，使得现代美学发生了形态的转换。心理学的介入使得美学发生了主体审美心理的研究转向，审美心理学成为美学必不可少的一个部分。教育学的介入，使得审美教育成为一个重要问题，进入美学教学的基本环节。人类学、考古学的介入使得审美发生问题和审美的文化性得到系统阐释。经过现代多学科知识的参与，美学从以哲学为主的古典形态发展到多学科交叉的现代形态。与此同时，美学基本理论知识也经历了本体论、认识论、语言论和文化论的转换。

目前美学教学使用的教材，都是以现代美学体系为蓝本的。一般的美学教材有如下板块：美的本质论、审美活动论、审美经验论（美感论）、审美形态论（审美范畴论）、艺术审美论、审美教育论等。美的本质论、审美活动论、审美形态论等章节都是从哲学的角度对美学做理论的演绎，审美经验论从心理学的角度对审美活动中主体的心理变化、心理过程进行多重描述，艺术审美论则综合哲学和艺术学的知识，从一般意义到特殊形态等方面论述艺术的一般知识和审美特性。从现有美学教材的知识体系看，多学科知识的综合建构成为美学教材的基本色调。多学科交叉理论主导的美学教学，在整个中文系课程设置中有着不可替代的作用。从知识系统到内在的理论培养连续性上，美学教学在文学教育中都具有不可或缺的价值。这些问题都应该在中文专业课程体系的设置方面加以强调，从而凸显美学教学在文学教育中的功能和价值。

二、美学在中文系课程体系中的功能

从学科属性来看，美学一般属于哲学系，但是长期以来，美学在哲学系并没有开花结果，反而在中文系枝繁叶茂。甚至有趣的是，现在很多哲学系的美学师资是由中文系培养的。美学在中文系的延续和发展，说明美学与文学有着密切的联系，在中文系课程体系中承担着重要功能。

首先，美学课程是文学理论课程的延续，是理论课的深化。理论课程对人文学科非常重要，它具有着培养学生人文素质的基本功能。"理论的主要效果是批评常识，即对于意义、写作、文学和经验的常识。"文学理论课程是中文系必修课，担负着培养学生理论素养、普及文学常识、建立系统的文学知识的重任，同时让学生以怀疑的态度，批判习以为常的观念。经过文学理论课学习，学生掌握了必要的理论知识，再加上文学史和文学作品选，已经形成了较为完善的文学知识。那么，如何延续理论素养的培养？这就需要一门新的课程，美学应运而生。它肩负着继续深化理论知识学习和培养理论思维的重任。美学的学习，涉及本质论、审美经验论、审美范畴论、艺术论等知识，直接丰富了原有的理论知识。在美学的课程体系中，还包括许多美学史的理论知识。学生在学习过程中，针对某一美学流派进行自主的学习，可以进一步深化对理论的认识。这些知识，看似与文学无关，实际与文学息息相关，学生可以将这些知识迁移到文学知识系统中，作为文学批评的重要知识背景。在这种意义上，美学教学恰恰是加深了文学教育的理论素养，并且让文学的理解具有别样的形态。

其次，培养学生开阔的人文视野和多学科知识。学科分类本来就是现代社会建立学科体制的结果，其本身具有进步意义，促进了学科知识的大发展。但是，随着学科的进一步细化，现代学科体制阻碍了知识的进一步生产。20 世纪后半期，跨学科的知识生产成为科学领域的一种常见现象。在人文学科中，跨学科的研究趋向也日益明显。许多自然科学、社会科学的方法和知识纷至沓来，传统的人文科学发生了很大的变化。但是，现有的学科体制相对滞后，不能全面反映学术研究的新进展。美学天生就是为跨学科而来的，它所涉及的许多问题都需要相关学科知识来阐释。与文学理论不同，美学课程的设置突破了单纯文学知识的培养，把目光投向了文学之外。在美学的多重知识视野中，学生学习哲学、心理学、人类学、艺术学的知识，并且从理论的角度对文学艺术加以演绎，就可以解读出不同的意义。

最后，突出审美经验的内在相通性。在大的知识分类中，文学、艺术同属一类，二者具有审美经验的一致性。在审美经验的相通性上，文学、艺术找到了共同点，成为一个共同体。文学、艺术的一致只是理论上的，在实际的学科教学中，二者又是分裂的。文学归于中文系，艺术归于艺术系。但是二者的确联系紧密，文学与绘画、音乐、舞蹈等有着天然的联系。苏轼评价王维诗歌云：诗中有画，画中有诗。诗画一体的理论在美学史上比比皆是，应者如潮。文学与音乐、舞蹈的联系也非常紧密，即诗乐舞一体。《毛诗序》云："诗者，志之所之也，在心为志，发言为诗。情动于中而形于言，言之不足故嗟叹之，嗟叹之不足故咏歌之，咏歌之不足，不知手之舞之足之蹈之也。"三者在情感中找到了共鸣，而情感的核心在于审美。美学课的重要板块是艺术论，通过对各种门类的艺术进行理论分析和概括，让学生对艺术有了直接感受。在对文学的感受中，这种艺术的审美经验就会横移到文学中，增加文学意义感受和阐释的多重性。由此可见，在中文系开设美学课，可以凸显审美经验自身的相通性，让文学经验走向审美经验，从而获得更为深入的理解。

三、美学教学中存在的问题与反思

在教学活动中，美学的多学科交叉的复杂性、理论阐释的学理性、教材编写的滞后性等导致美学教学产生了许多迫切需要解决的问题。在日常教学活动中，美学教学呈现出一些问题症候，需要有针对性地总结并且对症下药，从而获得更好的教学效果。

首先，理论的晦涩与清晰。现有的美学教材，大部分都是先建构一个理论体系，然后按照这个体系，阐述美学问题。比如，在国内影响非常大的朱立元教授主编的美学教材就是以实践存在论美学为基础的。美学教材这本书理论体系设计严密、层次清晰，能让学生全面了解美学的基本知识。但是在实际的教学活动中，该教材与以往的其他美学理论教材一样，学生反映看不懂。其根本原因应该是教材只注重理论自身的建构和演绎，忽视了接受对象的理论素养以及实际的日常经验材料。这些都需要在教学活动中加以处理，才能提高教学效果。

当然，晦涩性似乎是理论必备的特征，其根源于思想的深刻性和特有的言说方式。对没有受过系统理论训练的本科生而言，这种晦涩性就增加了理解的难度。但是，是否能为此就放弃理论的言说方式呢？答案是否定的。没有了理论独有的言说方式，理论本身就会失去特性。这种晦涩性就需要教师在教学活动中采用特殊方式加以阐释，让其在学生的头脑中清晰起来。理论的清晰并不是要破坏其言说方式，而是要搞清楚其言说的逻辑性，变成逻辑的清晰。美学理论的晦涩性主要体现在独有的概念、逻辑方面。美学理论教学中的独有概念需要在确定基本含义的基础上，将其来龙去脉也就是发展历史讲清楚。在来龙去脉的讲述中，学生明白了这个概念的发展历史，在意义的历史变迁上就能充分理解和掌握概念。同时，对于一个观点得出的逻辑延展也需要重点讲解，让学生知道其来路。在教学活动中，需要对教学活动中的案例进行精选，这是极为重要的。案例的选择必须契合所讲理论本身，要注意经典性，同时必须注意其鲜活性和贴切性。

其次，审美经验的贴切性与接受者的自主性也是教学活动中需要关注的问题。美学教学中经常犯的错误是过于注重理论自身的言说，而缺乏具体的、鲜活的经验，与审美实践脱节。这种状况与传统美学出身于哲学体系有直接的关系。哲学是一种包罗万象的自我言说，很多时候类似于一种思想的游戏。在现代美学自身的发展中，美学已经跨出了理论自我言说的圈圈，开始走向了人类自身的实践活动。生态美学、环境美学等美学理论直接源于现实面临的存在问题，并且将之推行到现实的人类实践活动中。美学不应是困于自身封闭体系中的东西，而应该向广阔的现实生活开拓。

我们现有的美学课程过于偏重理论和美学思想的教学，忽视了美学与现实的联系。比如关于美的本质，一般教材都是融合美学史上一些经典的"美是什么"的答案，几乎是美学史的一个简单浏览。美学史上的一些经典美学家和观点成为讲课的基本材料。当然，美的本质是美学史不可或缺的构成部分，应该纳入教学体系中。但是，对这部分的教学处理就需要做多方面的考虑。在教学活动中，可以在讲解经典答案的同时，让学生结合自己的现实的审美经验，查阅资料，回答"美是什么"的问题。在基本理论讲解的同时，要将美学在现实生活中的应用讲给学生，让学生将美学观念和方法运用到自身的经验领域中，从而感受到美学与生活的密切联系。审美经验与生活的贴切性会充分发掘学生的能动性，让其结合理论去探索自身，最后再回到美学理论中。

最后，关注新的美学研究成果，切入研究性问题，也是教学活动应该具备的品质。作为传播基本理论的美学教材，比较注重吸收和讲授成熟的、经典的理论知识，让学生迅速了解美学的知识体系，这是无可非议的。但是美学毕竟是鲜活的，是随着时代的发展而变化的。由此，美学教材的编写和讲述应该在吸收基本理论的同时，注意吸收和转化前沿性研究成果，带领学生去研究新锐的理论问题，让教学活动从传授灌输逐渐向研究性学习转变。这些年来，美学自身的发展日新月异，其发展并不完全是自身理论的延续，而是基于现实问题的需要，有其内在的动力。这种发展应该迅速反映在教材的编写中。很多学者在编写教材时注意吸收新的研究成果，如最近一些年在国内新出现的审美人类学、生态美学、休闲美学等，就被许多教材列入。"审美人类学研究的兴起和发展是近些年来在国内当代美学／文艺学以及人类学领域中值得关注的学术发展动态之一。"生态美学、休闲美学亦是如此。它们都是对传统美学的反驳，将传统美学形而上的演绎转向需要现实的审美经验的支撑。美学关注对象转向现实的文化艺术，这种趋向就将美学与人们自身生活的世界联系起来。在教学活动中，教师要通过审美人类学的研究方法的传授，引导学生关注自身所处的大众文化、地域审美文化的变迁，让学生研究、总结，并与美学课联系起来，将高高在上的理论转变成鲜活的生活学问。这种引导性教学，可以提高学生对理论课的兴趣，提高其专业学习的积极性。

总之，中文系的美学教学活动具有自身的特殊性，它是文学教育的一个有机构成部分，与中文系的其他课程相辅相成。因其课程的特殊性，需要在教学活动中采取多种方法，激活接受主体的审美经验。在教学活动中，还应该引入前沿的研究成果，尤其是与生活密切相关的新成果，从而激活理论对现实的关涉性，让学生学会研究性学习。

第三章　我国古代文学

第一节　我国古代山水文学的审美

中国的山水文学源远流长，形成历史悠久，在我国古代文学中占有重要席位并影响深远。在对中国山水文学创作和不断积累的过程中，中国的山水文学去粗取精，不断进步和繁荣，这与中国人热爱生活、热爱大自然的审美意识和态度密切相关。我国历代无数山水文学家在追求人与自然浑然一体的理想境界中不断升华和进步，从而使我国山水文学的精粹不断被吸收且被广大爱好者传诵至今。笔者在本节中从我国山水文学的特点来探究我国山水文学的审美特征，从而进一步探讨我国山水文学的审美价值。

孔子云："知者乐水，仁者乐山。"（《论语·雍也》）谢灵运、王质、陶渊明等哲人、文学家、诗人都道出了山水使人愉悦、使人沉醉、使人冶性、使人净化心境和灵魂等妙用。比如，挂在中国百姓厅堂中的山水画就真实再现了人类把自己被大自然陶冶出来的性灵，反馈到青山绿水中。这种以山水观通于人生观，而寄以崇高的欣赏，表现出的这些具有历史性特色的山水文学于今具有重要的现实意义。如今，我们的山水文学已走出书斋，塑造新的山水美学，与新时代所需要的文学、美学互相促进，让广大山水爱好者通过哲理的抒发，使物态通于心态、美育通于德育、山水观通于人生观，而寄以崇高的体验，寄托体验者独特的思想意识和生活情趣。在此，本节首先从我国山水文学的特点入手，着重分析我国山水文学的创作源泉和发展历程，从而进一步探究山水文学的审美意识和审美情趣。

一、我国山水文学的特点

（一）山水文学的客观真实性

文学所体现的审美性一定要建立在一定的现实基础上，这就是我们所要强调的山水文学的客观性。山水文学也是作者的主观感观在客观景观上的真实反映和再现，山水文学描写的是自然景观，而且必须建立在客观存在的自然景观上的，一种文学审美。从某种角度来说，山水文学为最纯净的文学，不食人间烟火的文学。形形色色的山水，作者在对其审美的过程中，描绘是各具特征、各具个性的，这就是它的客观属性存在的反映。因此，在着力描绘真实景物的过程中，桂林的山不同于张家界的山，漓江的水有别于九寨沟的水，呼伦贝尔草原不能写成黄土高原，庐山和黄山不可相提并论，黄山俊美的山峰和浪漫的云海让人流连忘返，而"不识庐山真面目，只缘身在此山中"也不是诗人对庐山突感而发的，泰山的雄伟也有别于华山的险峻。因此，山水文学描写景物，主要表现在选择那些最富有个性且具有独特审美价值的自然景观，而不是表现为虚构幻想和人为的组合。在我国的文学史上，历代文学家在山水文学方面都取得了巨大成就，比如柳宗元的《小石潭记》："从小丘西行百二十步，隔篁竹，闻水声……坐潭上，四面竹树环合……"欧阳修的《醉翁亭记》："环滁皆山也。其西南诸峰，林壑尤美，……临溪而渔，溪深而鱼肥，酿泉为酒，泉香而酒洌，山肴野蔌，……"范仲淹的《岳阳楼记》："至若春和景明，波澜不惊，上下天光，一碧万顷；沙鸥翔集，锦鳞游泳；岸芷汀兰，郁郁青青……而或长烟一空，皓月千里，浮光跃金，静影沉璧，渔歌互答，此乐何极！"这些古代山水文学家都是以真实地点的景物作为描写对象，以实实在在的特定而独特的景观为审美对象，将祖国大好山河、风景胜地或人迹罕至、鲜为人知的幽美景色再现在广大读者的面前，让人身临其境。

（二）山水文学美学的独特性

山水文学把审美重点放在自然景观给人的感受上，人类对自然景物萌发出一种自觉的美学追求。对于自然景物在欣赏的过程中，将其中的天地灵气与作者的精神同归内心，从而超越本心，超越有形的山山水水，升入无我之境，这就是山水文学作者在山水中蕴含的审美哲理和寄寓在山水中的悠然自得，因而在此基础上产生了一种灵感，从而爆发出一种强烈的创作激情。比如，欧阳修的《醉翁亭记》，"已而夕阳在山，人影散乱，太守归而宾客从也。树林荫翳，鸣声上下，游人去而禽鸟乐也。然而禽鸟知山林之乐，而不知人之乐；人知从太守游而乐，而不知太守之乐其乐也……"作者在此借山林中的景观而描绘游赏宴饮的乐趣。在寄情山水背后的创作表明欧阳修是借山水之乐、天地灵气来升华精神的。

（三）山水文学的主客观统一性

中国的美学中产生了"情景交融"的美学原则，强调主体与客体融合为一的人生理想。中国的山水文学，实质是情与景相交融的产物，它始终是一种"意境中的山水"。

对于山水文学而言，自然景观是山水文学的客观基础。作者借景诗兴大发，寄情山水，有了这种情景的融合，这就是山水文学的真谛和生命所在，这就是主客观的有机统一。因此，情景交融的意境成为山水作家共同追求的目标。清代文艺理论家和美学大师王国维在前人实践的基础上，道出"一切景语皆情语"，指明了情景交融这一主客观的统一性，正是山水文学的内核与追求。因此，山水文学是通过意境的创造获得最完美的表现形式，情景交融充分体现了其主客观统一性。

二、山水文学的审美价值

历代所赞颂的山水的绘画美、意境美和情感美都是由自然美景的两大基本要素构成的，即山中的水与水中的山。山中有水，水上有山，山峙水流，动静相生。山水作家最爱吟咏的也正是"山好水亦好"的自然美景。他们在青山绿水中情欢意合，陶然如醉，欣然吟诗，所刻画的图景引人入胜。山水与自然提供给人们的只是一种审美可能，只有具备审美能力的人，才能从自然美获得美感的实现。由山水文学所具备的特点决定，山水文学的审美性来自自然形式美对人的感官的愉悦，是自然美的低级形态，是自然美的基础。所以对于山水文学家来说，应在更高级的精神愉悦形态中，真正挖掘出山水文学的审美价值，才能表现出作者对生活的热爱，对大自然的钟情，才能充分体现出作者丰富的生活情趣，奋发向上的精神，才能充分展示出作者独特的气质，以及作者对美好自然充满活力的激情和追求，从而再现作者真正具有正面意义的思想感情、品质能力。如范仲淹的《岳阳楼记》："予观夫巴陵胜状，在洞庭一湖。衔远山，吞长江，浩浩汤汤，横无际涯；朝晖夕阴，气象万千。此则岳阳楼之大观也。"张若虚的《春江花月夜》："春江潮水连海平，海上明月共潮生……"李白的《望庐山瀑布》："飞流直下三千尺，疑是银河落九天。"这些山水诗真实再现了作者丰富的情怀和对自然的由衷热爱，同时符合作者当时审美需要和审美特性的特定形态。因此，山水文学要求描写景物客观真实，并要有正面美感，要与择物形象的审美特性保持一致的抽象形态，山水文学的审美价值才有真正的生命力。

对于山水文学的美学追求，主要来自对山水的独特的美的感受，其审美价值主要表现在以下几个方面。

（一）山水文学按照美的规律，创造生活美、艺术美

任何成功的艺术创作都不能脱离内在的规律，山水文学也不例外。任何名川大山，够得上称为名胜的风景区，都有它独特的吸引力。这一独特吸引力通过鉴赏者的内在性情来描绘和感怀，这就是它们所表现出的一种审美价值。这种审美价值就是我们生

活中的引人入胜的天赋——生活美，也就是能向游客提供生活美的特殊享受，从而吸引情投意合的游客来观赏山水的自然美，这就是山水文学对生活的美的创造。又如"欲把西湖比西子，淡妆浓抹总相宜"这句千古名诗成了骚人墨客的共同观点。苏轼的诗把西湖的美说成柔性的生活美、艺术美。欧阳修在醉翁亭上，那些"山水之乐，得之心而寓之酒"，作者就轻快地沉浸在自然美中。因此，独特的自然景色，可以触发作者新的生活美感。例如欧阳修的"山行六七里，渐闻水声潺潺而泻出于两峰之间者，酿泉也"。这些都充分体现出山水文学善于发现美、创造美、感受美的真谛。又如杨朔同志的散文《画山绣水》，在作者的笔下，漫游漓江，从桂林到阳朔，沿途所见的无限风光，描写的不仅是自然风光的画廊，还是社会生活的画廊，这种山水画和生活画交织在一起，这种追求美好生活的境界正是人们普遍的审美心理。

（二）山水文学的审美性进一步促进山水文学的创作

山水文学作品连接时代的风尚与民俗，都表现在山水的作品中，看到自然美常在，以其变化不尽的细节，多种多样地丰富人的感受。这样，山水文学依赖哲理的抒发来抒发作者的审美感受，从而提升审美者的审美层次。例如柳宗元在《小石潭记》里写道："从小丘西行百二十步，隔篁竹，闻水声，如鸣佩环。心乐之，伐木取道，下见小潭，水尤清冽。全石以为底……"作者在此描写山水，不只是停留在自然景物的描写水平上，而是以性灵加工山水，提高了读者的审美情趣和层次，从而进一步得到山水的陶冶。又如柳宗元的"千山鸟飞绝，万径人踪灭，孤舟蓑笠翁，独钓寒江雪。"作者把一人一舟，放大到无垠无际的宏观世界里，如此宽阔的眼界，以提高审美修养。再如，桂林山水之美创造出许许多多关于桂林山水的神话、故事和传说，无数画家、诗人、文人墨客被桂林山水所陶醉，创作了许多咏叹桂林山水的绘画诗歌。这就明显表现出山水文学是多层次的，既有山水的"美好"图景，又有生活的"美好"图景，体现了"人化的自然"，就是审美主体与审美客体相互作用的过程和结果，体现了自然美与艺术美的双层发展。山水文学在提高审美者的层次和情趣的同时，由于审美者审美能力的提高，将更有利于促进山水文学的创作和发展。

因此，由于山水文学不断发展，使得人们对山水文学的审美能力也不断提高，随着审美者的情趣和水平层次的不断提升，我国山水文学的创作将进一步繁荣和发展。因此，文人钟情于山水，山水也因有了文人的行吟题咏而更加妩媚清灵，山水陶冶了文人的性灵，文人在山水的濡染中增长了才情。文人礼赞山水、礼赞自然、礼赞生命，山水钟灵毓秀、百态千姿、万种风情，正好成为文人娓娓的心音传真，这正是山水与文人能从古代走到今天的原因。

（三）山水文学的审美价值体现人与自然的和谐统一

任何文学都是"意""境"的统一，山水文学也不例外。山水文学的审美价值对寄寓山水的自然景象与作者的各种情感相交融，因此作者也只能在意与境的统一中获得美感。比如《碧玉簪》为什么有那么强的艺术魅力？这是由于韩愈通过想象，将自然的山水比作青罗带、碧玉簪，形象逼真又具有生活色彩。又如张若虚《春江花月夜》："白云一片去悠悠，青枫浦上不胜愁……鸿雁长飞光不度，鱼龙潜跃水成文……江水流春去欲尽，江潭落月复西斜。斜月沉沉藏海雾，碣石潇湘无限路。不知乘月几人归，落月摇情满江树。"诗中从描绘春江花月夜的美景中入墨，又交织着对生活的期待和哲理性的思索，景、情、理水乳交融，别有一种清丽雅致的神韵。还有谢灵运的《登池上楼》，诗中"池塘生春草，园柳变鸣禽"，通过心与自然之物和谐交融的直觉而得以呈现。他的诗包含了山水自然与自己心理美感的再创造。这就充分体现"意""境"的结合，人与自然的和谐统一。

中国山水文学从古代发展到现代，它所蕴含的美学内涵不断丰富和发展，无论如何，中国山水文学必须开拓表达真实性审美感受境界。21世纪山水文学的审美取向应表现出新时代所追求的一种"意""境"的结合，人与自然和谐统一的艺术风貌。这样才能更有利于促进山水文学的创作和发展，从而以祖国山水文学事业的发展来促进社会主义精神文明建设，以促进人与自然的和谐发展。因此，伴随着我国山水文学的不断发展和完善，笔者认为21世纪的山水文学主题是人与自然和谐共处，并深信，人与自然和谐发展的山水文学必将得到更多的关注与更大的发展。

第二节 中国古代文学作品中的狐神形象研究

纵观我国古代神话传说、文献典籍等文学作品，狐的形象大量存在于其中，贯穿于多个历史时期。古往今来，受到不同社会背景的影响，人们的利害关系、认识水平等也存在一定差别，对狐神形象的理解更具特点，使得狐的形象也随之产生了变化，由兽物朝着人性化方向转变。因此分析中国古代文学中狐神的形象，能够透过文学作品深入了解和掌握当时社会的实际情况，为我国传统文化的传承和发扬提供更多支持。

一、先秦至东汉时期

《山海经·南山经》中记载"九尾狐"，作为一种独特的狐神形象，其"能食人、食者不惑"，是一种非常可怕的兽类，人们不敢亲近它。且在很长一段时间都被人视为妖兽，非常排斥。直至东汉时期才发生了变化，在赵晔的作品中我们依然能够看到九尾狐的形象，但是它已经一改往日妖兽的形象，而变为瑞兽。人们开始转变对狐神的认识，人们普遍认为狐是一种具有灵性、高尚情操的动物。如在许慎的作品中，他说"狐有三德，其色中和、前小后大……"狐狸毛色棕黄，在当时社会背景下，黄色是典型的中庸之色。而狐狸身型由小到大的变化具有递进性特点，与传统观念中长幼尊卑的观念高度契合。加之狐狸死亡之时，头部往往朝着自己的家，是不忘本的表现。

二、魏晋六朝时期

魏晋六朝时期积累了大量的文学作品，其中志怪小说中，常常出现雄性狐狸精。如《搜神记》中记载了很多雄性的狐狸精化身为女性的丈夫，并与女人发生性关系的故事。此外，还有"狐博士"等形象的出现。所谓狐博士，是指讲学传道的儒师，教出学狐、才狐等，具有了狐狸精形象，在后代的文学作品中很常见。

三、唐代时期

唐代文学中关于狐狸的题材非常多，究其根本是人们崇信狐仙。在很多作品中都有所体现，如《朝野简载》中，唐朝以来，百姓特别相信狐神，并祭拜他们。受当时社会背景的影响，在民间广为流传着"无狐魅、不成村"的谚语。正是该时期，狐神开始朝着人性化方向转变，具有性格、思想，甚至人情味。在当时最具代表性的作品当属《任氏传》，书中主要描写了狐妖变身为美丽的少女，与郑六相爱一生，而郑六的有钱亲戚心生忌妒，试图对任氏不敬，强势暴力，但任氏宁死不屈，充分展现了其对爱情的坚贞不渝。唐朝时期，作品中对狐神形象的记载和描写，能够充分展现出唐代人民对于生活的热爱和向往，具有极强的时代精神，充分展示了人们当时精神面貌。

四、古代文学中狐神形象背后的传统文化分析

众所周知，《聊斋志异》作为中国古代狐妖故事的集合作品，作者将狐视为动物与人类。在作品中，狐不仅具有人性，甚至具有神性，但没有失去其兽性这一本质。如故事《董永》，主人公深夜归来，看见床榻上躺着美人，非常高兴，但其发现长尾

巴后想要逃跑。而此时，狐妖基于自身欲望，开始采用各种手段骗取董永的信任。面对美色、谎言，董永失去了理智，最终狐妖将董永的血全部吸干而死。但这其中也有很多狐妖是向善的，狐狸精具有法术，幻化为人形后，与人类相处并产生了情感，运用自己的法术帮助人们渡过难关、躲避灾难。诸如此类的故事有很多。这些狐神不仅具有人形，且能够接受人们的道德规范，最大限度上实现自身价值。

狐狸作为一种古老的动物，与人一样，希望得到爱护、爱情，以狐狸精为题材的《聊斋志异》表现非常突出。如《莲香》中桑生作为一个缺少母爱的书生，莲香为其才华所感动，主动追求他、帮助他，充分展现了狐狸对爱情的渴望。古代文学作品中，狐的形象经历了漫长的转变过程，最终形成了充满亲情的美好形象留存在人们心目当中。

根据上文所述，狐的形象在我国古代文学作品中经历了长期的演变，由最初的图腾、妖兽，到最后形成了有情感、有性格的形象。我们能够感受到不同历史时期，人们生活的环境、认知水平等方面的变化。因此，加强对古代文学作品中狐神形象的研究具有极高的文学价值和社会价值。我们在日后研究中，还应加大研究力度，广泛收集和阅读关于狐神形象的文学作品，深入挖掘人们对狐神的认识和理解，并向世人传递更加美好的传统文化。

第三节　我国古代文学作品中的"茶语"

中国"茶语"作为一种语言表达，是茶文化的重要形式。古代文学作品中便有众多的茶文化，而这些茶文化正是通过"茶语"建立起来的。从先秦时代《诗经》中简单的"茶语"形式，到明清小说繁荣的"茶语"艺术，既是茶文化演变的必然趋势，也是中国文学发展的必然结果。

中国古代文学悠久灿烂。上起神话传说，下至清末小说，都成为中国文化中的瑰宝。不论是《诗经》中的先民歌唱，还是盛唐的诗歌艺术；或是宋词的婉约豪放，抑或《红楼梦》中的人物形象，都昭示着中华民族非凡的创造力和绮丽的想象力。中国古代文学作品，是中华民族的艺术瑰宝，同时也是囊括中国文化的大宝库。

茶，作为一种饮品，最早被种植和饮用是在中国。因此，中国有着漫长的茶历史，并最终形成了形式各异的茶文化。中国的茶饮品发展成茶文化，得益于中国文士的参与。"文士饮茶是一种雅趣，只有雅士才懂得饮茶。"正因为中国雅士文人的创造，将回味甘醇的茶演绎成了内蕴丰富的茶文化。当然，在浩若星海的中国茶文化中，"茶语"作为独特的存在形式，代表着中国茶文化的底蕴和内涵。"所谓'茶语'指的是一种茶文化的语言表达形式，是茶文化信息传递的基本载体。"由此可见，"茶语"作为语言表达形式，是一种文化意义，具有强烈的象征性。而中国茶文化正是中国文人的文学创作，因此，中国的"茶语"更多体现在中国文学中。尽管中国现当代文学中也曾出现王旭烽《茶人三部曲》这样的茶文学巨著，但其"茶语"的内涵基本上还是延续中国古代文学的意义。因此探寻"茶语"的意义和内涵，还是要从中国古代文学作品中寻找。当然，由于中国古代文学有着漫长悠久的发展历史，作品中的"茶语"也有着流变和融合。

一、先秦时代的"茶语"

先秦时代是极具浪漫主义情怀的年代，古代先民总是有着强烈的歌唱热情，几乎世间之物皆可纳入歌唱的行列。中国的《诗经》集中容纳了先秦时期的先民歌谣，是中国最早的诗歌总集，是中国诗歌的开端。当然，中国的茶元素也便进入了《诗经》的创作视野，《诗经·谷风》中有"谁谓荼苦，其甘如荠"，但先秦时代还未出现"茶"字，而是茶的通假字"荼"。尽管先秦时代的《诗经》已经将茶作为文学素材加入创作，但是先秦时期的"茶语"还十分简单。《诗经》中的"荼"还只是作为一种植物的代号呈现在中国文学作品之中，没有更加广度和深度的内涵。也正是以《诗经》起点，中国文学才开始了真正的"茶语"形式。

二、两晋时期中的"茶语"

中国茶文化到了两晋有了新的发展，无论体量和容量都有了发展。两晋在中国历史朝代中可谓昙花一现，但两晋时期的茶文学却异常发达。两晋的茶诗不但具有开创性的地位，小说与散文也有了长足发展。正是两晋时期的茶文学繁荣，才形成了各式各样的"茶语"。

两晋时期，茶诗出现了张载的《登成都楼》、左思的《娇女诗》。前者的诗将茶作为关照对象书写，暗示了西蜀繁荣的茶贸易；后者则记录了煮茶的全过程，并将茶作为文学对象书写。两晋时期的茶诗已经摆脱了《诗经》中单纯的植物名称形象，茶在诗人的创造中有了丰富的文化底蕴。因此，两晋时期的"茶语"开始呈现文人思考和诗人关怀，显示了精神意蕴和文化内涵。当然两晋时期，除了茶诗，还存在小说和散文。干宝所著《搜神记》、陶渊明的《续搜神记》都涉及了茶人采茶的情节，这样的文学手法一方面显示出两晋时期茶文化的流行，另一方面也说明茶已经作为文化载体，有了"茶语"，有了特殊的文化象征。两晋时期，杜育还创作了中国第一部完整记录茶事的大赋《荈赋》，杜育将茶提到了文化高度，赋予了茶极其明显的"茶语"，对后世产生了深远影响。

三、唐朝时期的"茶语"

中国茶文化到了唐朝得到了空前的发展。"茶圣"陆羽写成了《茶经》，其是迄今为止世界范围内最早、最全面的茶著作。因此，中国"茶语"到了唐朝呈现出集大成的形式。陆羽的《茶经》更像是专门论述茶文化的茶专著，也正是如此，才体现了专业性和体系性。当然，唐朝的文学也异常繁荣，唐诗几乎代表了唐朝繁荣灿烂的文化艺术。

由于唐朝国力强盛，文化也兼容开放，因此，诗歌得到了空前的发展。在唐朝的文学作品中，茶诗占据着重要地位。单《全唐诗》来看，就有一百一十二首之多。唐朝的李白、杜甫、白居易都写过与茶相关的茶诗。也正是由于这些流芳百世的大诗人、大文豪对茶的书写和关照，使得唐朝的"茶语"呈现更加多元、复合的精神意蕴。

"诗仙"李白有一首《赠玉泉仙人掌茶》，赞扬了饮茶的益处，成为茶诗的精品。杜甫有《重过何氏五首》，以茶作为意象，抒发对生活的怀想。杜甫的茶诗清新脱俗，意味深长，成为其沉郁顿挫的诗风之下的一道明丽风景，代表了诗人的精神维度和艺术追求。除了李白、杜甫，唐朝写茶诗最多的莫过于白居易。白居易有一首茶诗名为《谢李六郎中寄新蜀茶》，出现了许多与茶相关的术语与称谓。白居易茶诗中出现大量的茶用语，一方面说明诗人对茶文化的喜爱和熟稔；另一方面，也说明中国的"茶语"已经有了基本共识和固定形态。

唐朝的茶诗，有着浓烈的文学气息，但同时也显示了特殊的茶语茶言。由此可知，"茶语"到了唐朝已经成为相当成熟的语言表达，这是中国茶文化发展的必然，同时也有中国文人所做出的不可磨灭的贡献。

四、宋朝时期的"茶语"

如果说中国茶文化在唐朝得到了空前发展，那么茶文化在宋朝便发展到了顶峰。宋朝的茶文化已经融入到了中国文人的骨子里，成为他们生命不可分割的一部分。宋朝很多人都写茶诗、茶词，但是无论广度还是深度，苏东坡都是第一人。在苏东坡的茶诗中，他记录平生遭际、艺术理想，他书写君臣关系、父子情深，他表达人生感悟、文学哲思，可以说中国的"茶语"到了苏东坡时期，到了海纳百川、无所不及的地步。

从体量和广度上来说，以苏东坡为代表的宋朝文人已经实现了超越和自我超越。同时，从作品中对茶的描写和表达上，也可以看出宋朝的独特与不凡。唐朝的茶诗更像是借茶来抒发个人情愫，茶诗到了宋朝更加细腻和深入。文学作品中不但注重对茶深层次的精神追求，同时也开始细腻描写茶的形态和泡茶、煮茶的翔实经过。这种经过艺术加工的茶活动，既不同于杜育《荈赋》的单纯关照，也不同于陆羽《茶经》的单纯介绍，这是带有科普和诗意的结合，带有浓重的文学色彩。黄庭坚的茶词《品令》便是具有典型茶描写的精品。黄庭坚以独特的艺术感官，将生活中的寻常之物捕捉进文学创作，将茶的精神向度与自身感悟相融合，达到了妙不可言的审美体验。秦观的《满庭芳》也是茶词经典。词人在书写茶文化时，不但在乎内容的翔实细致，更注重韵律的和谐统一。因此，秦观的茶词《满庭芳》达到了韵律与情思的完美结合，堪称精品。

宋朝的"茶语"，在众多诗人、词人的开拓下，得到了空前的繁荣和发展。宋朝的"茶语"不但在精神向度上越来越深化，同时在描写上也注重细节和精准，使得文学作品中的"茶语"兼具了科学性和艺术性，又达到了新的高度。

五、明清时期的"茶语"

时至明清，小说已经成为文学的重要分支，并且呈现出诗词所不具备的优势。小说作为长篇写作，可以将故事、诗词、戏剧熔为一炉，成为中华文化汇聚融合的艺术载体。明清时期小说中的"茶语"，也开始变得多元而丰富不但有唐朝时对茶的别称，如"雀舌""麦粒"等茶名的延续，同时也大量使用茶成语、茶谚语、茶歇后语等语言表达。

明清小说中的"茶语"特别注重将"茶联""茶诗"作为小说回目或开篇诗词使用，以使小说形式新颖、内容独特。如明末清初小说《风月梦》便有回目"吃花酒猜拳行令打茶围寻事生风"，《情梦柝》也有与茶相关的回目。小说中直接使用茶词、茶诗做回目和开头，既能提高小说的文学性，增加了市井气息和生活趣味。

除了小说中使用"茶"做回目、开篇诗词，还有的小说则在故事中大谈饮茶之道。中国古典四大名著之一的《红楼梦》中便有诸多对茶的谈论，妙语在下雪天收取梅花之上的白雪，将其埋入地下，为招待贾母一行所用。曹雪芹将饮茶之道引入小说，看重的不但是茶本身所具有的文化向度，同时也在乎其亲民色彩。将饮茶之道作为故事情节处理，是寻求雅俗之间的一种平衡，曹雪芹《红楼梦》中的"茶语"便是中国传统文化"雅俗共赏"的最好证明。

除了回目和情节，明清小说中还将"茶语"演绎成了"茶俗""茶风"。明朝烟水散人的《桃花影》、清朝白云道人《赛花铃》的故事中都涉及了饮茶习惯和喝茶之道，并且作为默认的大背景呈现。

中国茶文化中的"茶语"经历了从简单到复杂，从概略到详细的过程。中国茶文化中特殊的"茶语"表达，正是基于中国古典文学基础之上的发展和壮大。可以说，中国古代文学发展了中国丰富多彩的"茶语"表达，同时中国意蕴丰富的"茶语"艺术也成全了中国古代文学的审美意蕴和美学追求。

从先秦时期只是作为植物名字出现在中国文化之中，到两晋的建构和发展，再到唐宋的开拓和丰富，直至明清小说将历朝历代优秀的"茶语"形式熔为一炉。中国的"茶语"艺术经历了漫长而波折的发展史，同时也见证着中国茶文化的荣辱兴衰。

中国"茶语"形式随着时代的发展还会不断演变、发展，这是中国文学创作进步的必然趋势，也是中国茶文化繁荣的必然结果。

第四节　我国古代文学桃花题材和意象

本节通过桃花在古代文学的作品中的身影展现，叙述不同时代背景下，赋予桃花的不同意象，从而体现出桃花的传统意象。例如先秦首次出现了以桃花歌咏美人；魏晋南北朝，出现了咏桃赋和咏桃诗；宋代将桃花拟人化，雅俗共赏等。

桃花盛开，不仅姿态优美、颜色艳丽，而且香气扑鼻，一直被人们视作美好和繁荣的象征。不同的时代背景，桃花代表的意象和文化内涵不同。

一、桃花在古代文学作品中的身影展现

（一）先秦文学中的桃花身影

先秦时期，人们不仅注意到了桃的使用价值，还注意到了其具有观赏价值，桃花在此时进入了人们的视线当中，这是桃文化在历史中发展的关键一步。他们把桃花视作季节的象征，代表着春日的来临。《吕氏春秋·仲春季》中有这样的记载："仲春之月，始于水，桃李华，鸧鹒鸣。"这里提到了"雨"和"桃花"，并且把它们和节气——春分联系了起来，为后代文学作品中将"水""雨水"和"桃花"这几个物象放在一起书写奠定了基础。

桃花的文学意义最早出现在《诗经》当中："桃之夭夭，灼灼其华"。其代表了春天、健康和美丽女性，开创了中国传统桃文化关于女性和桃的关系。桃花的春天表征意义成了中国桃文化关于女子意象的基础，为后代此意象的发展成熟提供了创作思路。

（二）魏晋南北朝文学作品中的桃花身影

1. 魏晋南北朝文学作品中的咏桃赋

魏晋南北朝文学作品中的咏桃赋共有 3 篇，即晋·傅玄的《桃赋》、宋·伍辑之的《园桃赋》以及张正见的《衰桃赋》。受前世文化影响，《桃赋》和《园桃赋》无论从形式还是内容上，都相差无几，笔墨都放在描述桃花的美艳多姿、桃果的甘甜多汁、桃木的辟邪司奸等特征上，都通过"奇""珍"等字眼，来衬托桃果实的神奇和桃木的灵性，忽视其花卉本身的特性。如傅玄的《桃赋》，"既甘且脆，入口消疏。夏日先熟，初进庙堂……辟凶邪而济正兮，岂唯荣美之足言！"傅玄为西晋人士，"在魏晋之际已崭露头角，受前代影响较为直接"。

张正见的《衰桃赋》与前两篇的主要区别在对桃花的审美上，运用了"万株成锦""舒若霞光欲起"等词表现桃花花色的美。"尔乃万株成锦，千林似翼……既而风落新枝，霜飞故叶。叹垂钓妖童，怨倾城之丽妾。"结合风霜催落枝叶和花朵的残酷现实，描写作者人生感悟。这种以"衰桃"来表现作者情感的艺术表现形式在唐代尤其是中唐和晚唐得到了充分的发展。

2. 南北朝文学作品中的咏桃诗

南朝咏桃诗歌中具有鲜明的女性意味，开创了以女性喻桃花的先例。代表作是简文帝的《咏初桃》："初桃丽新彩，照地吐其芳。枝间留紫燕，叶里发清香……若映窗前柳，悬疑红粉妆。"这首诗中对桃花进行了精雕细琢的描写，给人一种香艳甜腻之感，开创了以女性之容喻桃花的先例。

（三）唐代文学中的桃花身影

唐代是桃花文化飞速发展的阶段，不仅题材丰富多样，艺术表现手法成熟，审美水平也提升到了一个新阶段。这个朝代挖掘了桃花身上蕴藏的多种美感和意象，确立了桃花在中国文学中的"领袖"地位，揭开了桃花审美历史的新篇章。

诗歌是唐代桃花题材的主要作品形式，且时期不同，呈现的特点也不同，这与当时的社会背景和审美因素是分不开的，主要分为四个阶段：

初唐关于桃花的文学作品是魏晋南北朝时期文风的延续，桃花只是一个单纯的物象，对其描述也并无新奇之处。代表作为初唐诗人李峤的《桃》，诗曰："独有成蹊处，秾华发井傍。……"清代集书法家、文学家等身份于一身的翁方纲这样评价道："李巨山咏物百二十首，虽极工巧，而声律时有未调，犹带齐、梁遗习。"这是从声律方面对李峤所作咏桃诗的评价，事实上，不论声律还是内容都是齐梁文风的延续。

盛唐的咏桃诗人主要包括李白、杜甫、王维、贺知章等。李白的《古风》将"桃花"与"南山松"对比，赋予了桃花反面的人格——空有其表、毫无操守，这是桃花人格象征意义的另一发展方向，丰富了其文化内涵。杜甫则从不同的审美和艺术角度出发，进行咏桃创作。如《绝句漫兴九首》之二"手种桃李非无主，野老墙低还是家。恰似春风相欺得，夜来吹折数枝花。"这首诗通过描写被春风吹折的桃花无力、弱小，表达了作者对百姓穷苦生活的同情。杜甫创作的咏桃诗高达6首，通过桃花言志和寄托情感，做到了情与物融，开启了中唐诗人咏桃诗的范型。

中唐时期咏桃诗歌题材与盛唐相比，又出现了新变化，比以前更丰富，主要表现在三个方面：一是随着社会的发展新的桃花品种不断产生，这就促进了新的咏桃题材的出现，如"新桃""百叶桃花"等。二是中唐文人大多怀才不遇，产生了以"晚桃""惜桃"为标题的诗歌，如刘长卿的《杂咏八首上李部李侍郎·晚桃》："四月深涧底，桃花方欲然。宁知地势下，遂使春风偏。此意颇堪惜，无言谁为传。过时君未赏，空媚幽林前。"表达了诗人才高位卑、怀才不遇的心境。这种以桃花寄托作者思想感情的诗歌是对杜甫咏桃诗的传承和发扬。三是中唐出现了大量桃源题材的"桃源诗"，多为长篇，且均是文学大家所作，如韩愈、刘禹锡等，诗中对盛唐时期的仙境幻想的表达更具理智性，表达了作者渴望安乐、隐逸的生活理想。

晚唐时期政局动荡，文人的生活圈子极速缩小，性格也变得更加内向。此时的咏桃诗呈现以下特点：一是晚唐时期国事落寞使得"桃源"诗歌盛行。二是咏桃诗笔法细腻，具有淡然的情调。如温庭筠的《敷水小桃盛开因作》："二月艳阳节，一枝惆怅红"，表现了小桃花因生长环境不佳，所以无人欣赏，失望又无奈的一种情怀。三是伤感意味更加浓郁，如罗隐的《桃花》："……尽日无人疑怅望，有时经雨乍凄凉。旧山山下还如此，回首东风一断肠。"就表现了凄风苦雨中桃花的悲惨命运。

唐代时期的咏桃诗因所处的社会背景不同，呈现出不同的特点，经过李白、杜甫等诗人的传承、改进和创新，咏桃诗的发展进入了高峰期，变得愈加成熟和繁盛。

（四）宋代文学作品中的桃花身影

宋代时局动荡，文人多有怀才不遇之感。在此环境下，人们对花卉品鉴的认识上升到了一个新高度——花德。如辛弃疾的《一剪梅·独立苍茫醉不归》："多情山鸟不须啼，桃李无言，下自成蹊。"这首词的现代寓意是名副其实、实至名归，在当时赞美的是人的高尚节操。这是宋代对桃花审美认识的新思路，表现了当时人们较高的伦理意识和道德意识。

宋代建国之始，经济发达，社会稳定，人们赏花的热情高涨，对花卉品格方面也更加注重。他们将桃花拟人化，此时的桃花花格具有双面性，一面是由于花色艳丽，随处可见而被视为"妖客""俗物"，如释道潜的《梅花》："茜杏妖桃缘格俗，含芳不得与君同"；另一面是宋代文人身处乱世，饱受宦海沉浮之痛，渴望一种平和、超脱、隐逸的生活，所以对桃花的传统象征意义如美丽女性和桃花源的仙隐意义非常认同。如张炎的《西子妆》："危桥静倚。千年事、都消一醉。谩依依，愁落鹃声万里。"词中的桃源意象是词人的理想归隐之地。在宋词中，还包括一些感伤爱情的象征。如陆游的《钗头凤》："桃花落，闲池阁。山盟虽在，锦书难托。莫、莫、莫！"这首词的桃花意象深切，结合陆游当时的心情，具有时间和感情方面的双关含义。

宋代理学兴起后，人们对桃花的认识更加深刻和细致，赋予了桃花人格化的德行和操守。这也使得中国古代对桃花的文学认识到宋代发展到了一个新高峰。

二、桃花的传统意象分析

（一）桃花象征美丽女性

桃花盛开时节，正是万物复苏的春季。桃花花朵丰腴、色彩艳丽就像美丽的青春少女。古人用桃花来形容女性之美，端庄、秀丽、青春、健康。诗经中的《周南·桃夭》中就有以桃花喻女子的词句，如"逃之夭夭，灼灼其华，之子于归，宜其室家"。唐代崔护的《题都城南庄》："去年今日此门中，人面桃花相映红。人面不知何处去，桃花依旧笑春风。"这首诗歌描写了姑娘的面庞之美，艳若桃花。整首诗意境优美，成为千古名篇，"人面桃花"也成为描述女性之美的常用词之一。除此之外，女性根据桃花的外表之美，来美化自己的妆容，在隋朝出现了"桃花妆"的妆容。

（二）桃花流水的美丽意象

桃花、流水本不相干的物象组合在了一起，有一种特别的美感，仿佛能感受到春天美好的景象就在眼前，在视觉上给人一种浪漫、欣欣向荣之感。唐代张志和的《渔父歌》中"桃花流水鳜鱼肥"，使得"桃花流水"一词被人熟知。此后，这两个物象便像最佳拍档一样，经常形影不离。除了表象，桃花流水还具有更深层次的含义，成了仙境的象征。李白的《山中问答》曰："桃花流水杳然去，别有天地非人间"就是对仙境描述的最佳注释。

（三）"桃花源"题材意象

陶渊明的"桃花源"是诗人虚构的世外仙境，是理想的世界。在那个世界中，没有战乱，人人和睦相处，百姓怡然自得。这样的桃花源是所有文人墨客向往的理想之地，被世人铭记于心。"桃花源"在历代文人心目中并不相同，在大的时代背景下，他们赋予了其更多的含义和神秘色彩，这也使得桃文化的内涵和意象更加丰富，对于心目中桃花源的想象也不断衍生和丰富。避世和隐逸的主题虽然不曾改变，但其中蕴含了态度的转变，从消极躲避延伸到对美好生活的向往。这种仙境思想，也和道家庄子"天人合一"的理念不谋而合，符合庄子的美感哲学。

桃从早期的发布、采集果实到桃树的栽培，以及经历历朝历代品种的发现和创新，桃的发展历史逐渐丰满起来，关于桃的文化也在此基础上不断丰富和成熟，在中国古代文学史上留下了浓彩重墨的一笔。

第五节 我国古代文学松柏题材和意象

松柏是一种生命力非常顽强的植物，广泛分布在我国各大区域。在古代，松柏这一意象备受广大文人墨客的喜爱，这些文人都喜欢将松柏题材应用于自己的文学作品当中，以表达自己的情怀。本节以墓地松柏、老松柏和连理松柏为切入点，详细具体地对我国古代文学松柏题材及其意象做分析，以期为相关研究提供一定的参考意见。

松柏是一种较为常见的花木，但和其他花木相比，松柏又具有特殊性。松柏不仅不畏严寒、四季常青，其枝干也非常坚韧挺拔，通常都被用来做名堂梁柱，能够跨越千年却不衰，所以很多文人墨客都非常喜欢借松柏这一意象来"咏志"。在中国古代，关于松柏题材的文学作品层出不穷，并且大部分作品的质量都非常高，还有不少文学作品被后世广为传颂。

一、墓地松柏题材和意象分析

早在商周时期，人们就开始在墓地周围种植松柏，这对我国古代的社稷和丧葬制度造成了一定影响。墓地松柏在一定程度上寄托了先人们渴慕长生、尊崇祖灵和崇拜土地的意识，是我国古代各民族心理和情感观念的特有体现，更是其生活中的一套较为独特的文化景观。因为墓地松柏与历史和声名牵连甚密，所以成为追悼、祭祀和怀古一类的文学题材的重要意象。从汉代起，墓地松柏就开始作为一种文化意象出现在文人的各类文学作品当中，在魏晋六朝时期尤为兴盛，常常被文人墨客用来表达怀亲吊友、生死之叹等各种复杂情感。墓地松柏的文化意蕴主要体现在以下两个方面。

一方面，墓地松柏以一种坟墓标识的形式而存在。《礼记·檀弓》对孔子安葬其父母的情形做了如下记载："吾闻之，古也墓而不坟。今丘也，东西南北之人也，不可以弗识也""于是封之，崇四尺"。可见，孔子将墓改成了坟，其之所以要崇丘四尺，主要目的是为了能够使其更加易于识别。从古至今，大多数平民都是用土堆坟，只有少数的富贵人家会用砖来砌坟。因为土丘被雨水冲击之后，就会流失，经年之后很有可能就会变成平地，所以很多人都会在墓地前面种植松柏作为表识，后人见到松柏时，便可知其墓。因为这种方法非常简单，也易于操作，所以很快便在上流社会中流行开来。在《三辅旧事》中有这样的记载："汉文帝霸陵，稠种柏树。"另外，在《驱车上东门》中也有这样的表述："驱车上东门，遥望郭北墓。白杨何萧萧，松柏夹广路。"除上述例子之外，还有很多文学作品中有这样的表述。由此可见，无论是在帝王还是平民的墓地前，松柏森森的景象都是极为常见的。

另一方面，墓地松柏还有另外一种功能，即护佑地下的亡灵。前引《风俗通义》里曾经就有这样的记载，据说秦穆公时，到处都流传着"媪食死人脑，但是松柏却能杀其首"这样一个传说，这也反映了在民间人们还是存有松柏能够驱邪除恶、保护亡灵的意识。后来，唐代段成式所著的《酉阳杂组》、元代陶宗仪所著的《说郛》以及明代彭大翼所著的《山堂肆考》、清代陈元龙所著的《格致镜原》等文学作品中，都有引用这一传说。也正是因为这个，古人更倾向于对墓地松柏进行细心的呵护，并不允许他人有任何的侵犯行为。比如，《晋书·庾衮传》中就有这样的记载："或有斩其父墓柏者，莫知其谁，乃召邻人集于墓自责焉，因叩头泣涕，谢祖祢曰：'德之不修，不能庇先人之树，衮之罪也。'父老咸为之垂泣，自后人莫之犯。"

子孙通过在先人墓地种植松柏或者是选择松柏较为郁葱的地方作为先人的墓地等行为，表达自己对先辈的孝敬之情，同时也希望能够由此获得各祖灵的庇佑，以保后代更加发达和昌盛。有的子孙为了对祖先的福佑之德进行表彰，还专门为墓地松柏修亭和赋诗。

除此之外，松柏的耐旱抗寒性较强，栽培历史非常悠久，是墓地之木和社稷之木的首选。并且，松柏还是一种长寿之木，具有一定的医病和延年功效。因此，其在各种民间传说中便成了人们仙寿理想的精神寄托，松柏四季常青和岁寒后凋的属性与人们渴望长生的理念有着较高的契合度。所以，从某种意义上来讲，墓地松柏还有另外一种含义，就是希望亡灵们在另外的世界中能够如松柏一样，长生不死、永葆青春。

二、老松柏题材和意象分析

从先秦到六朝时期，常青和劲直是松柏比德和审美的核心所在。而自唐代起，松柏的雄奇、苍老和丑怪等便开始受到众多文人墨客的关注。这些文学作品将老、枯、病、怪的松柏意象描摹得非常逼真，将其真性情展露无遗，而对其所做的审美评价也是合情合理的，让人产生了不少美的感受。这不仅仅让松柏审美的表现更加全面，还是对自然审美的一种充实和丰富。如下，是对老松柏意象和枯、怪、病松柏意象的具体分析。

就老松柏意象而言，其形象美是在唐代才被全面发掘出来的，唐代出现了一系列以老松柏或者古松为主题的文学作品，庄南杰著有《古松歌》、孙妨著有《老松柏》、齐己著有《古松》、皇甫松著有《古松感兴》等等。另外还有一些没有用古松为题，但是其所描写的对象仍旧还是古松，比如孟郊的《品松》、齐己的《灵松歌》等等。这些作品能够明显说明，在唐代关注和描写老松柏古柏已经成为一种极为普遍的文学现象。当然，在宋代和元明清时期，也有大量有关古松老柏的文学作品出现。例如，在《全宋诗》中，以其为题的诗歌就有54篇，元代李材曾著有《席上赋老松柏怪柏》、明代金幼孜著有《古松图》、吴宽著有《马远古松高士图》等等。

老松柏这一意象能够使人产生极强的物色美体验，其最主要体现在如下三个方面。首先，形体美。所谓形体美，是指某一自然物的外在形貌体态所呈现出来的美感，无论是老松柏的树叶、枝干还是树皮或树根等，都能给人一种美的感受。其次，姿态美。所谓姿态美，就是指老松柏整个整体形象的特点，其是老松柏的树干、树枝、树叶以及树皮等因素的一个综合呈现。在不同的自然环境当中，老松柏会呈现不同的姿态，比如晨昏晦明发生变化之时的老松柏姿态一定和光影声色衬托之时的松柏姿态是大不一样的，但其有一个极大的共同点，就是都能给人以美的感受。最后，神韵美。其是指老松柏所表现出的内在精神韵味及其审美个性，是其自然的属性美的一种凝聚和升华，具有更高层次的美学意义。其精神美主要体现在沧桑、丑怪以及雄奇这三个方面。

就老松柏的文化意蕴而言，老松柏这一文学意象在长期的文学创作与风俗继承中还积淀了一定的比德内涵和文化意蕴，具体表现在如下两个方面。

一方面，仙灵长寿。老松柏这一意象最早出现在汉晋朝代的各种仙话传说当中，这些神话将长寿仙灵的各种神奇魅力彰显出来，鼓舞人们去追求成仙之梦。"人中之有老彭，犹木中之有松柏"就是在说，在木中，松柏以长寿著称，其还被称为"木中之仙"，而老松柏的仙灵之性主要体现在其独享的寿龄之上。

另一方面，仙灵人格。唐人对老松柏所体现出来的人格之美深有感悟，宋之问曾经在《题张老松树》中提出："百尺无寸枝，一生自孤直。"此外，白居易也在《题王处士郊居》中写到"寒松纵老风标在"，这些对老松柏的描写，处处都体现着老松柏的孤高正直，其格调也是风骨凛然。

三、连理松柏题材和意象分析

连理松柏虽然异根，但枝干连生，是一种不常见的自然现象。而中国道家思想强调的是"天人合一"，所以，非常善于联想的文人墨客便赋予了这种自然现象极为丰富的文学和文化内涵。连理松柏在民俗理念中被视为祥瑞之兆，是"仁木"。在很多文学作品当中，这些文人墨客便由木及人，将连理松柏比喻为恩爱的夫妻。尤其是在宋代，连理松柏这一意象在文学作品中的意蕴更为丰富。因为宋代非常重视伦理道德，松柏的连理属性还被生发出了岁寒同心的美好爱情寓意。并且，对佛理非常精通的黄庭坚还挖掘出了"随俗婵娟"这一禅学至理。对连理松柏这一文学意象的分析具体表现在如下两个方面。

首先，具有吉祥嘉瑞的文化寓意。受古代"天人合一"和"天人感应"观念的影响，很多自然现象都被赋予了"上天"吉凶征兆，连理松柏通常被认为是吉祥的预兆，晋代《中兴征祥说》中有这样的描述："王者德泽纯洽，八方同一，则木连理。连理者，仁木也，或异枝还合，或两树共和。"很多地方官员发现松柏连理的现象之后，就会将其上报朝廷，因为无论是在帝王还是平民眼中，连理松柏都是吉祥嘉瑞的象征。

其次，忠贞不渝的爱情象征。白居易曾经在《长恨歌》中写道："在天愿作比翼鸟，在地愿为连理枝。"可见连理枝的爱情寓意也是相当美好的。连理树枝树叶覆盖、树枝相交，在很多文人墨客的文学作品中通常被用来作为夫妻恩爱和至死不渝的爱情象征。

通过上述对松柏意象的分析可知，松柏题材的文学作品不仅具备较高的文学价值，还具有一定的审美和认识价值。在文学表达上，墓地松柏既可以用来表达忧生之叹和悼亡之情，还可以用来咏史怀古。老松柏这一意象的文化底蕴不仅体现在各种有关仙灵长寿的神话中，还体现在孤高正直和风骨凛然的人格品质当中。而连理松柏这一意象所蕴含的美好爱情寓意也承载了世人对美好爱情的向往和寄托。

第六节　我国古代文学作品中的休闲思想

我国的休闲研究起步较晚，但是，我国传统文化中有着悠久丰富的休闲思想蕴涵，由对休闲辞源的考察可洞悉古人对休闲有独特而深邃的体悟。回顾中国文学的历程，从《诗经》《楚辞》《汉赋》、唐诗、宋词、元曲到明清文人小品，其中就出现过大量蕴含休闲因子的文学作品，它们无不体现出中国文化对休闲的理解、体验和思考。

"休"在《说文解字》中解释为："息止也，从人依木。"《尔雅》解释为："休，息也。"《易·大有》曰："顺天休命。"郑注："美也。"人能在树荫下休息，暂时获得摆脱劳作的自由，也是让人愉悦的美事。从字义考察"休"，可见"休"无论做名词、动词、形容词还是副词，多趋向指人们的生活处于一种美好的状态或有向此状态转变的可能。

从词源学来看，"休"与"闲"本是两个词，它们从产生时起就已经赋予了与人的美好生存状态相关的内涵。因此，今天将它们连起来使用，如果不脱离其原来的词源意，则休闲应当指人的符合道德、法度的幸福、美好的生活。"休闲"一词在我国古汉语中早已存在，上海人民出版社文渊阁四库全书电子版检索结果显示有216卷共222个与"休闲"匹配，如《毛诗古音考》卷二曹植"吁嗟篇"云："吁嗟此转蓬，居世何独然。长去本根逝，夙夜无休闲。"《魏书》卷八十三云："又自夸文章从姨兄，常景笑而不许，每休闲之际恒闭门读书。"《东坡全集》卷三十一云："休闲等一味，妄想生愧脑。"《十五家词》（卷十八）之清·陆求可《月湄词》（上）中的《惜分飞（春半）》云："燕燕莺莺，啼向我满院柳眠花䐑，昼夜寻花卧春光，一半休闲过。"但是，把它作为一门学问进行研究，"却是一件非常晚近的事情，是当代科学技术高度发达的产物，是人类文明真正走向反省自我，达到人的自律性发展的重要标志之一，是文明社会高度发展的必然选择"。

"朝吟风雅颂，暮唱赋比兴；秋看鱼虫乐，春观草木情。"古人如此称颂《诗经》，就可知道休闲思想在其中占有多么重要的位置。《小雅·六月》云："比物四骊，闲之维则。维此六月，既成我服。"《国风·汉广》云："南有乔木，不可休思。"《国风》中的许多诗篇，便是人们在辛苦的劳作之余从自然世界中探寻乐趣而获得的。《诗经》除了在歌颂自然、赞美生活的篇章中表达了大量的休闲文化、休闲思想和休闲方式外，尤其值得今人关注的是周朝大夫们认为休闲是治国安邦的重要谋略和准则，据此作为智慧向周王进谏。《大雅·民劳》云："民亦劳止，汔可小康。惠此中国，以绥四方……以定我王……以为王休……以近有德……国无有残。"直接阐述了休闲对于国家兴盛安定、对于百姓的小康的重要。经过两千多年时光的沉淀，我们仍然可以想象远古人们的那一份休闲的美好与雅致。

孔子的"一箪食，一瓢饮，在陋巷。人不堪其忧，回也不改其乐。贤哉！回也"（《论语·雍也第六》），让人们真切地意识到即便是在物质极其匮乏的环境中，不以贫穷为苦，泰然处之，从而以获得精神的安宁和平静为快乐，在短暂的生命中追求无限的生命价值。

《庄子》是体现道家休闲思想的经典之作，对后世产生了深远的影响。《庄子·齐物论》云："大知闲闲，小知间间；大言炎炎，小言詹詹。"《庄子·天地》云："天下有道，则与物皆昌；天下无道，则修德就闲。"《庄子·天道》："夫虚静恬淡寂寞无为者，天地之平而道德之至，故帝王圣人休焉。休则虚，虚则实，实则伦矣。虚则静，静则动，动则得矣。……以此退居而闲游，则江海山林之士服。"《庄子·刻意》

云："就薮泽，处闲旷，钓鱼闲处，无为而已矣；此江湖之士，避世之人，闲暇者之所好也。"《人间世》云："颜回曰：'敢问心斋？'仲尼曰：'若一志；无听之以耳，而听之以心；无听之以心，而听之以气；听止于耳，心止于符。气也者，虚而待物者也，唯道集虚，虚者心斋也。'"庄子提出了"心斋"的重要概念。"心斋"指人的心志专一，不用耳去听而用心去体会，并进一步做到不用心去体会而用气去感应，达到如此空明的心境，自然便可与道相合。庄子哲学中蕴含着追求精神自由的休闲思想。

西汉时期统治者皆实行休养生息政策，使得社会安定，经济空前繁荣，人们的休闲意识亦随之产生。《史记·司马相如列传》称司马相如"称病闲居，不慕官爵"，由此可以看出休闲意识已植根于文人的心间。《后汉书·严光传》载："严光字子陵，一名遵，会稽余姚人也。少有高名，与光武同游学。及光武即位，乃变名姓，隐身不见。帝思其贤，乃令以物色访之。……除为谏议大夫，不屈，乃耕于富春山，后人名其钓处为严陵濑焉。"博学能干的严光与皇帝是同学且"帝思其贤"而再三请他辅佐其政，"治国平天下"所有读书人的梦想，但是视富贵如浮云的严光拒绝了皇帝的聘请而归隐垂钓。他这种不趋世俗、坚守节操而固守自我真性的超然性情是庄子休闲思想的彻底回归。

陶渊明是魏晋隐逸文化的代表人物，其休闲思想体现在《归去来兮辞》《饮酒》《桃花源记》等作品中。唐宋为中国封建社会最兴盛的历史时期，中国的经济、文化在这一时期皆呈现出生机蓬勃的发展趋势，在其基础上亦形成了灿若星河的休闲文化。唐诗中体现着士大夫们闲适从容、淡泊名利的休闲心境的诗篇比比皆是："闲中好，尽日松为侣。此趣人不知，轻风度僧语""闲中好，尘务不萦心。坐对当窗木，看移三面阴""闲中好，幽磬度声迟。卷上论题肇。画中僧姓支"。词以应歌的文体特征，决定了词从产生时起便是以享乐文学、休闲文学的面貌出现。唐宋的大量词论表述了词体娱宾遣兴的休闲文化功能，如欧阳炯《花间集序》云其集目的乃在于"绣幌佳人……举纤纤之玉指，拍按香檀。不无清绝之词，用助妖娆之态""西园英哲……用资羽盖之欢"；陈世修《阳春集序》云"公（冯延巳）以金陵盛时，内外无事，朋僚亲旧，或当燕集，多运藻思，为乐府新词，俾歌者倚丝竹而歌之，所以娱宾而遣兴者也"；欧阳修《西湖念语》云"虽美景良辰，固多于高会。而清风明月，幸属于闲人。……因翻旧阕之辞，写以新声之调，敢阵薄伎，聊佐清欢"等。原本便诞生于花间樽前私生活环境之中的词，以个人娱乐、消遣为主要目的，在发展过程中有许多文化精英、才智之士在词中投注了有关休闲的人生智慧，映现了他们热爱生命、热爱自然及在逆境中犹能保持泰然心境的休闲精神和休闲情趣，很值得玩味和借鉴。两宋是中国古代文化最繁荣的时代，尤其宋词的辉煌成就乃是有目共睹的。宋代词人深深体悟到休闲的妙处："素月分辉，明河共影，表里俱澄澈。悠然心会，妙处难与君说。"（张孝祥《念奴娇·过洞庭》）可见，两宋休闲词中便蕴含了现代休闲理念的广泛内容，我们徜徉于两宋休闲词中，就会觉得在坎坷的人生旅途中，每一个人都应该关爱自己，善待生命，享受休闲的生活。

明清的小说开始描写人物细腻的内心世界和人们的处世态度，体现多样娴雅的生活情趣，而在其他文学样式中，如笔记、小品文、戏曲等亦有休闲思想体现。如洪应明的《菜根谭》云："此身常放在闲处，荣辱得失谁能差遣我？此心常安在静中，是非利害谁能瞒昧我？""宠辱不惊，闲看庭前花开花落；去留无意，漫随天外云卷云舒"。人的心灵在宁静的时候，思路就会变得开阔，思想就会变得通透，而且世事的是非曲直、利害得失亦能够了然于心，它们亦如花开花谢、云卷云舒一样自然。有如此超俗的心境，人自然活得休闲自在。清人张潮《幽梦影》云："人莫若于闲，非无所事事之谓也。闲则能读书，闲则能游名胜，闲则能交友，闲则能饮酒，闲则能著书，天下之乐，孰大于是。"明末清初戏曲理论家李渔是自唐宋以来有意识地从理论层面探讨并论述休闲活动的第一人，其代表作《闲情偶寄》是当时最负盛名的畅销书。作者在该书卷首《凡例七则·四期三戒》中自述："风俗之靡，犹于人心之坏，正俗必先正心。近日人情喜读闲书，畏听庄论，有心劝世者正告则不足，旁引曲譬则有余。是集也，纯以劝惩为心，而又不标劝惩之目，名曰《闲情偶寄》者，虑人目为庄论而避之也。……劝惩之意，绝不明言，或假草木昆虫之微，或借活命养生之大以寓之者，即所谓正告不足，旁引曲譬则有余也。"李渔的著作文章在当时已经受到某些人的指责，李渔的友人余澹心（怀）在为《闲情偶寄》作序时就说："而世之腐儒，犹谓李子不为经国之大业，而为破道之小言者。"李渔预先就表白此书虽名为"闲情"，可并不是胡扯淡，也无半点"犯规"行为；表面看说的虽是些戏曲、园林、饮食、男女，可里面所包含的是微言大义，有益"世道人心"。其中，"居室部""器玩部""饮馔部""种植部""颐养部"等分别论述休闲环境、休闲活动和休闲方法等问题，"声容部"则阐述了女性休闲观，强调女性的内在美、气质美、自然美可通过休闲培养。李渔的休闲思想和今天的休闲理论基本一致。

第四章 现当代文学——散文

第一节 现代散文发展概述

与"五四"文学革命同步兴起，并于"五四"时期取得丰硕成果，其"成功几乎在小说戏曲和诗歌之上"（鲁迅语）的中国现代散文创作，在新文学初期的成就主要体现在鲁迅、李大钊等人创作的大量文艺短论（随感录和杂文）和周作人、俞平伯、朱自清、许地山等人创作的抒情叙事散文（"美文"）中。此外，瞿秋白创作的《饿乡纪程》和《赤都心史》等通讯报道，是中国现代报告文学的最初萌芽。

1918年4月《新青年》开辟了"随感录"专栏，刊发"随感录"式的短小时评或杂感，这是现代散文最早出现的品种，也是白话散文写作中数量较多、成就较高的，是适应当时急遽的战斗要求而产生的。这种文体，最初由于《新青年》《每周评论》《晨报》（第七版）等设置"随感录""浪漫谈"等专栏加以提倡而趋于兴盛的。《新青年》"随感录"作者群的主要代表有鲁迅、陈独秀、李大钊、刘半农、钱玄同等。这种文体，以后经鲁迅等先驱者的长期努力，变成文艺性论文的代名词，后来《向导》等刊物上的"寸铁"专栏，也正是这一战斗武器的运用和发展。李大钊所写的一些带文艺性的短论，虽残留着民主主义思想的痕迹，但针砭时弊、冲刺锋锐，战斗性很强。从这些文字中，可以看到马克思主义最初在中国传播和人民反帝反封建斗争渐次扩展的时代侧影。初期白话散文中，游记、通讯报告也占有重要位置，稍后更有抒情小品、随笔出现。这些都属于当时所谓"美文"类。用白话写这类文字，足以打破"白话只能作应用文"的陈腐看法，含有向旧文学示威的意思。但在内容上，还是以抒写闲情逸致者居多。在早年游记通讯中，较有社会意义的作品，应推瞿秋白的《饿乡纪程》和《赤都心史》。

真正有意识地把散文作为一种文学体裁来创作，是从1919年开始的，是从以抒情和叙事为主的"美文"开始的。李大钊、冰心、鲁迅、周作人等积极尝试和倡导，特别是周作人1921年6月发表了题为《美文》的文章，号召新文学作家致力于美文创作，对推动中国现代散文的自觉发展有重要意义。随后出现了朱自清、郁达夫、郭沫若、瞿秋白、叶圣陶、徐志摩、俞平伯、钟敬文、梁遇春、丰子恺、林语堂、许地山、郑振铎等众多作家的现代散文创作，使散文创作成为"五四"时期各文体中收获最大的一种。

进入 30 年代以后，现代散文又以其丰厚的底蕴，在新的时代历史条件下，向着更加纵深和阔远的方面挺进，日益走向成熟和完美，进入全面丰收的季节。在鲁迅后期杂文创作的带动下，30 年代的杂文创作更加繁荣，形成了声势浩大的杂文运动，以夏衍、宋之的、茅盾等人为代表的报告文学创作全面兴起，并迎来了中国报告文学创作的高潮；而小品散文的创作更显丰富，出现了很多独具个性风采的散文作家，也形成了新的散文流派和风格。

第二节 鲁迅的散文创作

一、抒情散文《野草》

代表《语丝》最高艺术成就的是鲁迅连载的 23 篇收在《野草》中的散文诗，《野草》最初是鲁迅在《语丝》杂志上发表的一组散文诗，1927 年 7 月由北新书局出版，收入未名社编辑的"乌合丛书"中。

《野草》共收入散文诗 23 篇，其中包括《秋夜》《影的告别》《复仇》《雪》《过客》《狗的驳诘》《墓碣文》等，另"题词"一篇。从 1924 年 9 月 15 日写作第一篇《秋夜》到 1926 年 4 月完成最后一篇《一觉》历经了两年左右的时间，而这一段时间，特别是 1925 年，用鲁迅自己的话说，是交上了华盖运，"六面碰壁，外加钉子"。当时，"五四"新文化阵营的分化，封建势力的卷土重来，女师大事件中的爱爱仇仇，1924 年他与周作人的兄弟失和，都直接影响了鲁迅的心境和情绪。但鲁迅毕竟是一个战士，他决心要"肩住黑暗的闸门"，放青年"到宽阔光明的地方去"，因此尽管他感到浓重的黑暗与虚无，仍要做"绝望的抗战"。这就决定了《野草》中的作品虽然流露出彷徨、苦闷、寂寞的情绪，但仍潜藏着在黑暗重压下的战斗精神、不懈的追求精神和英勇的牺牲精神，具有复杂深邃的意义蕴涵和鲜明独特的文化品格。《野草》中充满了诡秘、绮丽、沉郁的意象，构建了一个可以评说却永远说不尽的、奇特的美学世界。这个世界里，作者既写了死后的厌恶，又写了出生时的阿谀，既写了地狱，又写了冰结如珊枝的死火，在怪诞奇异的意象中直逼那颗迷茫而又坚定、痛苦而又执着的心灵。《野草》要表达的更多的是鲁迅当时的内心矛盾和斗争，其中有些是不足也不愿为外人道的。鲁迅采用了象征主义的写作方法，使本来明白的东西变得有些朦胧，引读者进入深层次的思考；同时却又使抽象的东西变为形象，因而也就能够更深沉地打动读者，更深刻地感染读者。《野草》构思新颖奇特，多写梦境和幻觉，并把梦幻和现实自然联系起来，把情、景、理有机地融合在一起，达到了一种弦外之音、境外之意的美学境界和艺术效果。《野草》中的语言富有诗的韵味和节奏，篇章短小精练、意象浓缩、语言凝重。文章的语言具有诗一样的跳跃性和音乐感，给读者留下了极大的思考空间和回味余地。因此我们在《野草》中不但看到了鲁迅对屈原及其《离骚》的继承和发展，也看到了鲁迅对西方散文诗大家尼采、波德莱尔和屠格涅夫等人的借鉴和融会贯通。写实和象征在《野草》里得到了很好的融合。

《秋夜》是《野草》的第一篇，它通过对秋夜室内外景物的描写，用象征的手法，寄寓了作者在现实斗争中强烈的爱憎感情。在创作它时，鲁迅正在北京与北洋军阀的黑暗统治及封建势力进行韧性的战斗。他的内心是矛盾、痛苦而又压抑的，但是他决不向黑暗势力低头。作品里的天空、星星、繁霜、月亮以及夜游的恶鸟，都是丑恶而狡猾的反动势力的象征，对于摧残野花草的邪恶势力，作品给予了强烈的鞭挞和抨击，表达出了无比憎恶之情。《秋夜》也流露出对被压迫被摧残的弱小者的同情，对热忱追求光明的幼小者的赞美。文中特别刻画了枣树的形象，它虽然在寒风中落尽了叶子，但仍然"默默地铁似的直刺着奇怪而高的天空"，它知道"秋后要有春"，也知道"春后还是秋"，然而它坚信春天必然到来；它始终坚守自己的战斗岗位，而决不被各式各样的"蛊惑的眼睛"所迷惑。枣树的形象是现实生活中那些顽强、坚毅的战斗者的生动写照。作品也对那为追求光明而牺牲的小青虫表示了敬意，对那冻得红惨惨的小粉花寄予了同情，同时又不满于它的多空想、少行动的行为。《秋夜》中的形象，传达出作者对黑暗暴虐的统治势力的憎恶和愤怒，对被压迫被摧残的弱小者的同情，对热忱追求光明的幼小者的赞美。尤其是枣树形象，表现出一种顽强抗击黑暗，不克厥敌、战则不止的韧性战斗精神，既是作者对这样的战斗者的热情颂歌，也是鲁迅自己的人格、精神和战斗豪情的诗意写照。

《过客》是《野草》中的又一代表作，其思想内涵的深刻性在于，通过过客这一特立独行的形象，表达了鲁迅明知前路是坟而偏要走，反抗绝望，坚持求索的迫切心情。某一日的黄昏，老翁和女孩在家门外的枯树旁遇到了状态困顿的"过客"，他拒绝了老翁特别是女孩的好意、同情和布施，他说："我没法感激。"他常常陷入"沉思""默想"，然后又"忽然惊醒"，一再向老翁表达前行的决心"有声音常常在前面催促我，叫唤我，使我息不下""我只得走"，这种不受牵连、束缚，以便高飞远走、超然独往的精神，成为"过客"这一形象突出的性格特征。《过客》在艺术上的独特之处在于用话剧的形式来写散文诗。除了一些简要的介绍，文中的主要篇幅是围绕着过客、老翁、女孩三者之间的对话展开的，对话的节奏紧张而起伏多变，对话中不同人物的话语之间的对照体现出人物之间的性格差异和迥异的人生境界。《过客》迷人的魅力还在于它的深邃哲理，即所传达出来的生命哲学思想。这首散文诗对布施、感激等道德情感问题的独特议论，以及对过客对来路冷酷世界的叛离、对现路温情世界的告别、对去路绝望世界的不畏缩的塑造等，体现了鲁迅对个体生命意义如何获得、如何超越等哲学命题的追问与思考。

《风筝》记录了鲁迅精神的自我解剖。它写的是做哥哥的少年时厌恶风筝，因而粗暴地毁坏了小弟弟亲手制作的风筝，后来悔之不及的一段事情。"我的小兄弟，他那时大概十岁内外罢，多病，瘦得不堪，然而最喜欢风筝，自己买不起，我又不许放，他只得张着小嘴，呆看着空中出神，有时至于小半日。"有一次，当他在躲在一间堆积着杂物的小屋里做风筝时，"我"出来横加干涉，怒气冲冲地折断了蝴蝶风筝的翅骨，踏扁做眼睛的风轮，自以为是对"没出息"的小兄弟的惩罚。二十年后读到一本外国的讲论儿童的书，才知道这恰是对儿童"精神的虐杀"，应该受惩罚的倒是自己。在这里，鲁迅提出了一个十分重要的问题：父母、兄姊如何正确对待自己幼小的子女、弟妹的游戏行为，如何消除成人与儿童的隔膜，真正尊重并了解儿童的心态？从中，我们可以看出鲁迅对儿童和儿童教育问题的关注。

《颓败线的颤动》写的是一个忘恩负义的故事。年轻守寡的母亲，迫于饥饿，不得不在自己的破屋里，忍受着羞辱，强作欢颜，靠出卖肉体抚养两岁的女儿。若干年后，女儿长大成人，招了女婿，生儿育女，屋的内外也已整齐。然而却出现了令人发指的一幕：这一对青年夫妻以及一群小孩子，一起怨恨、鄙夷地冷骂和毒笑这位老母亲。老女人愤然离家出走，在深夜中，一直走到无边的荒野，赤身露体，屹立如石像。几十年的经历涌上心头，她付出了眷念、爱抚、养育和祝福，而收到的却是决绝、复仇、歼除和诅咒。"她于是举两手尽量向天，口唇间露出人与兽的，非人间所有，所以无词的言语。"小说抒发的这样一个母亲的无言的痛苦，同时也是鲁迅内心的痛苦。鲁迅是在极为艰苦的条件下反叛旧的文化传统的，因为这种反叛为社会所不容，他首先要承担旧传统的攻击和羞辱。他为后代人肩扛住了黑暗的闸门，使后来人能够呼吸到更多的自由和平等的空气。但是，后代人会不会因为有这样一位前辈而感到耻辱呢？这是鲁迅向自己和社会提出的一个尖锐的问题。应当指出，鲁迅的这种苦闷也不是没有缘由的，其中不但有他与周作人关系破裂后真实的内心苦闷，同时也包含着他对人生矛盾的更普遍、更深刻的思考。世界上存在着两种人：爱人者和爱己者。爱人者因对人的感情而甘愿牺牲自己，使别人幸福，并把自己的幸福寄托在别人的幸福之中；爱己者则永远以自己的需要而接受爱人者为自己做出的牺牲。当爱人者已牺牲掉自己而再也无可牺牲时，便会成为爱己者所不齿的人。这时，爱人者不但成为孤独者，也会因为无所爱而陷入极大的苦闷中。《颓败线的颤动》表现的便是爱人者的悲剧。

《雪》是一篇寓情于景的散文，在鲁迅的笔下，雪有两种：一是江南的雪；二是朔方的雪。作者先以"暖国的雨"的单调衬托了江南的雪花的娇艳明媚，又用画家的彩笔绘制了一幅瑰丽多彩的江南雪景图：那"血红的宝株山茶""白中隐青的单瓣梅花""深黄的磬口的蜡梅"以及"冷绿的杂草"点缀着被白雪覆盖的江南原野，一眼望去，真是五彩缤纷、光耀夺目。"冬花开在雪野中，有许多蜜蜂忙碌地飞着，也听得它们嗡嗡地闹着。"从这绘声绘色、静动交织的描写中，使读者强烈地感到，江南的雪野上是洋溢着春天的气息的。为了更真实地突出江南雪景的生机勃勃，在勾画了自然景物后，作者又特地选取了孩子们塑雪罗汉的游戏加以渲染。孩子们天真的举动、欢乐的情绪，以及雪罗汉可爱的神情，把江南雪野烘托得更富情趣。在第四自然段的开头，作者用"但是"这个转折词巧妙地转到对朔方飞雪的描写，并表明朔方的飞雪和滋润美艳的江南柔雪是截然不同的，没有花做点缀，也做不成雪罗汉，纷飞之后，"永远如粉，如沙""在晴天之下，旋风忽来，便蓬勃地奋飞，在日光中灿灿地生光，如包藏火焰的大雾，旋转而且升腾，弥漫太空，使太空旋转而且升腾地闪烁"。在鲁迅的心目中，也许这才是真正的雪，"孤独的雪"的个性、风采正是"孤独的战士"的个性、风采。在这里，作者以炽烈的感情、豪放的语言、刚劲的笔力，描写了朔方飞雪磅礴的气势，抒发了对朔方飞雪追求自由的精神的赞美，同时对它不幸的遭遇也寄寓了深切的同情。全文虽然流露出了一种孤寂的情绪，却掩盖不住其中闪现着的理想光芒及作者对生活的热爱。

此外，《这样的战士》《墓碣文》《影的告别》《死火》等篇都以抒发作者内心深处的感受为主，交织着严肃的自剖和不倦的探索，真实地记录了一个前进中矛盾、彷徨和苦闷的战士的坚定步伐。

二、叙事散文《朝花夕拾》

《朝花夕拾》是鲁迅写于1926年2月至11月间的10篇回忆性散文的结集，这10篇作品在出版前曾陆续发表于《莽原》半月刊，总题为《旧事重提》。1928年9月由北京未名社出版时，鲁迅写了《小引》和《后记》，因而这部散文集包括《小引》和《后记》在内的共12篇作品。

　　《朝花夕拾》有着独特的文化价值、文献价值和艺术审美价值，是我们了解鲁迅生平思想的第一手资料。《朝花夕拾》描述了鲁迅从童年到壮年时期的某些生活片段，包括童年的兴趣和爱好，家庭教育和私塾教育，目睹庸医的害人，父亲的死，到南京求学的生活，富国强兵梦的破灭，日本仙台学医和终于放弃学医，辛亥革前后的经历，给予过自己关心和帮助的师友等等，具有明显的自传色彩。它也勾勒了清末到辛亥革命时期中国的社会生活风貌，从中我们可以看到近代中国历史的若干重要的侧面，如关于"长毛"，关于洋务运动，关于私塾和学堂，关于新潮和旧习，关于留学生，关于日俄战争，关于绍兴光复，关于辛亥革命的换汤不换药等等，对历史做出了生动而鲜活的记录，具有很强的史料性。《朝花夕拾》中的作品还记载了很多民风民俗：结婚、过年、迎神、赛会、年画、传说中的"老鼠嫁女"、"八戒招亲"、猫是虎的老师、飞蜈蚣专治美女蛇、"麻胡子"蒸吃小儿等等，特别是关于五猖会和无偿鬼的描绘，更写得格外生动有趣，含义深远。《朝花夕拾》虽不是像《呐喊》《彷徨》和《故事新编》那样的小说集，但在叙述的过程中也细致入微地刻画了一批栩栩如生的人物形象：有年轻守寡，却喜欢"切切观察"，一肚子"道理""规矩""礼节"而又勤劳善良的长妈妈；有"本城中极方正、质朴、博学"的三味书屋的老塾师；有要以"原配"蟋蟀做药引，用"败鼓皮丸"治鼓胀病，主张"舌乃心之灵苗"的"名医"；有幸灾乐祸、搬弄是非的衍太太；有令人景仰钦佩的藤野先生；有不合时宜、终生坎坷的范爱农……在这些人物身上，寄予了作者的爱和憎，美好的回忆和痛切的批判。虽是回忆性散文，但《朝花夕拾》也不乏现实的战斗性和深邃的思想性，世事的变迁、历史的沧桑、人生的领悟、现实的冲突，都为温情的往事涂抹了厚重的理性色彩，使得这10篇作品成为鲁迅感受现实和反思历史相契合的产物。到1826年为止，北洋军阀政府从复古保粹、尊孔读经，一直到屠杀进步学生，都是鲁迅在北京耳闻目睹的。因此，《朝花夕拾》中除时时可以看到对某些"正人君子"的嘲讽外，更多的是对儿童教育、封建道德以及改革举步维艰的关注，蕴含着作家对历史和现实的深沉的思考。总的来说，《朝花夕拾》熔记人、叙事、抒情、议论于一炉，寓思想性、战斗性于史料性、知识性之中，在五四新文学运动以来的散文创作中别具风格。

　　在艺术上，《朝花夕拾》呈现出一种明朗朴素、刚健清新、亲切自然的特色，其中最为突出的就是对白描手法的运用。按照鲁迅的解释，所谓"白描"，就是"有真意，去粉饰，少做作，勿卖弄"。鲁迅不喜欢烦冗的描写和辞藻的堆砌，也不借助于曲折离奇的情节，他总是抓住最能表现人物性格的肖像特点、动作描写和个性化语言，在叙事过程中以简练的笔墨、以朴素的日常生活描写来展现人物的风貌，经常是淡淡几笔，就将人物的优点或缺点凸显出来，写得有血有肉。如《阿长与山海经》中，鲁迅回忆了他童年时代的保姆长妈妈。她是封建社会里一个十分普通的劳动妇女，一到夏天，睡觉时她会"伸开两脚两手，在床中间摆成一个'大'字，挤得我没有余地翻身，久睡在一角的席子上……推她呢，不动；叫她呢，也不闻"；她"喜欢切切观察，向人们低声絮说些什么，还竖起第二个手指，在空中上下摇动，或者点着对手或自己的鼻尖"；她"满肚子是麻烦的礼节"，什么"死了人，生了孩子的屋子里，不应该进去"，"晒裤子用的竹竿底下，是万不可钻进去的"，正月初一清早一睁开眼，第一句话就要说"阿妈，恭喜恭喜！"、"还得吃一点福橘"……简练的几笔，就把这个讲究颇多、喜欢唠叨、整日操劳的老妈妈准确传神地描写出来。《朝花夕拾》中的作品，也有着很强的抒情性，饱含着作家强烈的爱憎。在平淡的叙述中富有褒贬，在简洁的描写中是非分明，读来引人入胜。

三、鲁迅的杂文

杂文创作是鲁迅毕生的重要事业，是他的心血的结晶，创造力的重要标志。从1918 年在《新青年》上写"随感录"起，到1936 年逝世，鲁迅从未间断过杂文的写作。正是他的博大精深和具有永恒艺术魅力的杂文创作，确立了他在中国现代思想史、文化史和文学史上的崇高地位。鲁迅的杂文，结集的共有 14 本，包括《坟》《热风》《华盖集》《华盖集续编》《而已集》《三闲集》《二心集》《南腔北调集》《伪自由书》《准风月谈》《花边文学》《且介亭杂文》《且介亭杂文二集》和《且介亭杂文末编》。此外，《集外集》《集外集拾遗》《集外集拾遗补篇》中也有许多杂文，鲁迅一生写作的杂文，数量达百余万字。

中国现代杂文萌芽于"五四"的"文学革命"和"思想革命"，在与封建旧道德、旧礼教和专制制度进行激烈的斗争，宣扬西方的科学、民主思想的过程中，得到了迅速的壮大和发展。新文化运动的先驱者特别是鲁迅，根据当时中外杂文家和自己杂文写作的经验，把短评、杂感发展为不拘格式而内容上和艺术上有一定规定性的杂文文体，并运用这种文体进行文明批评和社会批评，解剖国民愚弱的"国民性"，对传统思想和传统文化进行猛烈的抨击。作为五四新文学主将，鲁迅不仅写下了大量极富思想性和艺术性的杂文，还从理论与实践相结合的角度上，对现代杂文的文体样式、现代杂文的社会功能、现代杂文的思维方式和创作方法、杂文式的"形象"和杂文式的"典型"创造、杂文作家的思想和艺术修养以及作家的队伍建设等问题做出了精湛的论述，提出了系统的理论主张，对中国现代杂文的建设和发展做出了巨大的贡献。

鲁迅杂文内容丰富广博。对旧社会、旧文明和复古派的批判，对封建性反动政权及其反动政权的猛烈抨击，对帝国主义侵略的揭露、斗争，对文化、文学战线上错误倾向的批评，对社会病态心理和国民性弱点的暴露针砭，是其中的几个重要内容，形成了与现实密切结合的批判性、战斗性的思想特色。由于环境和思想的变化，鲁迅的杂文在内容和思想特色上既有一贯性，但前期（主要是1927年以前）杂文与后期（主要是1927年以后）杂文也有差异性。

鲁迅前期杂文侧重对封建性旧文明、旧道德的批判，充分体现以科学与民主为旗帜，彻底反对封建文化的"五四"精神；在批判封建主义的同时，还探索和研究国民性问题，暴露和批判了卑怯、惰性、保守、巧滑等国民性弱点。1925年到1927年，由于革命情绪的高涨和鲁迅思想的发展，杂文在进行社会批评和文明批评的同时，带有了鲜明的政治色彩，杂文的形式和艺术表现也更加丰富多彩，更趋于成熟，对话体杂文、书信体杂文和日记体杂文的出现，即是很好的例证。鲁迅后期在革命实践中自觉学习马克思主义，并在对敌的论战中自觉地运用马克思主义，对旧中国社会的思想、文化进行了更为广泛而深入的批判，对革命文学发表了许多重要意见。由于娴熟地掌握了辩证法，他这时的不少杂文，总结了他对社会人生和文学艺术诸多问题的哲理性思考，成为现代史上一座高耸的理论高峰。这一时期，鲁迅杂文的知识化、形象化、趣味化也达到了前所未有的高度，由于倡导"文艺大众化"，杂文语言充分发挥了现代白话的通俗显豁的特点，艺术上进入了一种自觉的圆熟的境地。

鲁迅的杂文文体多样，不拘一格，开拓出极其广阔的天地，其风格也多姿多彩。最主要的风格是：切实锋利，精练泼辣，似匕首投枪，三言两语，就能把复杂深奥的事理说清。这种风格主要通过以下几个方面得以体现：

一是政治性与形象性的有机统一，既立论准确，分析透辟，论证严密，具有强大的逻辑力量，同时又显示了议论的形象化，以对比、暗示、取譬、借喻等手法，使深奥抽象的思想观点变成具体可感的生动的形象。如"落水狗""巴儿狗""细腰蜂""丧家的资本家乏走狗""黑色的大染缸""小摆设""变戏法"等，这些形象具有广泛而深刻的典型性，不仅赋予杂文的主旨以形象的生命和魅力，而且它们本身就包含着丰富的社会内容，耐人寻味，是鲁迅杂文的重大贡献。

二是把战斗性与抒情性融为一体，既有尖锐犀利的笔锋，又有舒缓深长的情致。鲁迅的杂文往往把思想观点渗透在汪洋恣肆的感情波澜之中，既鼓舞人以战斗激情，又给人以轻松愉悦的艺术享受。如《纪念刘和珍君》《为了忘却的纪念》等类抒情杂文，情文并茂，以浓烈深沉的情感震荡读者的心弦，而《"友邦惊诧"论》这种抨击时弊的杂文也渗透着炽烈分明的爱憎感情。

三是鲁迅的杂文还具有浓厚的幽默讽刺特色。常用反语、暗示、排比、夸张等手法，

"嬉笑怒骂，皆成文章"。

为了说理的需要，鲁迅在杂文中还广泛地援引和活用古今中外的神话、寓言、故事、传说、小说、戏剧、诗歌以及文学家和思想家的材料，这些材料本身往往就是诙谐有趣的，同作者所要阐发的道理相互呼应、珠联璧合。

杂文创作渗透到鲁迅文学活动的各个方面。在他的小说集《呐喊》《彷徨》《故事新编》，散文集《朝花夕拾》、散文诗集《野草》，甚至是新诗和旧诗的写作中，都常常可以找到杂文的影子。鲁迅也总是在他参与编辑或支持的文学刊物和领导的文学社团中，积极地倡导和推动杂文的创作；而他翻译的一些理论文章如厨川白村的《出了象牙之塔》等，也产生了重要影响，为中国的散文创作提供了重要的理论借鉴。鲁迅杂文在思想和艺术上所取得的巨大成就，在中外的散文发展史上都是罕见的。鲁迅的杂文是特定的社会思想和社会生活的艺术记录，几乎写出了整整一个时代的风貌，是现实中国思想文化、社会历史的百科全书。鲁迅杂文既是史诗，又是政治，充满了鲜明的爱憎情感和丰富的理论含量，比较重要的代表性作品有《我之节烈观》《灯下漫笔》《春末闲谈》《论雷峰塔的倒掉》《并非闲话》《论"费厄泼赖"应该缓行》《纪念刘和珍君》《为了忘却的纪念》《文艺与革命》等。

第三节 周作人与朱自清的散文小品

一、小品文之王——周作人散文创作概况

语丝社最具代表性的散文创作体现在两大方面：一是以鲁迅为代表的杂文创作；二是以周作人为代表的小品散文创作。周作人（1885—1967），浙江绍兴人，笔名启明、知堂等。早年留学日本时，与其兄鲁迅共同创办文学刊物《新生》，以"文学革命"向旧文学发难，成为新文化运动和文学革命初期有很大影响的代表人物之一，著有《人的文学》和《平民的文学》等理论文章。

周作人对现代文学最可贵的贡献在于他对"美文"的创作与倡导。他使美文作为一种独立的文体在文学史上的地位得到确立。他的代表性散文集有《自己的园地》《雨天的书》《泽泻集》《永日集》《看云集》《苦茶随笔》等。周作人的前期散文，可分为注重议论、批评的杂感和偏于叙事抒情的小品两类，前者的思想意义较强，后者的艺术成就较高。而真正代表了他散文艺术风格因而影响更大、艺术成就更高的，还

是那些以"平和冲淡"见称于世的小品文，这些小品文，取材广泛、不拘一格，恬淡从容、真率亲切，简素质朴、庄谐并出，显示了周作人作为散文大家的深湛的艺术造诣。在他编成《永日集》以后，周作人就沉湎于远离现实的"苦雨斋"中，抄古书，追求闲适趣味，大谈草木虫鱼，叛逆性顿减，而隐逸性渐增，以至于终归走向了变节投敌。

二、周作人小品散文的风格特色

周作人1921年6月就发表《美文》，热情号召"治新文学的人"去大胆尝试现代的小品散文，并同时以他自己的创作实践积极推进现代小品散文的发展和繁荣。周作人的散文创作在艺术上独具风格，他既继承古代公安派、名士派性灵小品"独抒性灵，不拘格套"的特点，又吸取外国散文"漂亮"和"缜密"的写法，形成自己的风格特色。他的较有影响的散文名篇《故乡的野菜》《乌篷船》《苦雨》《北京的茶食》《鸟声》《苍蝇》等，都鲜明体现了其独特的艺术风格。

他以散淡式的笔法写出浓厚的生活情趣，以冲淡的笔触抒发悠悠的情感，于质朴中流露出一种恬淡深长的诗意。可以说，他不是淡笔写淡情，而是淡笔写浓情。再次，他善于在寓庄于谐、寓谐于庄中形成幽默感，往往在轻松自如的叙述中表达了重要的思想内涵。最后是短小精悍的篇幅，简洁老练的语言。如《故乡的野菜》取材平凡，但陶然耐读，有一种从容的态度与冲淡平和的风骨；《乌篷船》以家常式的絮语娓娓叙述，娴雅自然，读之兴味盎然。周作人的"平和冲淡"蕴含深刻，既有中国式的"闲适"，又有日本式的"苦味"，它是作者矛盾、苦闷心理自我调适和平衡的产物。表现在行文上，无论是抒情还是议论文字，他的态度都十分的冷静与节制，对迫切、重要、与人生紧密相关的种种问题做静化、淡化、内化和深化的处理，叙事说理的成分多，抒情的成分少。

首先，从散文的抒情方式来看。周作人往往是含情不抒，对社会世事做低调反映，使情感深蓄渊含，克制抒发，喜怒哀乐入心不露面，保持一种绅士风度。他在《立春以前·关于宽容》中描述了一次见闻：

我在北京市街上走，尝见绅士戴獭皮帽、穿獭皮大衣，衔纸烟，坐黄色车，在前门外热闹胡同里岔车，后边车夫误以车把叉其领，绅士略一回顾，仍安然吸烟如故。

这种雍容、闲适、遇事不惊的状态，正是周作人极其崇尚的气度和人生境地，也是他的绝大部分小品行文作风的形象化演示。在《前门遇马队记》《爱罗先珂君》《怀旧》《初恋》《死之默想》等最典型的以叙事抒情为主的散文篇章里，愤怒、思念、眷顾、哀愁抑或是孤独等情感都被最大限度地淡化和内化，使我们很难明确指出文中哪些是有代表性的抒情语句。

其次，从散文的议论方式来看。周作人是长于议论的，他善于用幽默的文字，表达对文化、文学，甚至是政治的批评。他将英国随笔的谈论风格、中国散文的抒情韵味，乃至日本俳句的笔墨情趣融合在一起，形成了"夹叙夹议"的抒写风格。他推崇在叙述中自然而然地阐发观点，反对"作论"，即反对在文章中摆出高谈阔论的腔调，不顾事实，只图自己说得痛快。因此，周作人的绝大部分散文其行文均采用平缓的叙述语气，从人生实处说开去，用陈述心得的方法，使自己的观点成为"写在纸上的寻常说话"（周作人：《燕知草·跋》）。

《苍蝇》向来被看作是周作人闲适小品的名篇，但其中也不乏深刻意蕴的阐发。在文中，作者一反文人雅士们对苍蝇的嫌恶态度，从孩子们对金苍蝇的喜爱说起，不仅介绍了苍蝇的种类，有关苍蝇由来的传说，日本俳句对苍蝇意象的喜爱，更对苍蝇的执着与大胆"虽然你赶他去，他总不肯离开你，一定要叮你一口方才罢休"的精神大加赞美。结尾，文章谈到希腊古代的一位美丽而聪慧的女诗人甚至以"苍蝇"为名时，忽然笔锋一转，写到"中国人虽然永久与苍蝇同桌吃饭，却没有人拿苍蝇作为名字，以我所知只有一二人被用为诨名而已"，在看似漫不经心的叙述中，暗藏锋芒，对中国士大夫的虚伪、对中国国民的愚昧和落后进行了有力的针砭。《上下身》也是一篇取譬精妙的小品。文章由"所谓的贤士"将人的肉体分为上下身，并赋予道德的评判——上身是体面的绅士，下身是"该办的"下流社会——的荒谬性，推而指出一些人将生活生吞活剥，分作片段，"仅想选取其中的几节，将不中意的梢头弃去"，一味地只追求理想中的结果的荒谬性。散文由两段组成，第一段叙述乡间绅士的可笑之举；第二段集中叙述某些人的"奇思妙想"，如把生活也分作片段，只选取其中的几节；认为生活中的恋爱、工作是高级的事情，而饮食则是低级的、附属的，等等，并指出了其不合理性，"这都有点像想齐肚脐锯断，钉上一块底版，单把上半身保留起来"。随着叙述内容的转换和层层深入，事理之间的相似性、作者的观点都一步步地清晰起来。由此看来，在周作人的散文里，叙述与议论是重叠的、密不可分的。对于议论说理这样的一种处理方式，使得周作人的"文艺性论文"全无浮躁凌厉之气，温雅而富于哲理，给人无尽的余味。

最后，旁征博引是学者式散文的一个共同特色。周作人善于在旁征博引之中自然而然地传授出丰富的知识，尤其显示出其知识的广博、学养的深厚。他在散文中，通过对自己的所见所闻、所思所想的抒写，上下古今，海阔天空，旁征博引，给人以天下国家、现实人生、风土人情、道德文明、文化艺术等方面的广阔知识。周作人的引文中有童谣俚语、传说故事、诗词俳句、文献史实、同时代人的知名著译、引车卖浆者的叫卖唱词等等，种类繁多，不一而足。这些引文或用来引起话题，或作为主题的依据，或暗示散文的思想，或参与结构推动文章发展……在叙事说理的同时，大大地增强了散文的知识性和趣味性，使我们能够由"苍蝇"而了解"宇宙"，获得了精神上的愉悦和滋养。

周作人的小品文大多几百字到千把字，遣词造句恰到好处，从不啰唆，体现了一种既简洁明快，又古朴典雅的文风，为中国现代散文的发展做出了很大的贡献。他的文章冲淡、轻松、蕴藉，时而流露出激愤的情绪。周作人创作中更具代表性的是诸如《喝茶》《鸟声》《乌篷船》之类的随笔，运笔自如，旁征博引，侃侃而谈，清新随意，打破了"白话不能为美文"的成见。《乌篷船》描写了故乡以船代车的风物和水行的乡间情趣。"致子荣函"的"子荣"是周作人在《语丝》上用过的笔名，作者采用这种方式，含蓄地表达了对故乡悠远的依恋之情。

三、情景交融的典范：朱自清散文创作概况

朱自清（1898—1948），字佩弦，江苏东海人。除了极少的小说和诗外，朱自清的散文先后结集出版的有《踪迹》（1924）、《背影》（1928）、《你我》（1936）、《欧游杂记》（1934）、《标准与尺度》（1948）、《论雅俗共赏》（1948）等，此外还有不少语文教学和古典文学的研究专著。从 20 年代初到他病逝的近 30 年时间里，朱自清的写作重心数度转移，由诗转而散文转而杂文。

朱自清是在"五四"浪潮的推动下开始文学生涯的，最初由诗人的身份走上文坛，是现代文学史最早的一个诗刊——《诗》的编者之一。文学研究会众诗人中，他以朴实明快、皎洁纯真的风格而具有一定的代表性。创作于 1922 年的长诗《毁灭》是最早的抒情长诗之一，也是朱自清全部诗作中最能代表其艺术造诣和思想动态的作品，既有苦闷彷徨的呻吟，也有奋起追求的精神，寄寓着诗人对人生的切实感受。

1925 年后朱自清绝少写诗，他将主要精力开始移向散文写作。朱自清的散文大致有两大类：一类是抒情写景散文，著名篇章有《荷塘月色》《绿》《背影》《儿女》《给亡妇》《桨声灯影里的秦淮河》《匆匆》等；另一类是针砭时弊的政论，有影响的篇章有《白种人——上帝的骄子》《生命的价格——七毛钱》《执政府大屠杀记》《哀韦杰三君》等。最能赢得读者喜爱的是朱自清优美清新、情真意切的抒情叙事写景的散文小品。最能传达朱自清散文风致的，还是取材于作者生活的那些抒情、叙事、写景之作。《背影》《给亡妇》《荷塘月色》《桨声灯影里的秦淮河》是其中最负盛名的作品，以事传情，用笔朴实、平淡，甚至似乎有点琐碎，却有极强的情感冲击力。

20 世纪 40 年代，朱自清改写杂文，一方面为了更有力地对严峻的现实发言，另一方面也是实践他提倡的"谈话风"，内容大多是议论人生社会问题，增添了较浓厚

的思辨色彩和与哲理意味，自然亲切，雅俗共赏，显示了很高的艺术功力。

四、朱自清散文的风格特色

朱自清的"美文"数量不多，而精品不少，其一代散文大师的地位，正是由这些"美文"所共同表现的艺术成就奠定的。比如散文代表作《背影》，文章发表于1928年，主要描绘了朱自清与父亲之间那种醇厚、深沉的父子之情。这篇作品不是作者的即兴之作，而是经过岁月的流逝，人生角色的转换，儿子回忆沉思的结晶，其中蕴含着作者对人生社会的深切体验和深沉思考。作品将父子之情表现得细微自然，有父爱，也有子情，交相辉映，生动感人。作品成功地运用了细节描写，抓住父子离别的瞬间，将瞬间的离情化为了永恒的思念，引起读者的强烈共鸣。朱自清散文的艺术特点主要有以下几个方面：

第一，取材琐细，以小见大。朱自清的散文往往取材者小，所见者大，以点滴的感受或是微不足道的情景升发出深广的思想内蕴，而且他善于用工笔式的细腻对情景加以精巧的描绘和刻画。作于1927年的《荷塘月色》就是以玲珑剔透之笔绘出一幅中国式的泼墨写意、清新幽雅的月色荷塘画，并由此倾诉了一个知识分子的心灵深处的忧伤与烦恼、追求与希望。

第二，感情真挚。深厚的情感注入是朱自清散文脍炙人口的重要原因，所抒之情都是作者发自内心的真实情感的流露，没有任何斧凿的痕迹。他的以家庭生活为素材的作品中所表现的或温厚、或感伤、或幽默的人伦之情，颇为动人。如《儿女》中所含的幽默与温馨的家庭气氛，无不真诚亲切。

第三，情景交融，构思精巧。朱自清的散文名篇，写景的往往是景中有情，情景交融，既有朦胧的画意，又有幽幽的诗情；而抒情的又往往情中见景，充溢着水乡风光。《荷塘月色》中的荷塘本很平常，而在朱自清笔下，却无美不备，淡淡的月色，田间的荷叶，薄薄的春雾，葱葱郁郁的树及树上的蝉声与水里的蛙声，组成了一幅意境优美的工笔画；梅雨潭的绿，秦淮河的波与光、弦歌画舫……都能招人入内，心生亲临其境之感。朱自清构思缜密精巧、极具匠心。《背影》已是出奇制胜，而《荷塘月色》意在写心中"颇不宁静"，一路写来，却又处处见"静"，《松堂游记》虚实并举，又一情贯注。

第四，语言自然、亲切、漂亮。朱自清的散文语言优美而又质朴，精巧而又缜密。他善用华美和漂亮的语言表达心绪，但又毫无造作之感，完全自然天成，美得质朴，美得自然。同时他的散文也讲究节奏感和韵律美，善用长短句的巧妙搭配，读来错落有致，朗朗上口，颇有跌宕回环的听觉美感，形成了"清水出芙蓉，天然去雕饰"的独特风格。

第四节　抒情叙事散文的丰收

一、郁达夫的散文

郁达夫的散文创作造诣不在其小说之下，其情韵、意境、个性和独特的赏鉴能力，给人以高度的艺术享受。郁达夫"五四"时期写下数量最多的是一种介乎小说与散文之间、有机糅合叙事与抒情因素的散文，这类散文真实而深情地记录了作者人生旅途中说不清道不尽的情、景、事。一种具有特定身份，带着特定感情写出的特定文体——"零余者"以感伤情绪写下的"记行体"散文，始终把满腔炽热的主观情绪投射到字里行间，总是以情感的波动作为创作的底蕴，便成了郁达夫早期散文的主要特征。

写于1922年7月的《归航》（原名《中途》）是郁达夫早期的一篇散文，文中详尽叙述了作者结束留学生活，离开日本之前的特殊心境和归航途中的所见所思。整个归航途中都萦绕着一种沉重、苦涩的感伤氛围，这是一种在凄凉人生中孕育着的特殊心境自然地延续和扩大，一种触景生情式的广泛的人生悲哀，一种发自内心深处的高度敏感的精神反射。以"归航"为名的这篇散文，实际上正预示着作者人生"中途"的新起点。

沿着这种情绪继续写出的是著名的《还乡记》后《还乡后记》。作者以悲哀的心情还乡，绝望之中多少还期待着在故土和亲人中得到些人生的温馨。但文中记下的一件件令人烦恼、不尽如人意的事情，反而更增添了作者人生旅途的失意感和孤独感，即使观赏途中的美景，领略农家欢乐的情致，瞬息之间也都成了使人沮丧的悲愁，以致最后到了家门竟无勇气见家人，悄然一人钻入后门躲进楼上独自睡去。这种暗自凄凉的悲鸣到1926年写成的《一个人在途上》发展成为哭天抢地的倾诉，在遭受一系列人生挫折之后，又痛失爱子这无疑成为作者倾诉感伤之情的爆发口，几年来的泪水都在这里汇合了。这不公不只是对爱子的追忆和怀念，也不只是对妻子的同情与内疚，更是对自己不平遭遇的悲切哭诉。在这里，郁达夫的悲悉情绪已经由触发式的神经敏感变成了神经质似的全面倾泻。

写于1928年的《感伤的行旅》记下了人生行旅的特殊感伤。这本应是一篇典型的游记文字，但浓烈的情绪抒写不容置疑地把它归为散文之列。按时序记下的江南秋色，好山好水，到作者眼里统统变为"颓废末级"的烦恼，深埋在胸中对世道人情的不快，长期积压在心头对污浊现实的不满，对自身怀才不遇的郁闷，在这次赏景途中达到了宣泄的高潮。情绪与景致的不一致，感情与理智的不一致，过敏神经的忽而颠动，这就是郁达夫的抒情方式，这就是郁达夫的审美机制和这类散文动人心的本质魅力。

郁达夫主观情绪的投射在他"五四"时期的"书简体"散文中得到了更为酣畅、率真的升华。郁达夫惯于公开向人们倾诉自己内心最深处的隐秘，"书简体"无疑是最直接的倾诉渠道。他在这时期写下的大量书简体散文中，毫无拘束地抒发自己的苦闷和见解，坦荡至诚地进行自剖自责。其中最有代表性的是他 1924 年 3 月写给郭沫若、成仿吾的信《北国的微音乐》。这封信围绕对人生的幻灭感和孤独感，直接向友人倾吐了心中的块垒，他慨然呼道："我的消沉也是对国家，对社会的。现在世上的国家是什么？社会是什么？尤其我们中国？"作者因孤独而消沉的根源还在于一种难以超越的民族和社会的责任感，在于一种中国知识分子难以摆脱的积极入世的传统文化心态，它交织着对生活的沉痛体验和思考，贯穿着对社会高度敏锐的辨析。

郁达夫"五四"时期的散文创作，突发性地、近于失控地宣泄着种种人生悲哀、人性扭曲，表达对个性解放、人性自由的追求，以强烈的主观音调荡涤黑暗污浊的现实，以个人"传"生活，意识方面增强了我们对"五四"作家某种共有的理解，而且从艺术创新的角度昭示了郁达夫乃至整个"五四"散文的某些审美内涵。

郁达夫一再认定"日记文学，是文学里的一个核心，是正统文学以外的一个宝藏"（《日记文学》）。《日记九种》从 1926 年 11 月到 1927 年 7 月底，把"半所来的生活记录，全部揭开在大家眼前了"（《日记九种》后叙）。这本日记的价值远远超过了它在新文学史上最先公开发表的时间意义，所引起的轰动效应，甚至超过了日记文学特有的审美价值及其对整个日记文学发展的影响和作用，它使我们更透彻地看到了郁达夫的艺术修养、生命意识和多重侧面的个性。

郁达夫散文的艺术生命就是鲜明的自序和浓烈的个性特征：

首先，叙事抒情主人公的潜在能量——这是郁达夫散文情感涌动的热源。郁达夫的散文，尤其是其五四时期的散文与小说很难截然分开。他的很多散文，如《还乡记》《南行杂记》常被人们当作小说来看；他的很多小说，如《青烟》《茑萝行》又完全可以当作散文来读。原因是在他的散文之中具有典型的小说情节，鲜明完整的人物形象；而他的小说又显现出分明突出的散文化结构和氛围。这种散文小说化和小说散文化现象的互相渗透客观上表明了郁达夫在文体上的一种独创——"人生纪实性的散文化小说"或"小说化散文"。

其次，玄幻的氛围展现——这是郁达夫散文情绪滋蔓的表形。郁达夫善于在散文中制造一种玄妙的意境和奇幻的氛围来笼罩感情的扩散，把深层的情绪消解在玄幻的气氛之中。《灯蛾埋葬之夜》是这种特色的典型代表。文章叙写主人以"我"在远离人群的某个沉寂的角落，在一个漫长烦闷的秋夜，尽情抒发着生活的厌倦，对人生产生的"一种空淡之感"，突然一只扑灯蛾的惨死唤起了"我"的一股求生的强烈冲动。整个文章的压抑气氛得到一种奇特的缓解，弥漫全篇的生之厌倦顷刻之间闪露出生之期望，一种微妙的艺术情致也悠然浮现。

最后，情绪流的结构方式，是郁达夫散文情感瓷肆的脉象。表面上看，郁达夫的散文实在不精于谋篇布局，他散文结构的最大特色那就是没有结构，而全凭兴致，心到笔到，毫无章法。他的散文采用铺陈的写法，一件事、一种情，往往从多个角度、多重侧面，不厌其烦地反复写来，给人以浓墨重彩而构思松散的感受。但细细咀嚼，深入其感情脉流的底层去体味，郁达夫的散文总有一条内在的感情线索，把那些表面没有必然联系的、缺乏逻辑关联的片段和细节无形地串通起来，正是这条情感线索的随处流动，给文章的各部分灌注了生命的活力。《感伤的行旅》这篇散文，记游、写景、抒情、议论各具风采姿韵，洋洋洒洒，漫不经心，但是积压在作者心头的那股似"'苦配'啤酒"般的苦味儿，却蔓延到文中的各个层面，无论是峰回路转之处，登高远眺之时，是抒胸臆大发感慨之际，倒出来的都是那股感伤的苦涩之味。这种全然不顾外在结构，一任情绪宣泄的"以情动文"的独特方式不仅大大加重了郁达夫散文的浪漫抒情色调，同时也加深了对读者的内在感发力量。

二、钟敬文的散文

钟敬文先生既是我国著名的民俗学、民间文学研究专家，同时又是一位在20年代初即以"清朗绝俗"（郁达夫语，《中国新文学大系·散文二集·导言》）的小品文而在文坛崭露头角的散文作家。他的散文集《荔枝小品》（1927）、《西湖漫拾》（1929）、《湖上散记》（1930）、《柳花集》（1929）问世以后，引起了读者和选家的注意。1934年，阿英所编《现代十六家小品》，对文章的挑选极为严格，其中收入了钟敬文的"一家之作"。在书前的"编例"中，阿英说："本书是近20年来小品文的总结算，属于过去的小品文的精华，搜罗可谓靡遗。……现代小品文作家，当不止此十六人，不过在编者看来，此十六人，其影响较大而已。"这十六人依次为周作人、俞平伯、朱自清、钟敬文、谢冰心、苏绿漪、叶圣陶、茅盾、落花生、王统照、郭沫若、郁达夫、徐志摩、鲁迅、陈西滢和林语堂。钟敬文小品文的成就由此可见一斑。上海良友图书公司1935年出版的《中国新文学大系·散文二集》中，郁达夫也将钟敬文的散文作品如《西湖的雪景》《花的故事》《黄叶小谈》等作为"五四"新文学第一个十年的重要收获，辑入其中。

钟敬文将自己新中国成立前的散文创作以 1930 年为界分为前后两个时期。前期主要是 1923—1929 年间，作者在故乡海丰、广州和杭州教书时所作的以山水、草木等自然景物为对象，风格幽静、清淡的小品文；后期则是作者在搁笔 10 多年后，重新开始于 40 年代的战地报告文学和文艺评论写作，这些文章，一改 20 年代小品文中的隐逸之思和田园诗人般的浅酌低吟、徘徊咏叹，而是紧扣时代脉搏，显示出一个进步知识分子在经历了日本侵华战争这样的民族大劫难以后，世界观、文艺观的转变。

阿英在《现代十六家小品》中所作的《钟敬文小品序》是当时对钟敬文散文评论最具权威性和影响力的一篇。在这篇文章里，阿英引用钟敬文《荔枝小品》中的自白，指出了钟敬文小品所受到的 20 年代流行的周作人散文作风的影响，并将钟敬文归入"周作人一流派"。阿英认为，钟敬文的散文在思想趣味和艺术表现上，都与周作人有着"合致的所在"。他的不少好的小品，如《花的故事》《黄叶小谈》《怀林和靖》《太湖游记》等等，都可以说是新文艺小品中的优秀之作。这些优秀之作，是"事实地帮助了周作人一流派的小品文运动的发展的"。

钟敬文前期的小品文，特别是《荔枝小品》中的《旧事一〇》《忆社戏》《啖槟榔的风俗》《花的故事》等篇，与周作人的笔致有很多相似之处，都有着田园诗人的思想和情怀，憧憬着"消极的独善的野居的梦想""超逸的生活与心境"（钟敬文：《怀林和靖》）；都喜欢谈说风景，论断书籍，因物抒情；又都追求冲淡平和、清隽平远的笔墨；崇尚晚明小品雍容、节制、典雅的风度；欣赏英国随笔即兴而谈、文中有我，自由自在的随意，等等。但造成这种相似的原因，除同时代人或师友之间的相互观摩和影响，还有着更深层的因素。正如有学者所指出的那样，"即使没有周作人型的散文在前，钟先生型的散文还是会照样产生出来"，因为他和周作人是在同一文化"母源"的影响下。作为周作人体系里面的一个支流，在"平和冲淡"总体风格的一致性下，钟敬文的散文显示出了很多独异之处。这些特点将他的散文与周作人区分开来，获得了特有的艺术魅力。

"平和冲淡"是钟敬文倾心渴慕的文体追求。平和中蕴含着温情，甚至是热情。但年龄的关系和天性的敏感、率真、热情，给他的散文以温情、轻松的底色。他的散文中抒情的成分特别多，而以诗抒情更成为其中一个引人注目的特色。

下面就以周作人的散文为参照，从抒情方式、议论方式、引文的类型和作用、语言文字等几个方面，深入钟敬文和周作人散文"平和冲淡"的审美风貌内部，对其具体的和本质的不同进行分析，力图从中显示出钟敬文散文的独特个性，特别是在"以诗为文"的美学观念指导下所显示出的鲜明的诗化倾向。

首先，从散文的抒情方式来看，钟敬文的散文坦率、天真，喜怒哀乐溢于言表，感情表达较为直露、奔放和强烈，毫无矫饰的痕迹。如《钱塘江的夜潮》中，作者记录了一次夜间观看钱塘江潮的经过，不仅写出了观看前对钱塘江夜潮这一"天下奇观"的仰慕之情，同时也将观看后的失望情绪毫不掩饰地宣泄出来。散文一开头，作者便写道："人类真是富于夸大性的动物。有时一件很平庸的事情或物体，一经过他们夸大的渲染，往往就变成了不得的伟大、奇诡、神秘，而具有深深地吸引人的魅力。村夫农妇传说中的神仙英雄，骚人才子诗文中的名山胜迹，都是千百倍显微镜下的东西，和所谓实体的模样儿，大都相差得很遥远的。"从中我们可以看到一个年轻人纯粹可爱的内心。钟敬文的散文中还有不少篇什或回首往事、追慕当年，或缅怀故人、忆昔抚今，其中交织流荡着的感伤、凄迷和惆怅的情愫就更加明显了。《谈雨》将笔触伸向"粉红色的儿童时代"，透过眼前的雨帘，回想起童年时代雨天里的校园、运动场，以及小伙伴们用门板自制小舟在积水的运动场里泛舟嬉戏的快乐时光，其中蕴涵的是作者对童年、对故乡的无限留恋以及客居他乡的孤寂和哀愁。《海滨》写的是作者在晨昏之际，西子湖畔，对往日朝夕相对的海滨生活的怀想。"海潮高涨，月色如霜，晚风凄紧地吹拂着，榕树的枝叶，齐发出沙沙的音浪，与海上的涛响，如在按拍合奏。"优美静穆的景色描写中，流露出作者彷徨、失落的心绪。

其次，从散文的议论方式来看，钟敬文单纯的"文艺性论文"较少，他的散文中的议论常常是与抒情相结合的，在抒情中直接表露自己或赞扬或愤慨，或鼓励或谴责的态度，体现出议论与抒情融为一体的抒写风格。《悼西薇君》对故乡文友西薇君的去世寄予了深沉的哀思。西薇君是作者在广州教书时的同事，他们同住一间宿舍，因诗而结下了深厚的友谊，但包办婚姻和肺病的双重打击却使这位"感情纯挚、深沉"的青年，在一年左右的时间里匆匆地死去了。对此，作者既震惊、伤痛，又怒不可遏。"记西薇的病，从去年暑假证实到现在不过年余。这年余中，大约都是很经心调护的，而竟死得这样快，真令人难过了！至于他致死之由，平日太过用功，自然是一个不可移易的原因；然据我的观察揣度，婚姻问题的失意，尤其是诸原因中最重要的一个。……他屡次为我述说他被家庭胁迫，含泪赞同他们意见时的凄凉景况，我此刻思之，犹觉头发耸竖！为人家长的，但知道自己的主张为合理，不管儿辈们意志的自由。强迫的结果，只演成这样千古痛心的惨剧。揆之初衷，该怎样的痛自贬责呵！"文中对中国封建宗法家长制、包办婚姻剥夺年轻人"意志的自由"，最终导致杀人的惨剧，进行了愤慨的声讨。在语气上常常采用比较强烈的反问和感叹语气，使散文在平远中蕴藏清朗、激越的韵味。

再次，旁征博引是学者式散文的一个共同特色。钟敬文散文中对旧体诗词的引入，很好地发挥了状物抒情的作用。这形成了钟敬文散文在文体上一个不容忽视的特点。

钟敬文散文中的引文，虽然也有不少传说故事、歌谣谜语、文献史实、同时代人的知名著译、学友之间的通信论文，但用得最多的，还是古今诗词，特别是旧体诗词。钟敬文对旧体诗词非常热爱，他的一生有十几本旧体诗词集流世，如《偶然草》（1928）、《东南草》（1939）、《旅滇杂诗》（1980）、《天风海涛室诗词钞》（1982）、《齐鲁行诗稿》（1990）等，大大超过了他新诗创作的数量。钟敬文不但自己写作旧体诗词，对古代的诗词歌赋更是娴熟于心。提到太湖景致，他能背出一大串古来骚人词客对它的吟咏，"秋老空山悲客心，山楼静坐散幽襟。一川红树迎霜老，数曲清馨远寺深。""瑶峨明镜澹磨空，龙女烟绡熨帖工。倒卷银潢东注海，广寒宫对水晶宫。""如此烟波如此夜，居然着我一扁舟。""不知偷载西施去，可有今宵月子无。"（《太湖游记》）；说起黄叶，他又能一口气写下不少咏叹黄叶的佳句，"晚趁寒潮渡江去，满林黄叶雁声多。""青山初日上，黄叶半江飞。""数听清馨不知处，山鸟晚鸣黄叶中。""扁舟一棹归何处，家在江南黄叶村。""丹枫江冷人初去，黄叶声多酒不辞。"（《黄叶小谈》）……只要文章需要，他常常能顺口拈出几句旧诗，用以状物抒情。钟敬文的散文中，不仅大量引用古人诗句，而且夹入了相当多的本人所作的新旧体诗词，将某种特定的感受通过诗的语言和意境，既含蓄又饶有风致地表达了出来，大大地增强了散文的抒情性。《重阳节游灵隐》《水仙花》《未完的信》《怀林和靖》《悼西薇君》等篇，都是引诗抒情，诗与文圆融一体的典范之作。

在《西湖漫拾·自序》中，钟敬文引用厨川白村《出了象牙之塔》中的文字，表达了自己对小品（ESSAY）的看法，其中有一句这样说："有一个学者，所以，评这文体，说是将诗歌中的抒情诗，行以散文的东西。倘没有作者这人的神情浮动着，就无聊。"显然，钟敬文是非常重视散文的抒情性的，他认同诗与散文在情感内核上的一致性，认同"以诗为文"的美学原则，而他的散文也正是将抒情诗用散文化的语言表达出来的文字，形式上是散文，实质仍是诗。钟敬文的散文深受晚明小品的熏染，他在作于1988年的《我与散文》和1992年《荔枝小品·西湖漫拾》的《两部散文集重印题记》中都谈到了前期散文品格的形成问题。除了"当时一些文坛前辈作品的影响"，在《我与散文》中，钟敬文也指出："在我前期散文中有一个特点，就是从内容到风格上都呈现着受过古典文学（特别是宋、明才子派的散文小品）熏陶的痕迹。这种痕迹，在《荔枝小品》中已经出现，到杭州时期的作品就更为显露了。"钟敬文小品的"以诗为文"主要表现在对于意境的营造和诗歌的大量引用上。他的小品大多洋溢着诗情画意，注重通过清远萧散的意境营造，在空灵隽永的审美氛围中抒发生活情趣、人生理想。前文提及的《海滨》《重阳节游灵隐》《残荷》等篇都是意境幽深、诗意融融的佳构。此外，散文中对诗歌的大量引用，更强化了钟敬文散文的诗化倾向。

可以说，诗歌不仅成为钟敬文散文的血肉，更成为他散文的脉搏，将他对诗的热衷以及他的诗人气质在散文写作中尽情流露。

最后，语言风格。语言美是构成散文美的一个重要因素，在现代散文园地里，不同作家的语言风格往往有着很大的差异，正所谓"文如其人"。钟敬文散文中对白话口语的运用，经历了一个逐步发展、日臻娴熟的过程。他最初的一些白话小品在语言上还有着文白杂糅的痕迹，"的了吗呢"虽然代替了"之乎者也"，但格调腔拍还未能完全摆脱文言的束缚。稍后，他注意在白话中有机地融入古语和外来语，既采纳文言中的某些辞藻、句式，承继古典文学讲究简练含蓄、音韵和谐的特点，又吸收西洋文字的句式、语法、修辞，融会贯通，从而大大地增强了白话口语的规范性和表现力。钟敬文20年代后期的散文作品，特别是辑入《西湖漫拾》《湖上散记》集中的《西湖的雪景》《残荷》《怀林和靖》《幽怨》《黄叶小谈》《太湖游记》等名篇，可谓以现代人的语言表达现代人的思想感受的佳作，郁达夫称赞钟敬文的散文"清朗绝俗，可以继周作人冰心的后武"。

30年代以后，钟敬文写作小品文的热情呈现出退潮趋势。这一方面是由于作者将"学艺的方向"专注于民俗学和民间文艺的研究，另一方面，更重要的是作者的文艺观发生了相当的转变，他开始对自己过去所写的小品文一类的东西表示出不满了。1929年冬天，在《湖上散记》的后记里，钟敬文引用卢那卡尔斯基的话，指出了艺术家的社会使命问题，并说："我们的时代，是觉醒与争斗的时代了！即使真的有那与世不相涉的桃源，容你去逃秦，你也许不易把心情宁静下来吧。何况这种境地本来是属于假想的呢？……艺术的制作，粗看是属于个人的；但只要平心地追记一下，它的社会性就明显地摆在我们当前了。……以艺术为一己的哀乐得失作吹号，而醅醉地满足于这吹号之中，良心实不能教我这样愚笨的人安然！"钟敬文意识到社会的动荡，使知识分子再也找不到精神的世外桃源，必须从个人的小我走向社会的大我。

纵观钟敬文的散文创作发展轨迹，20年代，他是从"自己的园地"走出并登上文坛的，对周作人的散文极为倾心并多有借鉴，但并没有追随周作人由，20年代的"语丝体"走向30年代的"论语派"。大革命失败后，钟敬文却毅然停止了正处于高峰期的散文写作，暂时退入学术的象牙塔，梳理矛盾而驳杂的思想，并最终融入人民战争的洪流。抗战爆发后，钟敬文走出书斋，于1938年8月辞去教职，到广州四战区参加抗战宣传工作。1940年夏天，为了鼓舞军民的抗战情绪，反映振奋人心的"粤北大捷"，钟敬文与杨晦、黄药眠等作家沿清远、从化一带到前线慰问军民，搜集有关战争、人物资料，写下了《银盏坳》《牛脊背》《残破的东洞》《抗日老英雄肖阿彬》《指挥刀与诗笔》《战地巡礼忆记》等大量报告文学作品，这些作品侧重描写客观的社会事物，艺术上更加洗练、整饬，但仍然有着较为强烈的抒情性，文中流动着作者一贯的清新文风。

三、冰心、许地山的散文

（一）冰心的散文

冰心是在五四运动时走上创作道路的。她一生兼擅新诗、散文和小说，但又以散文的成就最高。正如茅盾所说："在所有'五四'期的作家中，只有冰心女士最最属于她自己。……在这一点上，我们觉得她的散文的价值比小说高。"冰心的散文自成一体，即"冰心体"，是用行云流水般的语言，倾诉自己的故事和感情，简言之即是"爱的哲学"，宣扬自然爱、母爱、儿童爱。风格哀婉凄清，文字倩丽雅隽，满蕴含着温柔，略带着忧愁，代表作有《寄小读者》《山中杂记》《往事》等。1921 年 1 月在《小说月报》发表的《笑》，以自己记忆里几个生活断面的"笑"串联全文，辅以清丽秀美的自然风光，是初期"美文"最早的结晶之一，其情感细腻澄澈，笔调轻倩灵活，既发挥了白话文流利晓畅的特点，又吸收了文言文凝练简洁的长处。

《寄小读者》充分体现了冰心的创作特色，也是奠定她在散文创作中地位的作品之一。《寄小读者》是冰心 1923 年至 1926 年在美国留学期间给小读者所写的通讯，共 29 封，最初发表在《晨报副镌》的"儿童世界"一栏上。文章比较委婉而细腻，含情脉脉地表达了作者对祖国的一往情深，对亲人、故乡的怀念之心，而更多的是对母爱的追怀、童贞的歌唱及自然美的描述，是"五四"以来第一部优秀的儿童文学作品。《寄小读者》文字不长，但它却让我们看到了作者留美生活的侧影、游子灵魂的心图，听到了一曲绵长深情的歌，那是对祖国对母亲的恋歌，对童心对母爱的赞歌，更是爱国主义、人道主义的颂歌。《寄小读者》所表现的爱国主义和人道主义精神，闪烁着五四精神的光辉。

首先，描写母爱，讴歌母爱。这是"五四"时期冰心创作的主要主题。《通讯十》就是冰心比较集中地从这种"爱"的思想出发，用"满蕴含着温柔"的笔墨，抒写、讴歌了母爱的伟大。她在《寄小读者·四版自序》中说："这书中的对象，是我挚爱恩慈的母亲。她是最初也是最后我所恋慕的一个人，我提笔的时候，总有她的蹙眉或笑脸，涌现在我的眼前。"当她的母亲回忆她童年生活时，冰心总是脸上堆着笑，眼里满含着泪，静静地伏在母亲的膝上，聆听着母亲对自己甜蜜的幼年时代的讲述。冰心笔下的母爱是深沉、纯挚的，这是与她的浓郁深沉的祖国之爱，浓厚真挚的故乡之情分不开的。她的作品里，充满了对祖国命运的忧虑，倾注了对祖国前途的关注。她为求学而远离自己的祖国，到国外留学，望着江岸无数的送别者"仅仅牵着这终于断绝的纸条儿"，让船"载着最重的离愁，飘然而去"，于是她带着惆怅的心情，抒写了"离开可爱的海棠叶形的祖国,在太平洋舟中"的凄然情思。

其次,歌唱童真,珍视童心。这是冰心《寄小读者》的又一个内容。冰心以"童心来复"的情愫像一位知心的大姐与小朋友促膝谈心一般,写作"行云流水似的,不造作,不矜持,说我心中所要说的话",因而产生了心弦共鸣的效果。冰心正是从儿童的特点出发,"一切思想,也都照着极小的孩子的径路奔放发展……"。通过自己幼年的琐事,教育儿童要同情、怜悯弱者,珍惜生命。《通讯二》中,她忏悔自己"伤害"了一只出来寻食的小鼠,从内心谴责自己的这一"罪孽",这就使儿童在故事中受到了教育,在儿童的天真、纯洁的心灵中播下了爱的种子。

最后,描绘自然,赞美奇景。对大自然的奇光异彩和百态千姿的尽情描绘,在冰心的《寄小读者》中有着极重的成分。冰心从小受到家族的熏陶,热爱生活,喜爱大自然。她借对自然的描写、歌唱来表现她"静如止水,穆若秋风"的心境和对自己童年生活的回忆、眷恋。冰心的幼年是在海上渡过的,对大海有着极深的感情。是"海唤起了我童年的回忆",因而,在她的笔下多为对海景、湖景的描摹。她试图用反复描写大海的形象,来映衬她童年生活的惬意,也在小读者面前展现出了博大、深沉,既美丽又神秘,既可亲又可爱,令人神往的仙境图。

温柔、深挚、细腻是她独特的艺术风格。冰心用柔和细腻的笔触,真挚丰富的感情,微带忧愁的色彩,抒写她的"诗的女神"。她的作品总是情感胜于事实,以情动人,抒写酣畅,深深地感染着读者,具有强烈的艺术魅力。她在《寄小读者》中反复抒写母爱和童真之情。脉脉不断的母亲深情和童年生活的甜蜜回忆,其本身就包含着温柔、深挚的感情色彩,再加上作者柔情性格的感染,纤丽笔墨的点化,使得她的作品更加体现出动人、柔媚的风格。自然、清新、明丽是冰心《寄小读者》的又一艺术风格。冰心写作如行云流水一般,语言若海鸥一样自由,轻淡而深远,显示出一种纯真、清新俊逸之美。作者用"最自由,最不思索"的通讯体裁自由灵活地抒写"零碎的有趣的事"。时而倾诉思乡恋母的心情;时而抒写"童心来复"的欢乐;时而描绘星月,灯光交辉的奇景;时而描摹晚霞映照海波的彩图,将人、景、物自然地联结起来,既描绘出大海斑斓、妩媚的景色,又抒发了作者怀乡思母的绵绵情意。并通过海与湖,海与山的对比,加以衬托,使所要表达的感情细流随着她的心泉轻流而漫溢,自然而又真挚。

冰心是一个富于美感柔情的女作家,她的作品所描写的"自然之美"和"纯挚之爱",以及其文笔的雅隽秀逸为后来一般女作家所难以企及;而其字里行间所显示出的阴柔之美,则尤使大、小读者在脑海里,刻下了一个永难泯灭的印象。她的《寄小读者》"像温泉水似的柔情"。若海外的侨胞、与大陆隔水翘望的台湾同胞,他们现在再读到冰心的《寄小读者》，一定会在心灵中激起巨大的感情波澜，一定会引起他们的"梦魂常向故乡驰"，这就是冰心《寄小读者》在今天依然具有巨大的现实意义的原因。同时，冰心具有的民族一定会在心灵中激起巨大的感情波澜，一定会引起他们的"梦魂常向故乡驰"，这就是冰心《寄小读者》在今天的依然具有巨大的现实意义的原因。同时，冰心的具有民族特色的艺术风格，使她列入现代散文优秀作家之林是当之无愧的。她为繁荣现代散文，尤其是对我国现阶段的儿童文学创作，促进儿童散文的发展，做出了极大贡献。更可贵的是，随着时代的发展和作家思想的前进，冰心散文的文风也发生了变化，从《寄小读者》，到《再寄小读者》，再到《三寄小读者》，可看到作品在"温柔"之中，不再"微带着忧愁"，而是"涂上了明丽的色彩，换上了明快的曲子"，充满了乐观和自豪，透出了一股健美的气息。

冰心出生在一个海军军官家庭，童年在烟台的海边度过。青年时代远赴美国留学，这使她与大海结下了不解之缘。她自称是一位"海化"青年。她喜欢写海，《山中杂记》就是她恋海、咏海散文中的名篇之一。文章先用欲扬故抑的手法，抒写了对大海的一片激情。接着，文章采用对比手法，以山与海相比较，放纵笔墨，从各个不同的角度，淋漓尽致地描绘了海的千种姿态，万种风情。读《山中杂记》，既能领略到情趣各异的风景画，又能感受到作者感情的旋律。可以说，她写的既是自然之景，也是自己的心境。在《山中杂记》中，她从空间、色彩、形态、光景、动植物乃至情趣等方面，将山与海进行比较，绘制了一幅幅神采各异的山与海的工笔水彩画，细致入微地展示了山与海各自的特征。

冰心的创作具有净化人的心灵、陶冶人的情操的作用，纯正的审美趣味与强烈的道德力量，使她的作品有永不凋萎的艺术青春。这正是冰心的作品能赢得一代读者并得以传世的主要原因所在。

（二）许地山的散文

《空山灵雨》是许地山唯一的一部散文集，也是中国现代小品文最初成册的书。对人生哲理的玄思，是《空山灵雨》的基本内容。"生本不乐"的佛教多苦观浸润在《心有事》《蝉》《海》《头发》等作品中。而当"生"受到越来越深刻的怀疑之际，他无忧怨地转向对"死"的赞歌："等到你疲劳，等到你歇息的时候，你就有福了。"这些低沉的声调流露出许地山思想的迷调和矛盾。平民主义的礼赞是书中最为积极的因素，《落花生》集中表现了作者的这一倾向，以质朴无华的语言引发出为人的道理："人要做有用的人，不要做伟大的、体面的人"，寓意深长，令人回味。夫妻情感的抒写，是《空山灵雨》中饶有情趣的组成部分。《香》《愿》等篇透露出性爱与信仰、人性与佛性的冲突，以及两者由共处到对抗的径路，而以人本主义对禁欲主义的胜利表明了作者弃佛入世的心路历程。艺术风格上，"空"与"灵"的韵味境界，是《空山灵雨》在艺术上的独特造诣，不少作品都带着若隐若现、迷离怅惘的朦胧，洒脱超逸的语言蕴含着颇费咀嚼的玄理思辨，巧妙的比喻、隐喻，丰富的想象，奇特的构思和某种小说化倾向，别有一番艺术魅力。感伤的情调，忧郁的情绪，迷离的构思，精美的语言，使《空山灵雨》颇具晶莹神秘之美。

许地山的散文，开拓了新文学的描写领域，丰富了新文学的创作方法，不仅在文学研究会的作家中显得独立不群，而且在"五四"时期乃至整个新文学发展史上都占有特殊的位置。

四、何其芳、李广田、丰子恺的散文

（一）何其芳及其散文

何其芳（1912—1977），现代散文家、诗人。何其芳是 30 年代的散文新秀，由于他早先从事诗歌创作，其后的散文创作多带有诗的意境，因此他被看作是 30 年代"诗人散文群"代表。何其芳的代表作有散文集《画梦录》《刻意集》《还乡杂记》，诗集《预言》和《夜歌》等。何其芳生于四川万县一个老式乡村绅士家庭，在乡下刻板寂寞的生活中度过了忧郁的少年期，由此养成沉默、爱思索的性格。1936 年与卞之琳、李广田共同出版的三人诗合集《汉园集》，使他成为"汉园三诗人"之一。早期诗作后集为《预言》出版。1933 年开始写散文，后结集为《画梦录》出版，这个时期的其他作品包括历史故事、独幕剧和诗，则集为《刻意集》出版。1935 年秋起，何其芳先后到天津和山东莱阳教书，目睹了社会的不义，这在散文集《还乡杂记》和诗集《预言》卷三中表现得十分鲜明。"七·七"卢沟桥事变后，何其芳返四川编《川东日报》副刊《川东文艺》，又与方敬等合编刊物《工作》，为文抨击种种有碍抗战的言行。1938 年 8 月，与沙汀、卞之琳等奔向延安，在鲁迅艺术文学院任教，开拓了新的时期。延安时期创作收于诗集《夜歌》、散文杂文集《星火集》《星火集续编》中。新中国成立后长期在中国科学院文学研究所工作，集中精力于文学研究及文艺批评方面，创作基本中断，少量新、旧体短诗身后由上海文艺出版社编为《何其芳诗稿》出版，一些散文和一部未完成的长篇小说则收于 1983 年人民文学出版社出版为《何其芳文集》第 3 卷。最能体现何其芳的才情和艺术创造力的，是 1936 年 7 月出版的散文集《画梦录》，收入作者 1933 年至 1936 年的早期散文 16 篇，是一个有朦胧理想，渴望温暖的青年人在人生旅途中对种种寂寞的记录。其中有对于衰微的昔日的感喟（《墓》《楼》《黄昏》等），有对于悲苦的闺阁少女的系念（《哀歌》《秋海棠》等），有对于"山之国"的故土的眷恋（《岩》《雨前》等），是一个社会囚徒发出的凄恻的变徵之音，从中可见出作者所体味的时代的沉重与僵硬。作者以诗的笔调创作散文，意境美丽迷蒙，近于独白式的喃喃自语。情感细腻委婉，风格纤巧精致，词句典雅，是中国现代散文史上最具有代表性的"美文"之一。《画梦录》曾于1937年度与曹禺的剧作《日出》、师陀的短篇小说集《谷》同时获得天津《大公报》文艺奖，在当时的影响相当广泛。《画梦录》中的散文名篇《雨前》创作于东北沦陷后日本帝国主义加紧进攻华北的民族生死存亡的危难时期。

作为一位爱国的正直的知识分子，作者沉浸在无限的忧愁与痛苦之中。在这民族危机深重的时刻，国民党不仅不采取抵抗，居然对外妥协投降，对内镇压人民的抗日救亡运动，这更使作者为民族的命运而担忧。《雨前》正是通过对雨前的各种自然景物的描写，将复杂沉郁的感情融入景致之中，以密云不雨的气候映射现实社会，表达了作者自己的同时也是民族的、人民的种种复杂感情。在如此压抑的气候下，作者深深地怀念着南方家乡的雨景，想逃脱这压得人喘不过气的现世，充分显示了小资产阶级知识分子在尚未走上革命道路时困惑于黑暗社会中的矛盾心态。这是一篇如诗如画的小品散文，景致优美、恬静，情思缠绵，但在美景中使人体味到一丝苦涩，一种难言的忧伤。文章用词准确洗练，生动传神；写景状物，细腻精确，栩栩如生。《画梦录》中的另一篇散文《梦后》，更能显示出何其芳这一时期散文创作的审美追求，以缥缈的思绪和缠绵的文字创造出一种浓郁而幻美的诗的境地。散文写的是一个画梦人梦醒后对梦境的描绘。作者首先在梦幻与现实的结合点上选定了情感抒发的位置：梦中的哀愁，现实的迷惘；梦里的超然，醒来的流连；梦里的一片荒林，醒来的一城暮色；梦中想梦，醒来虽然是梦；醒时似梦，却比梦更像梦……这些交织着清醒与朦胧的反复的意象，倾诉了一种剪不断、理还乱的情感纠葛。但作者并没有完全沉醉于梦中的幻美，也没有丢弃对梦的追求，而是把内心孤寂、悲苦和倔强、抗争的矛盾状态，借梦与醒的冲突展现出来，以浓厚的难以化开的感觉色彩，把梦与现实糅为一体，以自己心灵的撞击来震荡读者的心弦。

与这种抒情方式相适应，作者在行文上刻意追求一种独具感染力的语境，在这种氛围里作者一个人对着自己诉说着无法也无需向别人诉说的情怀。这就是何其芳独创的所谓"心灵的独语"，散文通篇都是作者的喃喃自语，娓娓低吟，时而又自问自答，还不断穿插一些戏剧式的独白，把读者拉向"我"的心灵深处，一种亲切、真挚、坦诚的氛围融融而生。尤其是这种语境介于明晰与模糊之间的情况下，它的蕴藉、含蓄和富于联想使人若有所悟、思之再三。这种独特的语境是《梦后》，也是何其芳整个散文创作的一个重要特色，从这个意义上看，《画梦录》是一组心灵独语式的散文诗。此外，散文还运用了"移情"和"通感"的艺术手法，采取了大幅度跳跃的结构方式，这些也都是何其芳散文的魅力所在。但是，《梦后》当中过于浓重的色彩、繁复的语言和复杂的意象，表现出某种生涩、堆砌等不足。

（二）李广田及其散文

李广田（1906—1968），现代散文家、诗人。他艺术上最有光彩的散文作品是写成于抗战前的部分，包括《画廊集》、《银狐集》和《雀蓑记》的一部分。比较起来，李广田这个时期的散文创作，不像何其芳的那么空灵，时常作邈远的想象，而有着相当坚实的生活基础，直接托出自己的爱憎和喜怒哀乐，以素朴、疏朗为美，往往在素淡中流贯着脉脉的情思。李广田的散文名篇《山之子》描写了泰山上的一个普通山民凄惨而悲凉的故事。他是一个哑巴，以采摘泰山悬崖上的百合花为生的父亲和哥哥不幸坠涧丧生，为了奉养老母及其家人，他只得继承父亲和哥哥的旧业，整日徘徊于生与死之间。但他是刚强坚毅的、勇敢大胆而富于冒险精神的，作者称他为"山之子"，正是表达了对他和像他一样质朴善良、具有强大生命力的广大穷苦人民的热情赞颂和深深的同情。文中有这样一段描写，他站在泰山峭壁顶上，以洪朗的声音和别人听不懂的话，说着他父亲和哥哥的故事。多么悲壮而令人垂泪的描述，而这正是他——"山之子"的性格。文章从一个侧面反映了旧社会劳动人民的深重灾难。全文以"我"的见闻为线索，由远及近、由次及主地展开描写，泰山景致的描绘，以及关于香客、百合花的描写，关于泰山的种种传说故事，都是为烘托"山之子"的出现而设置的背景，在如此广阔背景的映衬下，"山之子"的形象更显高大。作者运用了大量烘托、渲染、对照的方法，结构上跌宕起伏，枝叶扶疏，而又浑然一体，整体显现出浓郁苍劲的风格。

李广田抗战以后出版的《雀蓑记》《圈外》《回声》《日边随笔》等散文集，或记叙抗战中流离转徙的流亡生活，或歌颂平凡人物的创造精神和力量，或斥责当权者的暴虐无道，思想更加成熟，但艺术上缺少相应的提高，不若抗战前作品那么耐人寻味。

（三）丰子恺及其散文

丰子恺（1898—1975），青少年时代深受佛教影响，皈依佛门。1921年自费赴日本学习音乐和美术，回国后，在上海等地长期从事艺术教育事业，并开始美术和文学创作。1924年，与友人创办文达学园。抗战之前，他出版了大量的绘画和文学作品，如《儿童漫画》《缘缘堂随笔》等。在散文作品中，他通过对生活细节的描写，表现了他对人世间虚伪、卑俗、自私的憎恶，以及对儿童的真诚、纯洁、聪慧的赞美，充满了清幽玄妙的情趣。抗战爆发后，丰子恺辗转到了桂林，任桂林师范学校国文教员，此后又在宜山浙江大学及重庆国立艺术专科学校任教。1943年结束了教学生涯，专门从事绘画和写作。抗战以后的文学作品主要有《子恺近作散文集》《甘美的口味》等。

这时期由于生活的颠沛流离，改变了他冷观人生的态度，走上了面对现实的道路。其散文也随之透出了强烈的爱憎之情，体现了诙谐峭拔的风格。新中国成立后，丰子恺历任上海国画院院长、上海文学艺术界联合会副主席等职务。

丰子恺是我国现当代著名的画家、教育家，也是卓有成就的散文家，从 20 年代至 70 年代，在长达半个世纪的岁月里，他写下了大量的散文随笔，并出版过多种散文随笔集，尤以《缘缘堂随笔》闻名。他的散文随笔内容朴素自然，风格则隽永疏朗，在现代文学史上自成一格，陆续辑录成集的有《缘缘堂随笔》《缘缘堂再笔》《车厢社会》《教师日记》《率真集》等。其散文善于描摹儿童的纯洁无垢，自称"儿童崇拜者"，热情讴歌儿童的天真烂漫。在这类作品中作者又毫不掩饰他对"成人社会"的嫌恶，从反面讽刺成人社会的虚伪、冷酷、势利。这类作品有《给我的孩子们》《儿女》等篇。他的散文中也有佛家思想的痕迹，颂扬"堕地立刻解脱"（《缘缘堂随笔·阿难》）。到了 30 年代，他的笔逐渐转向对世间百态的描画与讽喻，现实性有所增强，如《吃瓜子》《穷小孩的跷跷板》《三娘娘》等篇。抗日战争后的篇章，更多为激愤之声，与前期作品平和的格调大不相同，《防空洞中所闻》《贪污的猫》等都是控诉、讨伐之力作。丰子恺的散文继承了我国古代散文夹叙夹议的手法，常在婉曲的叙写中夹进直言议论，情理并重。他写儿童生活的篇章，总是从极平常的生活中取材，用了明白如话的文字，温爱而又风趣的态度，将对象的一颦一笑、大哀大乐，描摹得十分传神，可谓灵达之作。行文简洁又不时有弦外之音，蕴含着某种恬静、庄穆的宗教式情绪，也是他散文的一个基本特色。

丰子恺的散文思想倾向：一方面表现出较为鲜明的民主意识，具有对底层民众和弱者的普遍的同情心，憎恨黑暗腐朽的社会制度；另一方面他又深受佛家思想的影响，对社会黑暗和不平表露出无可奈何的心态，故时而采取超脱物外、静观人生的态度。这两种思想往往交织在丰子恺的散文作品中，决定了其散文对现实生活有所反映、有所揭露，但明显缺乏批判的力度。此外，对宗教和艺术的理解和推崇，也是丰子恺许多散文的重要思想内涵。在取材方面，丰子恺的散文除在直接选取现实人生题材之外，大量的是对儿童生活和情态的描写，儿童题材的作品在丰子恺的创作中占有相当突出的比重，而且，不灭的童心有一直是贯穿在丰子恺艺术创作中的一个重要内核。

在艺术构思上，首先，丰子恺善于采用设喻式的结构来阐述文章的题旨和内涵，如《剪网》《儿戏》等篇在表层的叙事结构里都包含着更深一层的思想蕴藏，透过一个清新浅显的故事往往能让人悟出另一番深刻、复杂的人生道理，这一点也明显露出佛家思想的佛教文学对作者的影响。其次，他善于以敏感细致的笔触来捕捉生活中的细枝末节，显示出一种以小见大、举重若轻的本领。尤其在描写儿童题材的作品方面，这一点显得更为出色。他不仅写出了孩子们的行动和情态，更能写出孩子的心理活动，逼真传神地把儿童纯真的内心世界展露了出来，并以此来照应和针砭浑浊的人世。就这一点说，丰子恺与冰心在表现儿童题材方面显示了各自的视角和特色：冰心更多的是借儿童的话题来倾诉自己对人生和社会的看法；而丰子恺则更多的是用自己的童心去写儿童，以儿童的眼光去看人生和世界。最后，丰子恺还善于把诗、画、文三者的意境圆满地糅合在一起，具有一种清幽玄妙、灵达通脱的独特韵味。他的许多诗意盎然的漫画，若用文字加以表述，就是一篇很好的散文；反之，他的那些充满诗情的散文，若用艺术的线条来勾勒，也同样是一幅妙趣横生的画。丰子恺艺术创作的这个特点在现代作家中是颇为难得的。

率真是丰子恺散文的另一特点，表现在作品中就是亲切、平易、有趣的文风。他的散文随笔大都娓娓道来，洋溢着浓厚的生活气息，就如同在与朋友闲话家常，亲切自然，不拘形迹。这就使得他的散文随笔蕴涵丰富的人间关怀和平民化气质，而少有贵族文人的自命不凡或附庸风雅。独特的"自歌""随感"体是丰子恺散文随笔的又一特色。这种体式篇幅短小，内容集中，结篇而成一组，表现作者的一些片断感兴与思索，颇有理趣。如《劳者自歌（十三则）》是一组谈文学艺术创作的心得；《随感十三则》是一组谈社会人生的议论文字。

丰子恺是一位创作态度非常严谨的作家。他在《随笔漫画》一文中论及随笔、翻译、漫画几种创作的异同时认为："创作随笔好比把舵，把舵必须掌握方向，瞻前顾后，识近察远；必须熟悉路径，什么地方应该右转弯，什么地方应该左转弯，什么时候应该急进，什么时候应该缓行；必须谨防触礁，必须避免冲突""倘是创作，即使是随笔，我也得预先胸有成竹，然后可以动笔"。正因为作者有严肃认真的创作态度，所以其作品虽是描写身边小事，但在选材、结构、表现等方面却精心构置，再加之作者具有丰厚扎实的知识积累，有在多种艺术上的精深造诣，他的散文随笔虽取材平凡却能发现丰富的含义，从而很好地实践了作者所一贯的"小中见大""弦外余音"的艺术主张。

新中国成立后至文化大革命前，丰子恺散文在保持固有风格的同时又增添了明朗色彩。这一时期成就较高的是游记散文。1962年《阿咪》一文极富艺术情趣，却让作者付出了沉重的代价。在遭受批判的十年浩劫中，他还坚持创作了30多篇散文，它们显示出作者在经历了历史的风雨后依然葆有一颗纯真的创作心灵。

第五章 现当代文学——诗歌

第一节 当代诗歌发展概述

艾青在《中国新诗的六十年》中回顾新中国成立初的诗坛面貌时说："我们告别了苦难的岁月。我们走上了新的路程。新的时代需要新的歌声。"艾青的诗歌创作直接地继承了民歌和解放区诗歌的传统，在理论建构上，诗歌的社会功能得到空前的强化；在艺术形式上，高度强调民族特色。基于新中国成立之初的社会政治形势，以及《讲话》精神指导下社会主义现实主义文艺政策的确立，诗人坚守现实主义的创作方法，以为人民群众服务为宗旨的创作态度逐渐成为衡量诗歌作品思想和艺术水准的唯一标准和引导诗歌创作发展方向的航标。在这种泛政治化的艺术导向下，诗歌创作在十七年时期出现了两种基本模式：一种是积极对现实政治做出呼应而充分体现了时代激情的政治抒情诗，这种诗体主要以郭小川、贺敬之强调的诗学和政治学相统一、诗人和战士相统一的创作实践为代表；另一种诗体作为政治抒情诗的必然补充，强调对新的世界、新的人物的真切表现，即以李季、闻捷、张志民的创作为代表的写实诗体。总体上看，十七年诗歌创作强调诗人的阶级立场，关注诗歌与现实的紧密结合，不自觉地抑制了诗人自我的情感抒发和独立思考，模糊了诗歌作为一种独立文体的艺术特征。

"文化大革命"是在中国现代历史上一场空前的政治运动，它从 1966 年开始到 1976 年结束，历时十年，对中国政治、经济和文化各方面都造成了极其深远的破坏性影响，文学创作在总体上呈现出荒芜、枯竭和畸形发展的局面。"地下诗歌"是"文化大革命"地下文学中成就最高、影响最为深远的一种文学样式，它丰硕的文学实绩促成了中国当代诗歌的转折，直接开启了新时期以来的诗歌复兴运动。

新时期是当代诗歌最为繁荣的时期，诗歌的创作队伍，作品的数量和质量、风格和流派都得到空前的发展，呈现出崭新的格局。一方面辍笔多年的诗人重返文坛，开始了新的创作生涯，他们是现实主义诗歌队伍的主力军；另一方面，大批青年诗人结集而向传统发起冲击，他们广泛吸收西方现代诗歌的营养，强调表现自我，注重个人内心感觉抒发,他们的作品因追求意象的象征性和意蕴的不确定性而被称为"朦胧诗"。后朦胧诗是20世纪80年代中期作为朦胧诗的否定和替代而涌起的又一次诗歌浪潮,新生代诗人体验更多的是思想解放和经济大潮的猛烈冲击,标新立异的反叛精神和开放骄纵的超越意识引导他们不断对审美传统进行大规模的偏离和解构,抒发出欲望与激情、孤独与失落交融的新时代情绪。

伴随着20世纪90年代以来文学格局的多元化、争鸣性局面,当今时代社会和价值体系变化在文学层面得到全面的反映。诗歌领域出现了一派新气象,知识分子写作和民间写作形成话语对峙和互渗的开放状态,新新人类作家、新生代诗人的写作纷纷转向对人自身生命体验的关注,从带有现代、后现代意味的解构中重建新的意义。

第二节 新中国十七年的诗歌创作

一、闻捷、李瑛等人的抒情叙事诗

(一)闻捷的抒情叙事诗

闻捷(1923—1971),江苏丹徒区人。20世纪50年代初期任新疆新华社记者,这一期间的生活和艺术经验的丰富积累,极大地影响了他后来的创作取向和艺术风格。他独辟蹊径,将新疆的维吾尔、哈萨克等少数民族的生活风情、民间传说、风俗世态写入诗歌,从而使作品具有了浓厚的地域色彩。闻捷的代表性诗集主要有《天山牧歌》《河西走廊行》《生活的赞歌》《闻捷诗选》,以及长篇叙事诗《复仇的火焰》等。

《天山牧歌》是闻捷的第一部、也是中国当代文坛上影响较大的一部抒情诗集。《天山牧歌》共收入《博斯腾湖滨》《吐鲁番情歌》《果子沟山》《天山牧歌》四个组诗,以及叙事诗《哈萨克牧人夜送"千里驹"》和9首抒情诗。《天山牧歌》从不同的侧面描绘天山南北各民族美好、欢乐的生活图景,纵情歌颂了新疆各族人民在新中国成立后欢欣鼓舞的精神面貌,体现了对新生活的极大热情和对美好理想的不懈追求,被称为"激情的赞歌""生活的赞歌"。用牧歌的笔调来处理"颂歌"主题,发挥了闻捷长于"叙事"的艺术才能,诗集中描摹的异域风光、浪漫风情以及少数民族青年追求爱情的炽热大胆对汉文化地区的读者更是一种震撼和吸引。《天山牧歌》"一发表就受到了大家的注意和喜爱。给人以新鲜感觉的景物和生活,柔和而又清新的抒情风格,很久在我们的诗歌里就不大出现的对男女们的爱情的描写,这些都是它们的特色"。

《苹果树下》是闻捷的代表性诗篇。诗中以苹果象征爱情，通过季节的变化、果实的成熟，赞美了青年们的纯真爱情。从艺术表现上说，《苹果树下》构思新颖、别致，生动的比喻将爱情与劳动这两个并行发展的主题寓于苹果树开花、结果到果实成熟的过程。全诗富有一种生动而又含蓄、风趣的情味，有力地显示了闻捷善于摄取小镜头来表现生活诗意的艺术才华。首先，《苹果树下》通过一个幽会的场景，表现了小伙子和姑娘一生中最幸福的时刻的到来。在这样具体的环境里，诗人选择心跳得失去了节拍这一典型细节，形象地揭示了青年人初恋时的心理，真实而富有诗意。其次，在诗的中间三节，追叙姑娘和小伙子相爱的过程，没有缠绵的情话，几乎全是比喻，用人物心理活动来展现爱情的进展。再次，细腻地、惟妙惟肖地刻画出姑娘的内心从春到秋的微妙变化，写出了爱情在她内心中的萌芽、生长和收获。春天里，勤劳的姑娘在果园里劳动，多情的小伙子用唱歌这一新疆少数民族表达爱情的方式，来表达对姑娘的爱慕之情，希望自己的歌声能够触动他所倾慕的姑娘的心弦。然而，姑娘情窦未开，不理解小伙子的心思。"别用歌声打扰我"一句，说明她内心的平静已经被打破，她可能还不知道，爱情的种子已在自己的心头播下。随着时间的推移，夏天里，小伙子的爱更加热烈。姑娘看出了他的心思，只是看得不明白。"别像影子一样缠着我"，写的是姑娘因心烦意乱而产生的嗔怨，同时也暗示了小伙子的热烈。"秋天是一个成熟季节／姑娘整夜整夜地睡不着"，爱情已在她心里生长。现在，她是热烈地期盼对方说出那句最能表示爱情的话。三节诗中都贯穿着劳动和苹果生长的线索，苹果的成长状态与爱情所达到的阶段、女主人公的心理活动是一致的。最后，诗篇构思独特。诗人把苹果成熟的过程和爱情的发展互相对照地写，既写劳动，又写爱情，表面上写苹果，实际上写爱情。这说明，男女主人公的爱情是与创造新生活的劳动紧密地结合在一起的。诗的最后一节和第一节首尾呼应，全诗和谐完整。将爱情与劳动联系起来，给人丰富的美的感受，苹果由花苞到红熟，爱情由种子到结果。秋天在收获苹果的时候享受爱情的甜蜜。在"淡红的果子压弯绿枝"时，"种下的爱情已该收获"。全诗抒发了诗人对伟大的时代充满了喜悦之情，对社会主义新生活抱有无限希望。全诗语言明快，散发出浓郁的生活芳香，洋溢着健康、明朗、欢快的情调。

闻捷诗歌形成了鲜明独特的艺术风格。首先，诗歌在构思上较新颖。闻捷是新时代的劳动和爱情的歌手，在对新疆各族人民的生活图景的描绘赞颂中，他总是把对纯真爱情的赞美同对年轻人的劳动、理想的讴歌，对伟大祖国未来的美好憧憬紧密结合在一起。如《苹果树下》用苹果比喻爱情，即是把劳动和爱情糅合在一起进行描写，苹果从种子到果实，爱情由萌芽到成熟，主人公在劳动中萌发爱情，在劳动的丰收中收获爱情，给人以丰富的审美感受。其次，作者善于深入探索人物的内心世界，细腻充分地表现青年人感情的波动，折射出时代风俗的巨大历史变迁。例如在《婚礼》中，诗人突出描写了一对新婚夫妇在人们闹过洞房后脸对脸坐下时，内心的无比喜悦和激动。从平等互爱的情景描写、深入细腻的心理刻画中，我们可以通过时代和风俗的变迁，看到人们思想上的变化，人民生活质量的提高。再次，闻捷诗歌语言富有民族韵味的音乐美，情感基调高昂欢快，有浓重的牧歌风格和鲜明的地方色彩。诗人善于吸收山歌民谣的优点，如《复仇的火焰》采用四行一节的民歌体和民歌中常用的重叠句式。诗歌语言形象传神、比喻生动贴切、节奏明快活泼。如用"姑娘们扯开裙子飞快旋转，／小伙子把鼓点送上她们的脚尖"来表现欢快的舞蹈场面和浓郁的地方风情。最后，闻捷的爱情诗不单纯描写爱情，而是将爱情与表现新的生活内容、传达新的时代气息、高扬新的思想情操联系在一起。《苹果树下》《葡萄成熟了》《舞会结束以后》等都是透过爱情描写青年们愉快的劳动生活和美好崇高的社会理想。在闻捷的爱情描摹中始终回避感伤忧郁的情调，充满乐观向上、积极进取、健康明快的时代精神。

20世纪50年代后期，闻捷着手创作长篇叙事诗《复仇的火焰》，该诗取材于解放初期人民解放军粉碎新疆东部巴里坤草原的反动叛乱这一历史事件，充分体现了诗人高超的叙事才能。在广阔的社会历史背景下，作者有条不紊、从容细致地描绘出各种各样的矛盾冲突，同时还融注巨大的创作激情对巴里坤草原风光、哈萨克民族习俗进行细腻的描摹。何其芳评论说："这样广阔的背景，这样复杂的斗争，这样有色彩的人民生活的描绘，好像是新诗的历史上还不曾出现过的作品。"

（二）李瑛的抒情叙事诗

李瑛（1926—2019），河北丰润人。建国初期曾赴朝鲜实地感受志愿军战士的坚强意志和高尚情操，创作了诗集《战场上的节日》。其后的《红柳集》《难忘的一九七六》《我骄傲，我是一棵树》《春的笑容》等10余部诗集共同奠定了李瑛在20世纪中国文学发展史上第一代军旅诗人的佼佼者地位。反映军旅生活，歌颂爱国主义和革命英雄主义，歌颂军营内外的进取精神是其诗作的主要题材和主题，这也使李瑛获得了"战士诗人"的美誉。李瑛的诗大部分是抒情短章，表现的题材较广泛，但作为一名战士，抒写战士生活的诗最能代表他的创作特色。他善于塑造保卫祖国的战士形象，他的诗往往能抓住对象的主要特点，写出战士的英姿豪情和性格。李瑛还善于在生活中发现诗意，善于在生活中捕捉富有特征意义的形象，通过大胆想象和精细地艺术构思，创造出优美的意境。李瑛的诗语言活泼，结构精巧，呈现出精致细腻、朴实自然、形象生动、清新又奔放的特点。《戈壁日出》是李瑛的代表性诗篇之一，写于1961年夏，诗人赴西北边陲采访途中。诗中，诗人以丰富的想象力创造了生动的形象和新奇的意境。诗人抓住大戈壁地理、地貌的特点，勾勒出沙海中日出前的壮丽景色，以对大戈壁气候特征的感受描绘了太阳的雄姿："太阳醒来了——／它双手支撑大地，昂然站起，／窥视一眼凝固的大海，／便拉长了我们的影子""忽然，它好像暴怒起来，／一下子从马头前跳上我们的背脊，／接着便抛出一把火给冰冷的荒滩，／然后又投出十万金矢……"最后，诗篇用飞来的"歌声"使诗意得到升华，从而热情地赞颂了骑兵战士和勘探队员与严酷的大自然搏斗的坚强意志和高尚情操。诗歌采用拟人化的手法描写大自然奇观，增强了诗歌的形象感，全诗的意境焕发出生命的光辉。

（三）李季的抒情叙事诗

李季（1922—1980），在20世纪50年代被树立为"诗与劳动人民相结合的榜样"。自从1952年落户甘肃玉门，开始了长达30年的以石油工业、油矿劳动者为表现对象的创作道路，享有"石油诗人"的美誉。这段时间他出版了《玉门诗抄》（1955）、《致以石油工人的敬礼》（1956）等5部短诗集和《生活之歌》（1956）、《杨高传》（1959—1960）、《向昆仑》（1964）等8部长篇叙事诗。长篇叙事诗《杨高传》写于1958年，是李季全部诗作中规模最宏大的一部，也是当代长篇叙事诗创作的重要收获。全诗包括《五月端阳》《当红军的哥哥回来了》《玉门儿女出征记》三部分，以主人公杨高的成长历程为线索，大规模地再现了土地改革斗争、抗日战争、解放战争和社会主义建设的艰苦历程，塑造了一个在党的培养下由贫苦孩子逐渐成长起来的坚定的革命战士的感人形象。

《杨高传》表明了李季在诗歌民族化方面的进一步探索和所取得的成就。首先，长诗在浓郁的民间情调中铺排场景，烘托气氛和渲染情境。除了以民歌为基础外，还运用了北方民间说唱艺术，特别是鼓词的十字句形式。将民歌长于抒情、鼓词长于叙事的特点相结合，在客观再现社会现实生活的同时抒发强烈的主观感情。其次，长诗的情节具有传奇色彩，故事曲折婉转。诗人从历史生存环境和人物思想性格的真实性出发，刻意安排一系列"巧合"来描写主人公的际遇。这些巧合构成了长诗的传奇色彩，使故事波澜起伏。最后，长诗语言朴实明丽，具有民歌韵味。茅盾曾评价作品说："朴素而遒劲；不多用夸张的手法而形象鲜明、情绪强烈，不造生拗的句子以追求所谓节奏感而音调自然和谐。"另外，在题材处理上，李季建立了将战争和建设相联结和转换的视角，并以此作为观察、体验的全新支点，成功地完成了历史时代大背景指导下的创作转型。

二、郭小川、贺敬之的政治抒情诗

从 20 世纪 50 年代中期起，以郭小川、贺敬之政治抒情长诗、组诗的发表为标志，诗歌从内容到形式找到与自己时代的激情和理想、雄心和使命相互映衬的新型诗体。他们的政治抒情诗，是中国历史、文化的产物，在诗体上被称为"颂—新赋体诗"。在政治抒情诗中，诗人通常以阶级代言人的身份出现，来表达对当代重要政治事件、社会思潮的情感反映和客观评说。在诗体形态上，通常采用大量的排比句式对所要表现的观念和情绪进行渲染、铺陈，表现为强烈的情感宣泄和政论式的观念叙说的结合。无论是郭小川从中国古典诗律中重铸的"新辞赋体"，还是贺敬之从马雅可夫斯基诗体化出的"东方楼梯式"，都以汉语独具的节奏和韵律，传导了一个伟大时代的磅礴气势、力量和对远景的美好展望。

（一）郭小川的政治抒情诗

郭小川（1919—1976），原名郭恩大，出生于河北丰宁县，1937 年 9 月在去延安途中参加八路军，长期的革命生活经验给他的诗歌创作提供了丰富的题材和高格调的主题。20 世纪 50 年代中期以后，郭小川专业从事诗歌创作，曾出版诗集《投入炽热的斗争》《致青年公民》《雪与山谷》《鹏程万里》《两都颂》《将军三部曲》《甘蔗林——青纱帐》《昆仑行》《月下集》《郭小川诗选》等。

郭小川在新中国成立后的诗歌创作可以分为四个阶段：1955 年到 1956 年，是郭小川诗歌创作的第一个阶段，他写了包括《投入火热的斗争》《向困难进军》《闪耀吧，青春的火光》等诗作在内的《致青年公民》组诗，这是郭小川奉献给当代诗坛的第一批热情昂扬的战歌，壮美昂扬的艺术个性初露端倪。以"阶梯式"的形式表现斗争、建设、进军的阶段性主题，倾吐着昂扬澎湃的激情和热烈豪迈的感情，以政论家的冷峻头脑和战士的英勇姿态鼓舞人民投入火热的斗争之中。但在艺术方面却不够成熟，政治性的议论往往代替了艺术形象的创作。

1957 年到 1960 年，是郭小川进行探索的又一个时期。前期热烈爆发的热情逐渐冷却，诗人也获得了深入思考的空间。郭小川意识到："文学毕竟是文学，这里很多很多新颖而独特的东西，文学源于人民群众生活的海洋，而它应当是从海洋中提炼出来的不同凡响的、灿灿的晶体。"他甚至对前期的创作根本性的否定，认为他的一些创作"说不上有什么可取之处"，对那些"政治性的句子"感到不满，怕伤读者的胃口。这种矫枉过正的思想和不安的情绪正面地促使诗人进行了多方面的探索，在努力克服议论多于形象这一缺陷的同时，开始向复杂的生活内容和新的题材挺进，不再满足于诗的表层政治宣传鼓动作用，而追求深沉的情感内蕴。他选择了革命历史题材，写了叙事诗《白雪的赞歌》、《深深的山谷》、《一个和八个》、《严厉的爱》和《将军三部曲》。这些作品显示着诗人对人生认识与思考的深入；并逐步由以政治语言鼓动读者，转向以生动鲜明的艺术形象感染读者，沉稳的情感的内核日益凸显；情感的抒发由浮泛激荡转向凝重深沉。例如《望星空》标志着诗人在抒情方面的积极探索和有益尝试。

20世纪60年代前期是郭小川诗歌创作的第三个阶段。1960年以后，诗人深入钢都、煤城、农村、林区等祖国建设的第一线，创作了大量诗歌作品热情讴歌中国人民励精图治、排除万难的坚定决心和乐观精神，表达了对时代和人生的进一步深刻的理解。《甘蔗林一青纱帐》《厦门风姿》《林区三唱》《祝酒歌》《乡村大道》《昆仑行》等一批作品产生了广泛的影响。这些诗作在艺术形式、表现手法和语言风格都趋向丰富和成熟，以其深邃的思想内容和出色的艺术表现标示了郭小川的诗歌创作终于进入了成熟期，确定了自己雄浑壮丽的独特风格。

1966年至1976年"文化大革命"期间，是郭小川诗歌创作的第四个阶段。这段时期，诗人身心上受到严重的摧残和迫害，被剥夺了发表作品的权利，但他仍坚持着老革命者坚忍不拔的斗志和不屈不挠的战斗精神写出了《万里长江横渡》《江南林区三唱》等作品，特别是写于1975年的《团泊洼的秋天》《秋歌》等，抒写了诗人对当时社会矛盾的严肃思考和战斗激情，他在这一时期难能可贵地创造了新的艺术高度。当然，他在这个时期也不可避免地留下了一些带有时代政治烙印和思想局限的作品。

郭小川的诗主要是颂歌与战歌相交织的政治抒情诗，其思想艺术特点主要表现在以下几个方面：

第一，革命者的抒情主人公形象与强烈的时代色彩的有机融合，使得作品具有浓郁的时代精神和强烈的战斗豪情。郭小川诗歌的抒情主人公形象始终是一个革命者，这是由作者自身的革命生活经历所决定的。在他的诗中，通过对一个革命者精神境界、感情状态的描摹力图探索出治理与革命的斗士的生活哲学和人格情操标准，进而传达出诗人自身的思想认识和感情倾向。诗人直抒胸臆或托物咏志的多元艺术表达手法从内心深处去体味和抒写一个为了新中国奉献青春的革命者崇高的精神境界和高尚的人格情操，传达出诗人对过去的艰辛苦难的感慨，对现在美好社会的信念和对未来的幸福生活的展望。这个革命者形象的抒情主人公热爱祖国生机勃勃的社会生活，喜爱祖国山河壮美绮丽的自然风光；他拥有热情进取的人生哲学，他坚持百折不回的革命意志；他对于曾经奉献过青春和热血的伟大事业永不言悔。这是对新一代的年轻人发出的热切的呼唤，还是为祖国建设者奏响的祝福的赞歌。郭小川的每一首政治抒情诗都带有强烈的时代色彩，力图通过感情的抒发来回答至少是目前提出必须正视的问题。如《投入火热的斗争》，回答的是在社会主义建设高潮中，青年应当如何珍视时代所赋予的光荣使命并努力地担当起来；《白雪的赞歌》通过对人物内心的细腻刻画展示革命者洁白如雪的心灵；《甘蔗林——青纱帐》"表现了我对克服困难的信心"，体现了诗人的革命精神的延续和发扬：诗的头一节写道："南方的甘蔗林哪，／南方的甘蔗林！／北方的青纱帐！／你为什么那样遥远，／又为什么这样亲近？"诗人用甘蔗林和青纱帐两个富有地方特色的意象象征了两个革命时代，唯物辩证地抒写它们之间的必然联系。"青纱帐里的艰辛"酿造了"甘蔗林里的芬芳"，英勇的革命精神永远不能忘却；昔日青纱帐里的战友面对今天的全新生活时，仍要警惕险恶的潜流，革命者永远不应丢弃革命传统，而应"唤回自己的战斗的青春"，奉献于新时代伟大的祖国。

第二，激情与哲理的结合。郭小川写诗总是以火热的心胸去体验和感受生活，揭示和发掘生活中蕴藏的哲理。他很少直接描摹生活本相，更偏重于激情的抒发。他的诗没有忧愁和悲伤，代之以战斗的激情、革命的豪情和对生活对人生永不熄灭的热情。因而他的诗的基本格调是热情而豪迈，乐观而昂扬。另外，郭小川的诗作富于哲理，他善于把诗的形象与自己对人生、社会的个性化理解巧妙结合，闪耀的思想火花与热烈的感情抒发融汇在一起，在平凡的事物中发现哲理，用平凡的形象表现哲理，通过充满激情和具有哲理意味的诗句唤起读者的阅读情绪和情感共鸣。如在《望星空》《乡村大道》《甘蔗林——青纱帐》等诗里，形象生动的哲理诗句俯拾皆是，闪烁着人生哲理的耀眼光芒。他的一些哲理性警句，不仅对于表现诗意具有画龙点睛的作用，而且是革命者立身处世的格言。如"斗争／这就是／生命，／这就是／最富有的／人生"（《投入火热的斗争》）；"是战士，决不能放下武器，哪怕是一分钟；要革命，决不能止步不前，哪怕面对刀丛"（《秋歌》）等，把深厚的哲理意蕴包含在形象化的语言叙述中。郭小川的可贵之处正在于这种对自己思想和感情解剖的坦诚，给十七年时期的诗坛带来一种真挚、率直的美。

第三，对诗歌语言和表现形式的不懈探索。郭小川的诗歌形式丰富多彩，本着在《月下集·权当序言》中的创作理念："读者可以看到我在努力尝试各种体裁，这就可以证明我不想拘泥于一种，也不想为体裁而体裁。民歌体、新格律体、自由体、半自由体、楼梯式以及其他各种体，只要能够有助于诗的民族化和群众化，又有什么可怕呢？"诗人在诗歌形式、语言风格方面作了多种多样的尝试。建国初期，他多采用参差排列的楼梯式，并对其进行民族化的改造，主张"诗是最有音乐性的语言艺术"，注重发挥诗的音乐美和宣传作用，如《致青年公民》；《祝酒歌》融古代歌谣和新民歌于一体的民歌体；《白雪的赞歌》的半格律半自由的体式；吸取古代散曲、小令的某些特点创作的由轻捷明快的短句形式组成节奏明快、韵律灵活的自由诗体创作《将军三部曲》（《月下》《雾中》《风前》）。20 世纪 60 年代的《林区三唱》是在自由体的基础上较多地吸收了民歌的成分创作而成的。郭小川又积极吸收了辞赋的某些特点，创造了一种节奏自由、富有韵律的新辞赋体——"长廊句式"，从而实现了对严谨的形式束缚的突破，有效地增加了诗的容量，把强烈感情与深刻哲理表现得淋漓尽致，这是郭小川对当代诗歌的一大贡献，直到今天，仍为不少诗人所沿用。郭小川历史地继承了古代赋、比、兴传统的赋，吸收了古代辞赋讲究文采、注重抒情性与浪漫气息的特点，以偶句、俪辞、排比等修辞手法铺陈渲染，共同构建了半格律化的白话诗体，即格局相对严整、章节大致对称、音韵铿锵流畅的长句体和长短句体，最大限度地抒发强烈的感情、阐发深刻的哲理。例如《甘蔗林——青纱帐》通过反复排比、铺陈，用大量有象征性的意象一再唤起人们对青纱帐的回忆，将现实与历史对照描绘，革命的精神自然流淌于诗句之间，呈现出一种汪洋浩荡、大气磅礴的美。

贺敬之在为《郭小川诗选》英文版所写的序言中，论述了中国政治抒情诗的诗学："作为社会主义的新诗歌，郭小川向它提供的足以表明其根本特征的那些具有本质意义的东西，这就是：按照诗的规律来写和按照人民利益来写相一致。诗人的'自我'和人民的'大我'相结合。'诗学'和'政治学'的统一。诗人和战士的统一。"

（二）贺敬之的政治抒情诗

贺敬之（1924—?），山东峄县人。他的诗歌创作开始于中学时期，1940 年去延安之前写的作品，后结集为《并没有冬天》，表现了一个投身革命的青年对光明的向往和蓬勃的朝气。到延安之后，贺敬之进入鲁迅艺术学院文学系学习，取材于少年时代的生活记忆和真实体验，诗人写了一些反映旧中国农村悲惨生活的作品，表现了诗人对黑暗社会的憎恨和对贫苦人民的深切的阶级同情，后结集为《乡村的夜》出版。延安文艺整风之后，贺敬之的诗作主题由对黑暗的血泪控诉变为对光明的热情讴歌，以欢快明朗的民歌格调表现了解放区人民的生活和斗争，后结集为《笑》（再版时改名为《朝阳花开》）。这一时期，他最显赫的成果是与丁毅合作执笔的大型歌剧《白毛女》。40 年代的创作虽取得了一些成绩，但从诗人整个的创作道路来看，还只是一个准备阶段。新中国成立后，贺敬之的诗歌创作开始于 1956 年，在此后几十年的时间里，他的作品数量不多，但长期从事文艺界的领导工作使他对当代诗歌的发展产生相当大的导向性影响，出版的诗集主要有《放歌集》《贺敬之诗选》等。

就题材而言，贺敬之在新中国成立后的诗作大致可分为两类：一类是抒情短诗，即从现实生活的具体情景出发，突出表现诗人真切的生活感受和真挚情感，如《回延安》《桂林山水歌》《三门峡歌》《又回南泥湾》等，这些诗大都感情细腻、意蕴深厚、具有浓郁的民歌风味；另一类作品是篇幅较长的政治抒情诗，代表作品主要有《放声歌唱》《东风万里》《十年颂歌》《雷锋之歌》《西去列车的窗口》，以及20世纪70年代末的《中国的十月》《八一之歌》等。它们大都收入《放歌集》和《贺敬之诗选》中。这类作品气势磅礴豪放，洋溢着革命的激情，具有较强的政治宣传鼓动作用，能够及时地提出并主动地回答社会生活、意识形态中一些具有重大意义的问题。这类作品是贺敬之诗歌创作的主体部分，代表了诗人在新中国成立后诗歌创作的主要成就，集中体现了他诗歌创作的艺术个性，并对当代政治抒情诗的发展产生了重大的影响，特别是50年代的《放声歌唱》和60年代的《雷锋之歌》，充分体现了长篇政治抒情诗视野宏大、气魄恢宏，并且具有催人警醒和振奋，给人教育和鼓舞的重大作用的特点。

作为抒情短诗的代表作，《回延安》是作者参加西北五省青年造林大会后重返延安时所写。诗人是在革命圣地——延安的革命氛围的熏陶教育下成长起来的，阔别十年后重返延安，激动的感情难以抑制。正是在这种心境和情感状态下诗人大量地运用比兴、夸张、对偶、排比等修辞技巧和手法，采用信天游的民歌形式，淋漓尽致地抒写了对延安的无限深情和怀念。诗首先抒写诗人刚刚踏上延安的土地时的内心的激动和兴奋，"心儿呀莫要这么厉害地跳，灰尘呀莫把我眼睛挡住了……手抓黄土我不放，紧紧儿贴在心窝上"。其次，诗人着眼前延安的建设发展、乡亲人民生活心情的巨大转变，回顾了在战争年代延安的生活、战斗以及诗人自我成长的经历，感慨着延安对自己的哺育之情，感人地描绘了诗人与延安人民相见谈心、话新叙旧、其乐融融的场面，深刻展现了双方永远无法分割的血肉之情。《回延安》将诗人对革命圣地无比崇敬和向往，化为母子之间至亲至爱的感情，表现他对延安的赤子之情和拳拳之心是那么的深厚、那么的炽热，诗人曾经说过："我的真正的生命，就从这里开始。"诗篇始终贯穿了诗人对延安的热烈深切的情感，真挚动人。《回延安》不是一般的记游诗，诗中流淌着浓郁的陕北地方色彩，一系列内涵丰富的形象的运用都为诗篇增添了魅力。

1956年中国共产党诞生35周年之际，贺敬之充满激情地创作了《放声歌唱》。从广阔的历史背景和现实状况中精心地摘取了几个典型的场景和细节，充分发挥自己的艺术想象，以昂扬的旋律和壮美的语言热情地赞美了伟大祖国的新生活新变化新气象，唱出了一曲党的颂歌，代表了广大人民的心声，显示了20世纪50年代颂歌的最高成就，又为60年代的政治抒情诗提供了一种具有导向意义的构思和想象方式，其抒情格调也在一定程度上影响了六七十年代的总体诗风。

《雷锋之歌》集中地显示了20世纪60年代政治抒情诗的风格特点和时代精神。在学雷锋运动轰轰烈烈的开展过程中，诗人创作了这首长诗，以独特的构思、亲切的语言、真实的事例宣传雷锋精神，为人们指出了一条革命的光荣人生道路。诗人在广阔的时代背景下歌颂英雄，揭示了英雄出现的历史必然性和时代必然性；同时又把雷锋作为一个新人的典型，讴歌了一代新人的精神面貌。诗人不是单纯地描写英雄、为英雄立传，而是大处着眼、小处落笔，着重从英雄的身上发掘出革命的人生哲理，概括出时代精神对英雄的造就。诗人紧紧抓住英雄精神的核心，通过歌唱新时代的革命精神，来鼓励青年人在学雷锋的道路上奋勇前进，去迎接和开创祖国美好伟大的未来。这种抒情方式，体现了60年代政治抒情诗在一切题材上挖掘重大主题和追求丰富的政治寄托的倾向。

贺敬之的政治抒情诗最突出的特点就是自觉地追求把诗歌作为对现实问题的回答，具有强烈的政治性和鲜明的时代烙印。他善于以长卷的方式对社会生活的时代特征及历史变迁作整体把握和宏观概括。他善于及时捕捉现实生活中的重大政治命题并真实地表现出来，有强烈的政治化倾向。作为建国初期30年当代诗歌创作观念的集中体现者，他总是密切地关注政治和社会的重大问题，迅速把握时代脉搏，以饱满的政治热情紧跟时代的发展方向，从现实生活中提炼出重大主题。例如：《放声歌唱》《十年颂歌》《雷锋之歌》《西去列车的窗口》《中国的十月》……每首诗都与一个重要的事件和重要的时刻密切相关，引起社会的广泛注意。诗人力图以比较开阔的视野去观照时代的重大问题，善于将历史与现实相交融，从现实中抽取典型，从历史中汲取诗意，这种手法曾为许多政治抒情诗所仿效，对当时的诗风起到导向作用。贺敬之把一个时代的豪情和壮思化为诗的"声"和"象"，即以诗的声韵构成的气势磅礴的交响，和诗的画面展现的当代英雄的形象。贺敬之还善于把政治议论与主观抒情结合起来，把抽象概念与生动形象结合起来，回避枯燥的政治说教，增强感情和形象的艺术感染力。他的政治抒情诗以观念为主干，诗的展开常常是按照提出问题、描述分析、总结归纳、得出结论的政论模式进行的，但诗人没有停留在直白的抽象说教，而是用激情和形象冲淡政治的色彩和说教的味道。《放声歌唱》和《雷锋之歌》可以看作是这种结合得比较成功的范例。

贺敬之的诗歌格调高昂奔放、意境恢宏博大，带有浓重的浪漫主义色彩。他认为，"积极的、革命的浪漫主义对一个民族的文学，特别是诗歌发展来说，绝不可能、也不会是可有可无的东西"，因为浪漫主义"给人以震撼人心的雷霆万钧的力量"（《漫谈诗的革命浪漫主义》）。这体现了贺敬之开放的诗歌创作理念，他的诗歌除了重大的题材背景之外，震撼读者的艺术力量主要源于浪漫主义的抒情方式和由此产生的激情气势、壮阔意境。他的诗歌中的革命理想主义、夸张的想象、奇特的构思以及宏观鸟瞰式的图景表现都与浪漫主义的豪情密不可分。《放声歌唱》中对现实和理想的表现，

《三门峡——梳妆台》将黄河拟人化又与之对话的奇异想象，为诗歌增添了独特的光彩。

贺敬之的诗既洋溢着浓厚的民歌风味，又有对外国诗歌的借鉴和汲取。《回延安》《桂林山水歌》采用的是陕北民歌信天游的调子和古典诗歌的意境章法，开合自如、简洁凝练。《西去列车的窗口》又对这种形式进行了改造和创新。他的大部分政治抒情诗运用的是"楼梯式的形式"，因为这种形式有利于表现重大主题，描绘宏阔画面，传达复杂思想，产生磅礴情感气势，突出感情的节奏。在使用这种形式的过程中又汲取古典诗歌的因素，使其具备整齐美和对称美，整齐与不整齐相统一，上下两层、遥相对应，创造了中国式的楼梯式诗歌格局。茅盾《十年颂歌》概括贺敬之的诗歌形式："从艺术构思，诗的语言，行、句的对仗和平仄等等看来，不能不说《十年颂歌》对'楼梯式'这个新的诗体作了创造性的发展，达成了民族化的初步成就，而同时也标志着诗人的个人风格。"

贺敬之的政治抒情诗的水平也不完全一致，与《放声歌唱》相比，《中国的十月》等稍显逊色。同时，由于作品的政治性，在历史曲折的运动过程中，诗中不可避免地受到"左"的思潮影响，留下一些时代的印记和疵点；过于追求理想与豪情的表现，也留下了一些对生活理想化的东西和空洞的呐喊，在表现社会生活斗争，揭示人们思想感情上使真切感受受到某种程度的削弱。

三、其他诗人的创作

（一）邵燕祥及其作品

邵燕祥（1933—2020），生于北京，1947年参加革命。新中国成立后曾任《诗刊》副主编。他自1946年开始发表作品，成果非常丰厚，主要诗集有《歌唱北京城》《到远方去》《八月的营火》《芦管》《献给历史的情歌》《含笑七十年代告别》《和瀑布对歌》《为青春作证》《在远方》《迟开的花》等。他的诗多取材于火热的现实生活，抒写青年人的理想志趣，感情奔放，时代感强。其中，《在远方》和《迟开的花》，分别获第一、二届全国优秀新诗集一等奖。邵燕祥的诗歌创作从题材风格来看，前后两期存在着明显的转向。20世纪50年代初期的诗歌作品，主要是通过新旧社会的鲜明对比，热情地歌颂人民革命的伟大胜利，在形式上较多地采用民间说唱体，具有浓郁的民间特色。随着诗歌风格的日趋成熟，诗人逐渐选择了适合朗诵的自由体诗歌形式，专心致志地描写50年代工业建设的蓬勃景象，表现青年人对生活火一般的热情，显示了自己的特色。诗集《到远方去》代表了邵燕祥50年代诗歌创作的水平。初版时虽然只收了19首诗，但它却是一部真切体现当时社会主义工业建设实绩的力作，是诗人奔走于工厂、矿山、水库、电站、桥梁、工地等祖国社会主义建设的第一线亲身体验着时代的足音，用和着时代脉搏而跳动的节奏，再现祖国建设突飞猛进的壮丽图景，传达了大工业振奋人心的洪亮声音。这些新鲜奇异、具有时代气息的图景和声音，"是青春的诗——共和国的青春、同代人的青春、与作者自己的青春交融在一起的诗"。这种图景和声音，第一次鲜明地表现在中国的诗歌中。他用表现工业题材的敏锐和魄力写出时代的最强音，如《我们架设了这条超高压送电线》：

> 大踏步地跨过高山，
>
> 跨过河流、洼地和平原，
>
> 跨过农业合作社的田野，
>
> 跨过重工业城市的身边；
>
> 跨过阴雨连绵的秋季，
>
> 跨过风刮雪卷的冬天，
>
> 跨过高空、跨过地面，
>
> 大踏步地跨过时间……
>
> 在我们每一步脚印上，
>
> 请你看社会主义的诞生！

诗人的自豪骄傲之情溢于言表，抒发了年轻创业者没有一丝云翳的晴朗澄澈的心灵情怀和他们豪迈乐观的英雄气概，真实地反映了崭新的伟大时代青年建设者的青春风貌，表现了青春焕发的社会主义中国朝气勃勃、生机盎然的形象。表现同样主题的诗作还有：《中国的道路呼唤着汽车》《到远方去》《英雄碑下》《青春进行曲》《中国张开了翅膀》《在夜晚的公路上》《我们爱我们的土地》等。邵燕祥这一时期的诗歌创作被誉为"五十年代前期的青春之歌"。他的诗字里行间总是洋溢着青春的活力，歌唱了祖国的青春，憧憬了美好的未来，描绘了创造春天的人民，颂扬了伟大的时代，赞颂了排除万难、勇敢前进、积极开拓的社会主义第一代创业者的豪迈步伐和坚定信心，用这种精神鼓舞一代又一代中国青年忘我地为新中国的繁荣富强贡献力量。

邵燕祥是一位有着深刻思想的现实主义诗人。他在时代号角的指引下满怀激情地歌颂赞美，其后不久就自觉地认识到"只歌颂光明太单纯了，生活复杂得多"。20 世纪 50 年代中期，他凭着对当时社会矛盾的分析，对主观主义者和官僚主义者的愤激之情，以及诗人强烈的社会责任感，大胆地创作了叙事诗《贾桂香》和一些讽刺诗作。在《贾桂香》中，诗人揭露了一个农场女工是怎样为流言诬陷、打击并最终走上绝路的过程，鲜明地表达了对陈腐观念和官僚主义作风的批判，从而为扫除"阻碍我们前进的旧社会的残余"做出了真诚的探索和努力。

（二）张志民及其作品

张志民（1926—1998），河北宛平人，1940年参加八路军，1941年加入中国共产党。新中国成立前曾在晋察冀军区抗大四团学习。新中国诞生后，曾任华北军区文化部创作员。1951年赴朝鲜参战，和中国人民志愿军生活、战斗在一起。1956年转业到地方从事专业创作，历任群众出版社副总编、《北京文学》主编、《诗刊》主编等职。张志民是一位成就卓然、风格独特、影响广泛的诗人。他从1946年开始发表作品，著有诗集《死不着》、《家乡的春天》、《社里的人物》、《公社一家人》、《村风》、《礼花集》、《西行剪影》、《祖国，我对你说》（获第一届全国优秀新诗集一等奖）、《今情，往情》（获第二届全国优秀新诗集奖）、《边区的山》（获首届全军优秀文学奖）；长诗《将军和他的战马》《金玉记》《祖国颂》；战地通讯集《祖国，你的儿子在前线》；散文集《梅河散记》《故人入我梦》；文论集《诗说》《文学笔记》等。

长期的火热的斗争生活，使张志民的诗作内涵丰富、思想深刻，充满了革命激情。他的诗歌风格不拘泥已有传统，而是对古今中外优秀的诗歌原理兼收并蓄，在实践探索中创造出自己独特的艺术风格。张志民从学习民歌开始写诗，他吸取了民歌体的诙谐明快，现代自由体的舒展奔放，古典格律体的雅致工整，在具体的诗歌格式中整齐中见多变，语言通俗生动且典雅优美，总体上看他的诗歌创作主旨力求深入浅出。"从《死不着》算起，张志民以昂奋的姿态，在诗的领域里行进了三十多年。作为诗人的追求，从昨天到今天，他走的是新诗民族化、群众化的道路。"他在创造民族化、大众化的新诗方面，作出了很大贡献。

十七年时期，张志民致力于用朴素简洁的口语，生动形象地描写农村的变化和农民的生活。短诗《社里的人物》像一幅清新纯美的农村风俗画和农民人物素描，展示了社会主义革命和建设中成长和成熟起来的新的人物、新的思想、新的人际关系。他选取具有典型意义的特别是带有戏剧性的生活细节和场景，塑造出一个个具体可感的"社里的人物"形象，从一个侧面来表现伟大时代的新风貌，语言朴实亲切、幽默风趣，富有生活气息。如《社里的人物》第二首《郑秀菊》：

秀菊当选了大队长，

多少小伙子不服气，

老人们劝她："让了吧！"

可秀菊偏偏就不依。

"你是论话茬儿？

你是论力气？

地里场里任他们挑，

不服气咱们就比一比……"

打谷她会扬场,

耕地她会扶犁,

赶牲口使车她更拿手,

秀菊爹就是个"掌鞭的"。

你看小伙子们多"调皮",

要跟她比挖河泥,

她挽起裤腿跳下去……

小伙子们才说:"服了你!"

生动形象地描绘了新中国农村妇女的崭新形象,给读者展示了农村新女性自强不息的鲜明性格。诗人通过对郑秀菊坚强好胜的个性的塑造,歌颂了农村的新一代女劳动者,体现了新中国的妇女充分享受男女平等的社会地位,从而讴歌了新时代里人民地位的提高,妇女的翻身解放真正彻底地实现。

(三)蔡其矫及其作品

蔡其矫(1918—2007),福建晋江人,代表作有诗集《回声集》《涛声集》《福建集》《生活的歌》等。他的诗一般不直接地描写生活,而往往是在对山水和自然风物的咏叹中表现诗人对生活的独特感受。蔡其矫40年代的一些诗作比较明显地受到了美国自由体诗歌理论的影响,50年代,诗人主观上力图突破原有模式,主动契合时代和现实环境,创作了一些表现新的生活的主题然而缺乏艺术个性的诗作,被冠以"唯美主义""反现实主义"的标签。

蔡其矫在对诗歌题材、语言、构思的创造上较多地受西方浪漫主义的影响,认为诗"必须是从我们整个心灵、希望、记忆和感触的喷泉里射出来的"。这种诗歌创作理念的积累决定了他的诗歌创作的主要成就集中在体现对大自然的挚爱和对人的关怀的情感内涵丰富的爱情诗、山水诗和表现故土人文习俗的风物诗上。诗人认为大自然的美是与人类的精神美相互映照的,所以诗作在力图揭示人的感情活动时,应该从自然中找到比喻的意象,将人活泼的生命力灌注到对自然风物的细腻描摹之中,贯穿蔡其矫创作始终的最主要的特色是人道主义的浪漫精神。《南曲》是蔡其矫的代表性诗篇,南曲是福建一带广为流传的一种戏曲样式,其声调温柔婉丽,富于凄楚迷离的情思,本诗就是在摹写诗人听南曲的感受。诗人把音乐对人情感、心灵的强烈感染,转化为一幅幅鲜明活泼的自然景观画,给人以无限的美的想象:"洞箫的清音是风在竹叶间悲鸣。/ 琵琶断续的弹奏 / 是孤雁的哀啼,在流水上 / 引起阵阵战栗。"

美妙的音乐经过诗人的心灵沉浸而转化为诗篇中的字字句句,诗歌与音乐两种美的享受在诗人的心中达到高度的契合，并最终通过自然界的美好景致再次感染读者。诗人追求的并不是单纯的写景状物，而是从中传达出自我内在心灵的叙说。诗篇构思完整、围绕着南曲展开想象，形成了一个意象群：开篇以两个暗喻型的意象写乐器的声音，接着又以一系列明喻型意象写歌声。这些意象所流露出的低沉的情韵与南曲本身那哀婉的情调十分和谐，从而构成了一幅声情并茂的"音画"。最后，诗人以带着感叹的议论点题作结："故乡呀，你把过去的痛苦遗留在歌中，／让生活在光明中的我们永不忘记。"给人以深刻的启示。

（四）公刘及其作品

公刘（1927—2003），生于江西南昌。1948年逃亡香港，社会职业为香港生活书店附设的持恒函授学校社会科学导师和香港《文汇报》副刊的编辑。1949年参加中国人民解放军，在文艺宣传岗位上工作。1954年加入中国作家协会。1979年参加中国共产党，任中国作家协会第三、四届理事。公刘从40年代开始发表文学作品，主要诗歌作品结集为《边地短歌》、《神圣的岗位》、《在北方》、《黎明的城》、《白花·红花》、《仙人掌》（荣获第一届全国优秀新诗集奖一等奖）、《离离原上草》、《望夫云》等；另外著有短篇小说集《国境一条街》；电影文学剧本《阿诗玛》、《望夫云》（与林予合作）；评论集《乱弹诗弦》等。

公刘的诗歌创作在50年代中期以其鲜明独特的风格引起极大的关注，被视为中国当代诗坛上升起的一颗耀眼的新星。公刘的诗歌内容非常丰富，他曾走遍祖国的东南西北、山川大河。50年代初，公刘又随着大进军的步伐来到美丽的云南，那里的人民军队的英雄事迹，少数民族同胞摆脱压迫、翻身做主人的新生活，以及军民之间感人至深的鱼水情，映衬到美丽的山水间，这大自然的美、人们心灵的美、生活的美以及祖国未来的美好前景都使诗人感到激动，他挥洒出自己的一腔热情，放声歌唱少数民族的翻身觉醒和美丽的边疆风情，真实记录了军民鱼水的深厚情谊和边防战士严谨而充实的守卫生活，如《山间小路》，细腻亲切、匠心独具地塑造了一名边防战士的形象：

一条小路在山间蜿蜒，

每天我沿着它爬上山巅；

这座山是边防阵地的制高点，

而我的刺刀则是真正的山尖。

诗歌的最后一句比喻新颖贴切，体现了诗人驾驭修辞的高超技巧，令眼前的一切变得庄严和崇高，清新柔美之中带有几分峭拔刚劲，洋溢出战士的爱国热情、乐观精神和自豪感。在公刘的笔下，生活真实与艺术形象达到了高度的艺术化统一。这种精神集中地体现在《黎明的城》和《在北方》两个集子中，它们是公刘初期作品成熟的标志。公刘的诗歌创作的独特风格形成并完善于 20 世纪 50 年代，这种风格贯穿了诗人在十七年时期的整个创作活动。正如某些评论者指出的那样，公刘初期的诗作，大抵都充满了这种"五十年代精神"，这是一种展现了新中国蒸蒸日上的青春精神。

（五）流沙河及其作品

流沙河（1931—2019 ），四川金堂县人。1950 年任川西《农民报》副刊编辑，1952 年调四川省文联，任《星星》诗刊编辑。新时期以后在作协四川分会从事专业创作，是中国作协第四届理事。流沙河从 1948 年开始发表作品，著有诗集《农村夜曲》《告别火星》《流沙河诗集》等，《流沙河诗集》曾获第一届全国优秀新诗集奖一等奖。他的诗歌善以新颖的意象、沉挚的诗思、浓郁的感情和平实的语言表达自己的思想。

《草木篇》是流沙河创作于 20 世纪 50 年代的一组咏物言志的散文诗，1957 年 1 月发表于《星星》诗刊。它由 5 首散文诗组成，采用拟人化的手法，将植物与人的性情巧妙地结合起来：一方面通过白杨、藤、仙人掌、梅和毒菌等艺术形象，隐喻一个人在现实生活中的立身处世之道。诗歌以笔直的白杨树喻孤傲刚正、宁折不屈的人格；由生长于沙漠的仙人掌，联想到人在逆境中也要顽强地生存；以傲寒开放的梅花比喻人高傲脱俗的骨气。另一方面也以藤和毒菌暗喻和抨击了居心险恶地扼杀美好事物的攀爬现象。组诗的基调是真诚热烈、坦诚率真的，进而衬映出诗人对于刚直人格的执意追求。由此可见，诗人赋予草木的思想和性格特征，正是基于诗人自己对现实生活敏锐的观察和感受。无论是对各种草木的赞美或鞭挞，都是为了表达自己对各种人生态度、处世哲学的褒贬，既含蓄深沉又韵味绵长，使读者在品味浓郁诗意的同时，无法避免地认真思索这些严肃的人生课题，从而获得有益的启示和教育。

第三节　"文化大革命"时期的地下诗歌创作

地下诗歌创作是指在"文化大革命"中未能公开发表或出版的，与公开发表的主流诗歌相对峙并产生重要影响的诗歌创作。由于诗歌的作者迫于某种政治原因而转入"地下"写作，并在诗歌的创作观念、创作特征、审美旨趣、审美接受等方面表现出了与当时的主流诗歌迥异的艺术特色，因此在当时甚至相当长的一段时期处于被湮没、被遗忘的潜流状态。绿原、牛汉、穆旦、郭小川等老一代诗人与郭路生（食指）、黄翔、北岛、顾城、舒婷等年轻一代诗人在"文化大革命"时期的秘密写作构成了"文化大革命"地下诗歌的重要组成部分，同时也酝酿了新时期诗歌潮流的两条主要流向，即"归来者诗歌"和"朦胧诗"。

"文化大革命"时期，绿原、牛汉、曾卓、穆旦、郭小川、蔡其矫等诗人几乎无一例外地遭受到了政治迫害而被打入社会底层，并被剥夺了写作权力，他们的诗人身份被剥夺而代之以"反革命分子""黑线人物""反党分子"等政治身份，写诗就成了他们秘密的"地下"创作活动。"风在灯塔的上下怒号，／天空挤满匆忙逃跑的云"（蔡其矫《迎风》），道出了他们那一代人在突遭变故后可悲的共同命运，成为现实处境中时代与个人最为形象的一种写照。

绿原等老一代诗人"文化大革命"时期的诗歌，在思想蕴涵方面主要体现出以下几个特点：

首先，表现了受难与觉醒、失望与希望相交织的思想主题，以及由此而展开的与命运抗争的不屈的精神，这种主题与新中国成立后十七年延续至"文化大革命"的"颂歌"与"战歌"有着深刻的变异性与不相容性。曾经为新中国欢呼，唱过赞歌的诗人被驱逐出主流社会，经受着现实生活最严酷的炼狱，他们的政治热情与政治理想渐次冷却，理智渐次回升，投身社会的欢欣化为被流放、被掩埋的痛苦和悲凉。在身心的戕害与岁月的静默坚守中，诗人们清醒地看到了与社会宣传完全相反的一面，"看到的都是灰暗"（蔡其矫《寄——》），全是丑恶狰狞的现实，而不是红色革命狂热的颂神激情。诗人们开始了怀疑的思想旅程，对理想、政治、权力、信仰、友谊、善恶等世界的一切进行了拷问，如穆旦的《理想》、绿原的《重读〈圣经〉》等诗就是其中的代表。

其次，他们在对历史、现实与未来的默默思考中，对个人价值与社会悲喜剧有了更为清醒的领悟，这些投射在诗中，往往凝结成一种将生命置于逆境中的硬汉精神，粗糙、暴烈的强力意志和坚韧、强悍的生命意识。他们的清醒不但伴随着对现实世界深刻的怀疑，也伴随着对（未来）真理世界的渴念，这种渴念在诗中往往转化为对荒诞现实的否定和对过往旧梦温情的追忆，创造出一个个与之相对峙的抗争、光明（甚至偶尔柔和）的诗意世界。"为了改造这心灵的寒带／在风雪交加的圣诞夜／划亮了一根照见天堂的火柴"（绿原《母亲为儿子请罪》）。爱情、友谊、希望永远是受难者的庇护所。它们"不仅点缀寂寞，／而且像明镜般反映窗外的世界，／使那粗糙的世界显得如此柔和"（穆旦《友谊》）。诗人们用内心珍藏的美、真情、信念衬出了现实的丑恶、冷酷和虚妄。

最后，老一代诗人的这种不屈不挠的信念是与其思想的觉醒矛盾地交织在一起的，诗中常常体现出一种矛盾心态。事实上，尽管他们的政治热情已经在现实的触礁中不断破碎、冷却，但他们仍然是"不死心"的一代人，仍然带着浓重的九死无悔的理想主义色彩，如郭小川、蔡其矫、牛汉、曾卓、绿原等许多诗人。老一代诗人的怀疑与反抗是有保留的，他们对自己曾经深爱的党、对整个社会及其社会体制并不怀疑、反抗，相反，仍然是寄以希望的，而将自己在现实中所遭遇的苦难和不公平的命运更多地归之于某个具体事件、具体政策的错误，或某个具体领导人即权力机构中的佞臣、奸臣的陷害、迫害。诗中"二月的一次雷电""奇异的风""一阵怪异的旋风""黑暗的条状的云"等实际上都凝结着诗人对某一具体变故的深刻记忆和理解。这样，他们就把人生苦难的承受与理解化为对具体事件、具体政策的不解、不平，对佞臣、奸臣的责难和控诉以及对贤臣、良臣的期许和呼唤，命运变成了厄运，必然的悲剧化成可能的悲惨事件，怀疑变得犹疑，于是，对人生、命运、历史的思考就停留在与具体化的现实的纠缠中而在某种程度上缺乏或减弱了可能超越的深度和力度。

绿原等老一代诗人的诗歌，在艺术上也形成了独特的风格。他们常以自然之动植物借喻自我人生，这种借喻手法既是诗人处于"地下写作"不得不用的一种"曲笔"，又是一种借物喻人、托物言志的写作手法，它与悠久的中国式的比兴传统可谓一脉相承。其中，充满生命质疑的"树"的形象成为中国新诗在特定时代出现的一个具有特殊意义的意象。在一个万马齐喑的时代可以听到各种"生命树"的怒吼，如"悬崖边的树"（曾卓）、"悼念一棵枫树"（牛汉）、"半棵树"（牛汉）、"老朽了的芙蓉树"（蔡其矫）、"智慧之树"（穆旦）等，树的力度，抵抗外力的坚韧，生命力的顽强，这时获得了诗人灵犀相通的情感认同。"树"成了诗人生存境遇的自况，成了诗人在现实中的形象写照。诗人有意无意地将"树"与"自我"叠合、互化为一体，以树喻人，借树励志。而同时，对"树"的改造、摧残、压抑的外力诸如"奇异的风""二月的一次雷电""满天闪电""飓风""虚假的春天""一声炸雷"等便相应地成了"反面意象"，代表暴力与恐怖的制造者或扼杀生命的刽子手，成为对恶势力的另一种表达。与"树"的表达相似，老诗人还常以动物界的猛禽凶兽来譬喻人生与自我，比如诗中常出现的"受伤的老狗""华南虎""麂子""鹰""飞鸟"等均成了不屈不挠地反抗压迫的强者形象的化身，这一形象往往充满血泪和伤痛，被贯注了饱满的个人化的感情色彩。总之，树、鹰、虎等形象，实质上都是在现实政治专制挤压下人的形象的变形与异化，树、鹰、虎等的命运就是人的命运，它们充当了诗人生存困境下与命运抗争的参照和榜样或是与诗人自我的同位一体的幻化和比附。

总之，沉雄阔大的思想境界、丰富凝重的诗歌主题、沉郁悲凉的审美旨趣以及自由而充满个性的艺术风格，使得老一代诗人默默写于"文化大革命"的"地下诗歌"在生成状态和审美旨趣上形成了与十七年诗歌、"文化大革命"主流诗歌相对立的局面。这就在一定程度上改变了诗歌欢乐颂的主调和假大空的诗风，拓展了诗歌表现的空间，扭转了自新中国成立以来诗歌的整体美学倾向，预示了诗歌审美的变革即将到来，为新时期的诗歌主潮奠定了其中的一条流向，为新时期的诗歌主潮奠定了一定基础。

青年诗人是"文化大革命"地下诗歌创作的一支生力军，不论从数量还是质量上，他们的创作都构成了"文化大革命"地下诗歌最具实力、成就最高的部分。"文化大革命"期间，散落于北京、上海、贵州、福建、河北等各地的知识青年，重新思考时代人生并开始诗歌写作，他们的诗歌以手抄本、油印本的形式广泛流传。知青插队的所在地还形成了一定的诗歌群落，如"白洋淀诗群""贵州诗人群"等，影响较大的诗人主要有食指（郭路生）、黄翔、芒克、多多、林莽、北岛、江河、杨炼、顾城、舒婷、哑默等。

"白洋淀诗群"是"文化大革命"期间最有代表性的"地下诗歌群"。这是一个以河北白洋淀为聚集地，以北京知青为主体的相对独立的知青诗歌群；同时，它又是一个超越地域概念的广义、开放的诗歌群体，它虽然诞生于乡村，但它的文化之根却在北京，可以说，北京给予了它精神与文化的营养。聚集在这一群落的诗人既包括在白洋淀插队的知青，如根子、芒克、多多、林莽、方含、宋海泉等，同时也包括留在城里的另一些知识青年，尤以后来聚集在民间刊物《今天》周围的成员为主，如食指、北岛、江河、杨炼、顾城、严力、田晓青、依群、甘铁生等。"白洋淀诗群"与北京青年诗人群之间密切的生活往来与文学沟通，构成了一个里应外合的诗歌圈。这一群诗人的教育背景、文化背景基本相同，他们"生在新中国，长在红旗下"，接受过红色革命的理想教育，是念着"千万不要忘记阶级斗争"的政治戒律长大的一代。他们曾经满怀着拯救全人类的伟大理想，曾经坚信自己是共和国光荣的接班人，代表着新中国的希望，曾经充当过无产阶级文化大革命的先遣队，在知识青年上山下乡运动中，他们从革命中心城市转移到了天地广阔但相对边缘的农村。在红卫兵身份向知青身份的转化中，一代青年实质上已经变成"文化大革命"政治"始乱终弃"的牺牲品，并彻底远离了主流社会与政治中心。在广阔天地的改造中，在"日子像囚徒一样被放逐"（芒克《天空》）的切肤感受中，在理想与现实的强烈落差中，梦想在年深日久的搁置中褪去了当初鲜艳的色彩，希望化成了失望，理想与激情的失落感，对个人前途的渺茫感，被社会抛弃的孤独感、苦闷感，使一代青年在精神与心理上被他们所寄身的时代强行完成了一代人的"成人仪式"。这种"成人仪式"体现了个体的自我的成长，自我的独立和觉醒，它伴随着一代青年对"精神父亲"的背叛，而"知识青年"这一特殊而尴尬的身份标签就是他们为成年所换取的赏赐和代价："不要给孩子带来更多的眼泪，他们没有罪"（芒克《秋天》）。其时，他们已经学会用诗歌、用自己的声音为自己申诉，对社会宣判："在血一般的晚霞中，在青春的亡灵书上我们用利刃镌刻下记忆的碑文"（林莽《二十六个音节的回响》）。青年人以自己的诗歌来反抗主流政治，他们的"地下诗歌"创作意味着在政治语境围困下诗性话语突围的成功以及人对自身存在艰难寻找的历程。

"白洋淀诗群"整体上都表现出了一种现代性的创作追求。由于社会的动荡，他们的诗歌主题体现了对现实世界的诘问与怀疑，对人的存在、灵魂的归宿以及个人命运的思考。他们走出了盲目信仰，对时代做出了末日的审判，注定要成为黑暗铁屋中的早醒者与呐喊者。的确，"诗人是报警的孩子"，在一个昏聩的时代，正是诗人敲响了时代的警钟。在艺术上，这一群体是"文化大革命"地下诗歌中现代色彩最浓的一群，他们普遍倾向于现代诗歌技巧，文字凝练精省，重视内心世界的开掘，大量运用象征、隐喻、通感、蒙太奇、意识流等手法，可以说是现代主义诗歌的一种实验和再生，接续了 20 世纪中国现代主义诗歌的流脉。

食指是"白洋淀诗群"中音质出色的歌者，他在"文化大革命"时期的代表作有《命运》（1967）、《鱼儿三部曲》（1967）、《这是四点零八分的北京》（1968）、《相信未来》（1968）、《烟》（1968）、《酒》（1968）等。他的诗真实地记录了一代人的心路历程，是一代人的精神履历，他自身那碎片般的惨烈人生与脉络清晰的诗歌标本成为考察一个时代的活的、诗性的历史档案。他的真诚、他的矛盾、他的清醒与疯狂、信仰与背叛、理想情怀与现实苦闷相交织而成的诗歌精神，使他在更真实的意义上成为一代青年的精神代言人。他的诗歌抒情色彩浓郁，情调忧伤浪漫，语言精致华丽，结构整饬，讲究节奏与格律，富于音乐性，对"白洋淀诗群"的整体风格产生了较大的影响。

以黄翔为代表的"贵州诗人群"是"文化大革命"地下诗歌长久被湮没的一群。20 世纪 60 年代中后期，在偏远的贵州高原，一些青年诗人及文艺爱好者经常聚集在一起谈诗论艺，其中有诗人黄翔、哑默（伍立宪）、路茫（李家华）等。在"文化大革命"最黑暗的年代，他们曾冒着生命危险，面临随时都会被劳改、监禁、处决的厄运，写下了叛逆者的心声，用诗歌为长满毒素的时代注射了一剂解毒药。时代在试图审判他们的同时也被他们所审判，他们背叛了自己所处的时代，他们是时代的质疑者和审判者。

黄翔用《火神交响诗》擎起了"文化大革命"暗夜中的一支火炬。他的代表性诗作主要有《野兽》（1968）、《白骨》（1968）、《火神交响诗》（组诗，包括《火炬之歌》《火神》《我看见一场战争》《长城的自白》《不，你没有死去》《世界在大风大雨中出浴》）等。黄翔的诗歌张扬的是一种冲决各种苦难堤坝、奔腾不息的生命力，为了理想甘愿赴汤蹈火的殉道精神，反抗一切禁锢人性和灵魂自由的叛逆精神以及争天抗俗的暴烈的猛士精神，这些构成了他的诗歌精神。"我是一只被追捕的野兽／我是一只刚捕获的野兽／我是一只被野兽践踏的野兽／我是一只践踏野兽的野兽"（《野兽》），"即使我只仅仅剩下一根骨头／我也要哽住我的可憎年代的咽喉"（《野兽》）。黄翔诗中反复呈现的是"野兽情结"与"火炬情结"，他不仅撕咬自己的时代，也呼唤"火神"的来临。他举着火炬，自身也化为一团火，在黑暗的世界里燃烧、突围，显示着时代的光芒。黄翔的诗歌总是在并不艰涩的语言中包含有高密度、强震撼力的思想锋芒，在语言的铺陈、音节的跳跃和诗行的转折中，具有一种清晰的音响效果，非常适于朗诵。"贵州诗人群"中，与黄翔的暴烈之美相对照的是哑默的纯情之美，他们代表了"贵州诗人群"审美的两极。哑默在"文化大革命"中写了近50首诗，如《鸽子》（1968）、《生活》（1972）、《心之歌》（1972）、《呐喊》（1973）等。他的诗纯美、温情、感伤，带一点梦幻色彩，抒发了人生的梦想、爱情的得失、青春的困惑。他像一个执着的爱与美的守护者，又像一个精神洁癖者，不让任何现实的丑陋、污浊渗进他的诗歌圣殿。

青年诗人的"地下诗歌"创作以一种潜流的方式构成了"朦胧诗"的源头和前身，二者有同质性与同源性。许多青年诗人后来被公认为朦胧诗潮的代表人物，如北岛、舒婷、江河、杨炼、多多、芒克等，并且，创作于这一时期的许多地下诗作后来成为"朦胧诗"的经典之作。相对于当时的时代而言，其中有相当一部分诗歌在思想内涵及艺术表现上表现了很强的先锋性与现代性。

在一个特殊的境遇中诞生的"地下诗歌"，是整个"文化大革命"地下文学中成就最高、影响最为深远的一种文学样式。它不仅以坚实的文学实绩成为20世纪60年代以后的中国当代诗歌流向的转折，而且直接开启了新时期以来的诗歌复兴运动，在文学史上具有衔接性和承续性。"地下诗歌"的两股潜流与继之而来的新时期文学潮流取得了思想与艺术的一致性，衍生为两条激流：一条汇入"归来者诗歌"；一条汇入"朦胧诗"。他们重塑了长久干涸、荒芜、变形的中国新诗的诗歌河床，共同构筑了新时代的文学地基，显示出被湮没了的辉煌和不容被遗忘的历史价值，并最终坚强而令人无法忽视地进入了文学史。

第四节　新时期以来的诗歌创作

一、现实主义诗歌的持续发展

新时期的诗歌，大体经历了恢复现实主义传统和多元发展两个阶段。前一个阶段，诗歌创作队伍得到迅速恢复，辍笔多年的诗人重返文坛，开始了新的创作生涯。这一时期现实主义诗歌的代表诗人有艾青、"七月"诗人（绿原、曾卓、牛汉）、邵燕祥、公刘、流沙河等，作品体现出诗人强烈的政治热情和反思意识。这些经历过历史变革而重新"归来"的诗人的歌声中既有因"归来"而产生的由衷喜悦，更有对这段历史误区的深刻反思。"说真话、抒真情"是构成新时期诗歌最初几年的主要景观。根据艾青复出后的第一部诗集——《归来的歌》，这一批诗人常被称为"归来的诗人群"，他们带回了诗歌自身的审美价值。

（一）艾青及其作品

新时期是艾青创作的第二个高峰。在被迫沉默了 20 年后，艾青于 1978 年 4 月发表新作《红旗》，标志着诗人重新回到他中断已久的诗的艺术世界之中，"像一枝核桃似的遗失在某个角落——活着过来了"。二十几年的磨砺，使他对现实生活的思考和对人生的理解更敏锐也更精深。艾青新时期的诗歌从思想上可大概分为三类：咏怀诗、哲理诗和政治抒情诗。这些新的诗歌创作保持和发扬了"五四"新文学革命的民主精神和正视现实、敢于说真话的现实主义传统，突破了诗坛数十年的沉闷和诗人以往诗歌创作的局限，力求新颖独到地概括时代精神，融个体小我于人民的大我之中，唱出人民的心声。

艾青在被迫沉默的 20 多年间，深深扎根于人民的土壤，他对现实生活的思考和人生的理解更敏锐、更精深。长诗《在浪尖上》以"四五"天安门事件为背景，深刻而犀利地揭示了产生悲剧的历史原因和社会原因，对"四人帮"的巨大罪行提出强烈的控诉。对于历史题材，诗人也是站在现实的基础上进行审视的，在对历史的深沉思考中寻找带有规律性的问题。《古罗马的大斗技场》是他一首借古抒今的著名诗篇，字里行间流露出诗人对时代、对人类社会和对邪恶诅咒的爱憎情感。诗人大胆地喊出亿万人民的心声，大声宣告一个旧时代的灭亡，一个真实的新时代的到来。

艾青的诗保持和发扬了他追求、歌颂光明的品格，是高擎"火把""向太阳"迈进的诗人。新时期的艾青唱的已不再是旧日的歌，1978 年的《光的赞歌》也体现着不同于 1938 年的《向太阳》的思想和艺术光芒，诗歌主题由太阳的呼唤和呼唤太阳转向我们创造光明、我们就是太阳。诗人认为光明属于奋不顾身、前仆后继地追求它的人们。在这首诗中，诗人歌颂了自然之光、民主之光、科学之光、理想之光、生命之光，表达了诗人在新时代到来时的礼赞与欣喜之情。诗人真诚地激励自己加入光明的队伍，与人民群众一道前进。可见，这一时期艾青对光明的歌颂更高昂。

在艺术手法上，艾青新时期诗作的突破与追求主要表现在创造鲜明、独特的艺术形象和对语言的创新精神。艾青的诗不仅内容丰富、深刻反映时代精神和社会生活，给人以深刻的启示，而且通过独特的艺术构思和绝妙的诗歌形象，打开了广阔无垠的艺术天地。他努力地追求"水晶"般单纯和"珍珠"般凝练的艺术风格，即在诗的简约明洁的画面里融入深厚的抒情容量。如他描绘海上奇观："所有的绿都集中起来，挤在一起，重叠在一起""突然一阵风""原有的绿就整齐地、按着节拍飘动在一起"。艾青的诗歌语言极富新奇的感觉和暗示的色彩，追求挥洒自如的内在律动和节奏。他坚持以口语写诗，同时提倡诗的散文美，充分显示了白话对古文的"散"的破坏力，瓦解了古典诗词的韵律和语境。正如诗人自己的看法："是诗创造了格律，而不是格律创造了诗。"如《慕尼黑》一诗纯用自然流畅的口语写成，清丽明快而又富于象征色彩，意蕴丰富、耐人咀嚼，令人读后难以忘怀。

艾青新时期的诗歌，无论是气势恢宏的政治抒情诗还是精辟独到的哲理诗，或是意趣幽远的咏忆诗，都在原有风格的基础上有了新的开拓和发展，体现了诗人新的审美追求。

"七月派"诗人1981年出版的20人合集《白色花》是20世纪40年代"七月派"的一个迟来的哀悼，在扉页上写着已逝诗人阿垅的几行诗作为题记："要开作一枝白色花——／因为我要这样宣告，／我们无罪，然后我们凋谢。"供在祭坛上的白色花，冷冽而又灿烂，归来的诗歌在沉寂中透出感伤的色彩。

（二）绿原及其作品

绿原，原名刘仁甫，1922年生于湖北省黄陂区，是"七月"诗派的重要诗人。绿原的诗歌创作与"七月派"其他诗人一样恪守现实主义原则，把真实看作是诗的生命。他忠于生活，也忠于诗。他各个诗期的诗作都艺术地反映了历史的和他个人思想的发展进程，诗作呈现出健康向上的情绪色彩，代表作有《童话》《集合》等诗集。绿原在新时期复出后，第一首诗就写道，"诗人的坐标是人民的喜怒哀乐""人民的代言人才是诗的顶峰"（《听诗人钱学森讲学》）。十年坎坷沉浮，绿原对祖国对人民深沉的爱和坚定的信念丝毫没有改变，他歌唱自立自强的中国人民，歌唱宏伟蓬勃的社会主义建设事业，充满了时代的激情。绿原新时期的诗作又一特色是将诗情与理念有机地融合，冷峻的思辨色彩与真挚的感情共存一体。《又一个哥伦布》《重读〈圣经〉》等作品都体现了这一特点。在十年浩劫中，绿原遭受了很大的身心折磨，他借用《圣经》中的故事抒发内心的苦涩，用比喻的方法对《圣经》故事中的世道和人物重新进行评价，曲折地反映出他对现实人生的种种看法。在对基督的评说中，我们不但感觉到诗人对受难人的深切同情，更能体味到他的某种隐约的自诉。在情绪低沉的时候，诗人虽然想到了但丁的"炼狱"门上的那句话："到了这里一切希望都要放弃。"但并没有就此消沉、绝望，他得出的结论是："无论如何，人贵有一点精神。我始终信奉无神论：对我开恩的上帝——只能是人民。"诗人坚信人民是社会发展的决定力量，人民会对历史做出正确的裁决。这首诗全篇运用了比喻的方式，含蓄地以《圣经》中的故事映射现实生活，批判深沉有力。绿原有着对生活敏锐的感受力、特异的想象力和纯真的感情，使平凡的题材焕发出异彩。1982年荣获《诗刊》诗歌创作奖的《西德拾穗录》就是一组国际题材的飘逸着浓厚异国情调的佳作。组诗共九首，是诗人以出访联邦德国的旅途见闻和感受创作出的，诗人摒弃以往风光加友谊的套式，而通过独特的风物传达美好的感情，将历史感与时代感有机地结合。如第一首《威利巴德埃森，一座少女雕像》，"你还伏在那里／偶尔动弹了一下／仿佛不胜羞愤而抽搐"，这种来自诗人对生活的独特体验和他融入其中的独特的审美理想，细腻地传达给读者以新鲜的感觉和巨大的艺术感染。绿原在遣词用字上的仔细斟酌，以现代口语和诗的韵律表现深刻丰富的思想，既给人清新的艺术滋养，又给人理性的启迪。语言朴素自然、明朗隽永，诗句明白晓畅、舒展自如，使他的诗具有散文美，增加了诗篇的艺术魅力。

（三）曾卓及其作品

曾卓原名曾庆冠，1922年生于湖北省武汉市，也是"七月"诗派的重要成员。创作于新时期的《悬崖边的树》可以说是诗人们共同的历尽磨难的人生际遇和充满期待的心境造型。新颖的意向暗示了深镌的含义和幽深的情调，诗人赋予这棵树以活的人格力量："它倾听远处森林的喧哗／和深谷中小溪的歌唱／它孤独地站在那里／显得寂寞而又倔强。"在暴风的冲击下，"它的弯曲的身体／留下了风的形状／它似乎即将倾跌进深谷／却又像是要展翅飞翔……"，将抒情氛围设置在险恶环境中加以渲染和衬托，凸显悬崖边的树超拔强劲、倚世独立的生存姿态。这首诗和《青春》《铁栏与火》等诗一样，诗人在他所创造的艺术世界中直观自身，将战斗的热情传达给读者，正如牛汉所说："他的诗即使是遍体鳞伤，也给人带来温暖和美感。凄苦中带有一些甜蜜。"另一首杰出的诗作《我遥望》营造了一个秋的意境：年轻时候"偶尔抬头"："遥望六十岁，像遥望／一个远在异国的港口"，六十岁后"有时回头"："遥望我年轻的时候，像遥望／迷失在烟雾中的故乡"。诗中异国的港口与烟雾中的故乡、少年的远游和苍老的回顾的意象对比鲜明，淡然的旷远和沉静的生机，洗却了青春的浮躁喧嚣，达到了艺术的成熟。

（四）牛汉及其作品

牛汉又名牛汀，1923年生于江西省定襄县。复出后的牛汉保持着七月派广泛性与深刻性相统一的抒情传统，首先发表的作品写于"大都写在一个最没有诗意的时期，一个最没有诗意的地点"（文化大革命期间），却"为我们留下了一个时代的痛苦而崇高的精神面貌"。诗集《温泉》是代表他新时期艺术风格的力作，取材奇特，在描写动植物的诗句中开掘深刻意蕴，寄托诗人的感慨，在理趣与情感交融中真实表现诗人的性格禀赋和审美追求。枯枝、荆棘和芒刺所筑的巢中诞生了振翅高飞的雄鹰（《鹰的诞生》）；"《半棵树》"被雷电劈掉了半边，却坚韧不屈地挺立；囚于笼中，却从未放弃自由的努力和希望，挥舞着破碎滴血的趾爪，闪动着火焰似的眼睛的"《华南虎》"等等，悲剧性的诗歌情绪下流淌着生命强有力的激荡和冲击。牛汉不希望他的诗在成熟和定型中衰老和死亡，而是不断地抛弃旧的，寻找新的，显示了诗人对艺术故步自封的突破和对精神永无止境的探索历程。此外尚有《海上蝴蝶》《蚯蚓和羽毛》《沉默的悬崖》三个诗集。

（五）邵燕祥及其作品

邵燕祥是 20 世纪 50 年代"到远方去"的一代歌手。80 年代出版了十余部诗集，从历史和现实社会问题中取材凸显尖锐的论辩色彩，如《含笑向七十年代告别》《迟开的花》《邵燕祥抒情长诗集》等。他的诗多取材自火热的现实生活，常抒写青年人的理想志趣，感情奔放、时代感强。

邵燕祥复出后最初一批作品如《中国又有了诗歌》《历史的耻辱柱》《关于比喻》等体现了面对现实的问题，激愤炽热的情绪基调。这种社会性主题转向不表现蕴含丰富的历史内涵，发表了《我是谁》《长城》《走遍大地》等 13 首抒情长诗。从 1981 年起，诗人创作了"当代抒情史诗"系列长诗，从"我筑起长城／又哭倒长城"的奴隶和英雄时代，到今天"天安门检阅我／我也检阅天安门"的人民时代，邵燕祥把几千年的民族历史和人的生存命运交融在一个抒情喻体里，打破了时间与空间的分割，开创了当代抒情史诗的一种新形式。《最后的独白——诗剧片断，关于斯大林的妻子娜捷日达·阿利卢叶娃之死》是系列中的力作，在这首表现深邃的历史沉思的诗作中，历史和现实、意识和潜意识的影像互相切割、交叠，"大地这一刻冻死了。／天空的泪痕冻成一条一条的暗云。／微弱如烛的太阳／在我胸中一寸一寸地熄灭。"诗人将批判的锋芒刺向历史，女主人公的命运昭示了俄罗斯古老大地的也是俄罗斯近代文化的暗喻。另一种风格是长篇组诗《五十弦》对于人生情感的碎片古典式的温婉和痛楚的诉说，体现邵燕祥诗歌创作情感体验中细致幽微的一面，诗中有南国水乡"微凉的雨"，有早春黎明的迷惘徘徊，也有夜雨中芭蕉的矜持。《假如生活重新开头》是他新时期的代表性诗篇，写于 1979 年 11 月，正当"四化"建设兴起之时。在这转折时期，诗人站在历史的潮头，再一次地呼唤明天，表现了他的胆识、信心和勇气，给人极大的鼓舞和启迪。诗篇采用直抒胸臆的抒情方式，塑造了一个鲜明的"自我"形象：这个"我"满怀理想、勇于献身、一往无前。诗的结构严禁，韵律和谐，虽然采用自由体写作，但每节行数相同，每行字数相当，自由而不散漫，严整而富有变化感，令人备感亲切，具有很大的感召力。

曾写有"既然历史在这儿沉思，我怎能不沉思这段历史"的公刘，也在这一时期影响广泛，他告别了 50 年代的清新明快、充满青春的激动和火一样的激情喷发，而是将批判锋芒刺进自身，体现出鲜明的哲理性思索特征，凸显着诗人的创作准则：没有灵魂的诗是诗的赝品。新时期出版了《红花·白花》《仙人掌》《离离原上草》《骆驼》《南船北马》等 10 部诗集，在《〈白花·红花〉后记》中诗人说："诗应该是诗人的血"，奉献给读者的每一首诗，都是"对自己不断施加压力'挤'出来的一杯胆汁"。面对昨天沉重的记忆、今天严峻的考验和明天紧迫的召唤，诗人在经历过 20 多年的放逐岁月后，一方面在回顾中剖析往昔，在思索历史中拷问自己，"我们每一个'现在'，都被割成两半：／一半顾后，一半瞻前"。同时也在沉思中寄予未来，《离离原上草·自序》中："过去了的三十年，竟有一半的时间我被驱赶于流沙之中；生命为大饥渴所折磨，暗哑了"；但是"流沙覆盖着的下层依旧有沃土膏壤"，多情的歌声"并未弃我而去"。他的《哎，大森林！》："分明是富有弹性的枝条呀，／分明是饱含养分的叶脉！／一旦竟也会竟也会枯朽？／一旦竟也会竟也会腐败？／我痛苦，因为我渴望了解，／我痛苦，因为我终于明白——／／海底有声音说：这儿明天肯定要化作尘埃名／假如今天啄木鸟还拒绝飞来。"诗句中倾注了强烈的忧患意识，进而增强了现实主义的张力，体现了诗人强烈的政治使命感所闪烁的思想光芒和社会价值。体现公刘深沉的思考和科学的精神的诗作是《十二月二十六日》，诗人以极大的政治勇气，把思索的目光投向对领袖人物评价的敏感话题上，辩证地正视历史功过。"无可置疑，他是一面大旗，／旗的概念是什么？是飘扬，是进击，／旗应该永远是风的战友，／风，就是人民的呼吸。"诗歌功能由配合向思考的转换，意味着颂歌传统时代性的完结。在艺术上，诗人认为构思"乃是一个最单纯最有共性的思想和一系列最有个性特点的形象相结合的过程"，这一过程始终需要诗人的想象力和独创性，由大量的排比句式构成的"大哭大笑"的宣泄方式表现着痛苦的冷峻的情感基调，奇特的想象构造出独特的诗歌意象，并且通过复杂的意象暗示或象征比喻的方法开启读者的心扉。公刘还在诗歌理论的建设方面取得一定成就，出版了《诗与诚实》《诗路跋涉》《乱弹诗弦》《谁是二十一世纪的大师》4 部诗学论著。

（六）流沙河及其作品

流沙河是"归来者"中另一个引人注目的诗人。他复出后最初奉献给诗坛的多半是一些写于逆境中的作品。他集中地创作了一系列反思民族的灾难史和归来主题的优秀诗作，先后出版了《流沙河诗集》《别故园》《游踪》等数部诗集，较有影响的诗作有《故园九咏》《情诗六首》《草木新篇》《老人与海》等。《归来》流露着人生浓重的失落感："我回来了，我回来了，／我活着从远方回来了！／远得就像冥王星的距离，／仿佛来自太阳系的边缘。"诗中的幸福感浸透着苍凉与悲哀，但毕竟是命运的凯旋和历史的进步。流沙河的作品在表现严肃的历史主题和普遍的人生课题方面多有别具一格的角度，他的作品在题材的开掘上注重传达个人经历过的独特感情，诗人真诚地恪守着"为国家民族放声呼号"的信条，诗句间闪烁着理性的光辉，流淌着浓郁的感情和沉挚的诗思。诗风平实而含蓄、严肃而诙谐，即使在表现大悲大喜时也不失其端庄安详。以调侃自嘲的语调描写相依父子苦中作乐的《哄小儿》感人至深、催人泪下，在恶劣环境下的父子温情和生存的自尊是那么的具有震撼力。流沙河还致力于新诗的理论建设，发表了大量的有关诗歌创作技巧的理论文章，先后结集出版了《写诗十二课》《十二象》等。

二、朦胧诗的崛起

新时期诗歌运动最重要的事件是"朦胧诗"的崛起。因这一青年诗人群的集结以及向传统的冲击和对现代诗艺的追求，新时期诗歌出现了第一次最有革命意义和影响性的浪潮。以谢冕为旗帜的新派批评家把这股应运而生的现代诗潮称为"新诗潮"。新诗潮是中国社会发展的一个特殊时代的产物，它以长达十年的"文化大革命"浩劫为背景，它的诗凝聚着对于当代社会灾难的严峻反思和批判精神。但作为艺术思潮，它更是对于中国新诗自20世纪50年代以来形成的艺术一体化的反思，它的出现宣告了对以往限定的艺术规范的冲破。创作"朦胧诗"的青年诗人，摆脱了传统观念的囿限，广泛吸收西方现代诗歌的营养，他们强调表现自我，注重个人内心感觉抒发。他们的作品追求意象的象征性和意蕴的不确定性，具有浓重的现代主义色彩。1980年《诗刊》第四期发表章明《令人气闷的朦胧》，首次将此类作品称为"朦胧诗"。"朦胧诗"的作者群中影响最大的是号称"新诗三杰"的舒婷、顾城和北岛，此外还有江河、芒克、多多、王小妮、梁小斌、杨炼、傅天琳等。

尽管"朦胧诗"潮本身就是一个众声喧哗的群体，但它们毕竟存在一个共同的支点，那就是对于旧时代的反思和批判以及对已成颓势的传统艺术规范的反抗和革新。"朦胧诗"是用以批判社会动乱和残酷时代的武器，是受到凌辱和遗弃的人性精神。对于人性复归的呼吁与诗人主体意识的树立与增强互为表里。这股新诗潮断然拒绝诗服膺于现代迷信的矫情，它无声地倡导驱逐轻浮的"欢乐""昂扬"之后的沉郁诗风。因为失落而使它充满悲凉，因为反思历史而使它满含苦痛，于是它被误读为迷惘的一代。而事实上，新诗潮代表的是黑暗中寻求光明的具有使命感的一代，不过这种寻求因艰难困苦而拥有超乎寻常的沉重。梁小斌的《雪白的墙》和《中国，我的钥匙丢了》正是因此而成为最能代表一代人生发于特殊年代复杂情怀的诗篇。《雪白的墙》是幼小心灵对于肮脏年代的追悔，表达了晴空下纯洁的信念。《中国，我的钥匙丢了》的主题则是对于无可名状的失落的追寻。骆耕野以《不满》一诗引起注意，他的《沉船》《沸泉》《车过秦岭》都体现出热烈反思历史的精神。

20 世纪 80 年代，"朦胧诗"的崛起伴随着无尽的纠缠、谴责或批判，然而终究未能摇撼坚定的艺术实践。"朦胧诗"填充了新诗史上的最大的一次断裂，它使"五四"开始的新诗传统得到接续和延伸；它结束了长期以来新诗向着古典的蜕化，有效地修复和推进业已中断的新诗现代化进程；结束了诗思想艺术的"大一统"的窒息，以开放的姿态面对世界，由此开始了艺术多元发展的运行，恢复了中国诗歌的生机，也促成了反对自身的力量。20 世纪 80 年代中期，迅速发展的新诗潮登上了峰巅，由此爆发了一场声势浩大而又迅猛的"诗的哗变"。

（一）北岛及其作品

北岛（1939—），原名赵振开，北京人，祖籍浙江湖州。他是"朦胧诗"最重要的代表诗人，创作的诗集主要有《太阳城札记》《北岛诗选》《旧雪》等。北岛以旧时代和"旧"诗的挑战者的姿态出现在人们的视野中。他的诗以怀疑的精神构成了严峻深邃的风格。尽管北岛的诗流露出悲剧色彩，但从根本上来说，他的怀疑和否定不是盲目的，不是导向虚无主义和宿命论的，而是在人民觉醒的历史关头对转折的预感和呼唤。因而绝望与这位抗争的诗人无涉，他的最重要的品质是迷途中坚定的前行以及面对黑暗宣判的勇敢而不妥协的回答。

北岛的诗作体现着自己独特的艺术个性和深邃的思想纬度：

第一，他的诗歌从总体特征上基本可以概括为象征诗。北岛在 20 世纪 80 年代初接受西方现代派文学影响，他通过所倾心的意象的组接和叠加、撞击和转换，通过所谓的超越时空的蒙太奇的剪接，成功地将一个理想的艺术世界呈现在读者面前。民族文化传统、时代的哲学氛围、沉重的生活现实以及北岛本人的生活遭遇，决定了对荒谬现实的批判和对理想生活的渴求成为他的诗歌的两大主题。他的诗歌基本是由两组对立因素构成的象征情境。他用这些象征性诗歌的形象再真实不过地传达出了一个充满着压抑感的生活氛围，也表现了重压之下，生存意愿和发展要求仍然存在着的人对苦难现实的心理反叛。

第二，艺术手段上，象征、隐喻的运用迫于环境险恶的不得已，基本上呈现出比照性的描写。在他的笔下，政治的黑暗犹如漆黑的无所不在的夜，生活的束缚好比四处张开的网，希望的境界成了被堤岸阻隔的黎明，而觉醒者恰如被河水包围的孤独的岛屿。通过象征、暗示，诗人的主观境界过渡到了诗的世界。象征作为一种艺术方式，在北岛的诗里被普遍运用，表明了诗人丰富的再造性想象力。

第三，由于心理感受的真实的外向化，北岛的诗歌染上了一层阴冷的色彩，给人以冷峻凄怆的感觉。如《走吧》冷色调的意象，给诗带来一种悲壮的色彩："走吧 / 落叶吹进深谷 / 歌声却没有归宿 / 走吧 / 冰上的月光 / 已从河床溢出 / 走吧 / 眼睛望着同一块天空 / 心敲击着暮色的鼓 / 走吧 / 我们没有失去记忆 / 我们去寻找生命湖 /

走吧／路啊路／飘满红罂粟"。"走吧""走吧"二字形成了诗的复沓的主旋律，表现了"路漫漫其修远兮，吾将上下而求索"的奋进意志。抒情主人公寻找"生命的湖"，然而，这"生命的湖"就犹如那遥远的地平线一样，总在前方引导你，变成一种神奇的力量驱使你，催你去寻找和接近。北岛诗歌的阴悒的冷峻虽不是象征主义的直接感染，但他却从生命感受这一共同层次上验证了现代主义艺术的本质。

他最具有经典意义的作品是《回答》，写于 1976 年"四五"运动期间，诗中展现了悲愤至极的冷峻，以坚定的口吻表达了对暴力世界的怀疑。诗篇揭露了黑白混淆、是非颠倒的现实，对矛盾重重、险恶丛生的社会发出了愤怒的质询，并庄严地向世界宣告了"我不相信"的回答。诗中既有直接的抒情和充满哲理的警句，又有大量语意曲折的象征、隐喻、比喻等，使诗作既明快、晓畅，又含蕴丰厚，具有强烈的震撼力。

（二）顾城及其作品

顾城（1956—1993），北京人。出版有诗集《舒婷顾城抒情诗选》《北方的孤独者之歌》《黑眼睛》《顾城童话寓言诗选》等。顾城以纯洁的心感知世界，追求纯净美、新生美，被人们称为"童话诗人"：

第一，他致力于营造自己的童话世界。他的诗总是以一个"任性的孩子"的固执去憧憬美，去建造一座诗的、童话的花园，一个与世俗世界对立的彼岸世界，并以此来表现他对人类精神困境的"终极关怀"。可爱的童真、执着的梦幻是他的诗经常表现的内容。他的诗歌，如《在夕光里》通过两个小孩天真活泼的戏耍，使纯洁无瑕的童心在夕阳的光照里像透明的水晶球一样熠熠生辉，给人美丽的回味。这种呈现童话般清纯的诗多是顾城早期的作品。

第二，他的童话世界总是十分遥远、渺茫。它表现了困惑之中的现代人对生命价值探寻的努力，或许也可以使惶惶无着的内心暂时获救，得到安顿。但是，这个精神的"憩园"并不牢固和安妥。因而，在顾城诗的谣曲般轻柔、宁静、和谐的"童话"中，也存在骚动与不安。顾城无疑意识到自己这种追求的孤独，甚至无望，但绝不想轻易改变自己的信念，如诗作"黑夜给了我黑色的眼睛，我却用它寻找光明"（《一代人》）。简洁的意象，表达了整整一代人的痛苦的反思和百折不挠的探索精神，也体现了一代诗人的重要精神特征。诗篇还采用象征手法："黑夜"是"文化大革命"时代的象征；"眼睛"象征思考和觉醒；"光明"象征真理和未来。这三个意象的组合构成一个意境奇特、充满活力的象征体。在黑色的画面中，人们不难感受到其中孕育着的那冲破黑暗的力量。

第三，顾城的诗还善于捕捉瞬间印象，《雨行》《泡影》《远和近》等是这方面的代表作。特别是《远和近》："你，／一会看我，／一会看云。／／我觉得／你看我时很远／你看云时很近。"利用"你""我""云"三者之间客观和主观距离的反差，表现了由瞬间感受引起的人与人之间的隔膜、戒惧心理以及人对自然的原始亲近感。这既是对"文化大革命"造成的畸形的人际关系的否定和批判，同时也可以看作是诗人对人类普遍存在着的孤独感这一生存状态的诗意概括。

《生命幻想曲》是顾城一首著名的诗作，是他 12 岁那年，随着被流放的父亲从大都市到了山东北部的一个荒滩上放猪，用手指在水边的沙滩上写下的。"没有目的／在蓝天中荡漾／让阳光的瀑布／洗黑我的皮肤／太阳是我的纤夫／它拉着我／用强光的绳索。"这首诗固然流露了一个被社会无故遗弃的少年无所归依的凄凉感，但更是处处表现了一个幼弱生命对于世界的超验感觉。诗中所蕴含的基本主题，它所呈现的对外部世界的直觉能力以及投身于大自然怀抱之后产生的温情，在顾城以后的作品中得到不断的重现和发展。

（三）舒婷及其作品

舒婷（1952—），女，原名龚佩瑜，福建厦门人。"文化大革命"期间曾在闽北山区插队，1972 年返城，做过泥水工、浆洗工、挡纱工、焊锡工等，1980 年底调福建文联。著有诗集《双桅船》《会唱歌的鸢尾花》《舒婷顾城抒情诗选》等。舒婷的诗形成了自己独特的风格：

第一，舒婷的诗委婉表达自己的人生理想。她的诗一反多年来诗歌创作"假、大、空"的公式化、概念化倾向，诗中没有干巴巴的政治说教和千篇一律的媚俗之语。她忠实于自己的感受，用真挚的情感化为诗句来拨动读者的心弦，带给人们耳目一新的感觉。

第二，舒婷的诗歌表达了对时代和社会生活中某些重要问题的关注和思考。她的诗歌以独有的忧伤感以及对祖国、对人民炽热深厚的爱而感染了一个时代。《海滨晨曲》表现了痛苦年代一部分青年人的苦闷和思考，真切地表达了人民的心声；《祖国啊，我亲爱的祖国》创作于 1979 年，正值我们国家冲破种种阻力，实施"四化"宏伟蓝图之际，诗篇通过对祖国贫穷、落后的历史和现状的描写，倾诉了诗人内心的痛苦和欣慰，表达了为祖国献身的崇高理想。

第三，舒婷的诗具有很强的探索精神。她广泛吸收中外名家的艺术手法，在修辞、段式、构思等方面都有西洋诗的痕迹。她的诗形象、感情与哲理常常结合在一起，使诗的意境更加深远而优美，诗的天地更为广阔。

舒婷的代表诗作《双桅船》和《致橡树》。在《双桅船》中，诗人描写了一艘双桅船向连绵的海岸倾诉自己的情思，通过双桅船与海岸的分别、结合、再分别、再结合的相互依存关系，揭示出了一种人生哲理。昨天我们刚刚分离，而经过一天的航行，你我又在这里相聚，明天经过海浪的洗礼，双桅船又将战胜风暴的阻力，在另一个纬度回到岸的怀抱中。海岸是双桅船能够得到休息与爱抚的地方，经历了与惊涛骇浪的搏斗之后，谁不希望有一处宁静的港湾在等待着自己；但海岸同时又是双桅船下次航行的起点，双桅船有他自己的使命，他要航行就必须要辞别海岸而去。双桅船与海岸之间永远无法改变这种彼此依恋，但又不得不分离的命运，从中我们似乎可以悟到，双桅船是我们每一个人或是整个人类的象征，我们依恋温暖、幸福的港湾，但要前进就不得不舍弃平静的生活、温馨的家庭，只有在风浪的颠簸中我们才能成熟起来；只有经历了苦涩，曾经拼搏奋斗过，才能知道什么是真正的幸福和甜美。但是在我们奋斗拼搏获得成功之后，我们能够想到的第一个念头就是回家，回到那平静的港湾。在某种意义上，双桅船的心境正是我们许多人共同的心境。《双桅船》中"船"和"岸"有多重象征性含义。

作为舒婷"朦胧诗"的代表作，追求意象的象征性和意蕴的不确定性，《双桅船》是其突出的艺术特色之一。诗篇中的"船"和"岸"是两个主要意象，即有多重不确定的象征性含义。那么，这双桅船指的是什么，那海岸又是代表什么呢？你不妨把他们假设为一对热恋中的情人，而《双桅船》也就可以说是一首情诗。但这海岸又实在不只是二位情人的代表，它似乎还象征着某种比情人更为阔大深厚的事物，你甚至可以说它象征着祖国、民族以及其他许多令人起敬的东西。另外，假如我们不一定要把它具体归结为某一种事物，而只是说这首诗表达了诗人对一种远比自己更加博大深沉的力量的钦慕、呼唤和追求，是不是也同样可以呢？无论是对一个饱经历史颠簸的民族来说，还是对一个在持续的风浪和动荡时期里成长起来的姑娘来说，这样的钦慕和呼唤都是非常自然的。在某种意义上甚至可以说，双桅船的心境正是我们许多人共同的心境。也许正是这一点，使这首诗对历经劫难的中国人，无论老少，都产生了吸引力。

《致橡树》是一首大胆的爱情宣言。它真挚的感情曾拨动了无数读者的心弦。诗的抒情主人公是一个真诚、坦率、个性鲜明的"我"，而"橡树"在这里则代表"我"的爱人。诗人以"凌霄花"和"橡树"的关系比喻依附的爱情，以痴情的"鸟儿"和"橡树"的关系比喻从属的爱情，以"泉源""险峰""日光""春雨"和"橡树"的关系比喻陪衬的爱情。这些，都不能为她所接受，因为她所追求的是独立的个性，平等自主的爱情："我必须是你近旁的一株木棉／作为树的形象和你站在一起。"这个前提决定了爱人之间各自完整的个性："你有你的铜枝铁干……""我有我红硕的花朵……"；决定了同甘苦共患难的生活原则："我们分担寒潮、风雷、霹雳／我们共享雾霭、流岚、虹霓"由于各自独立的性格，使彼此"仿佛永远分离"，又由于共同的信仰，共同的经历，使他们"却又终相依"。这既是诗人的爱情理想，同时也包含着她对高尚人格、自我价值的追求。历史的苦难遭遇使年轻的诗人无法再轻易认同来自他人的"理想"和"道德"，他们的自我意识生成于个人的体验和思考中，当一切都从个体生存中剥离之后，他们唯有依恃自我的独立意志，才能走向精神的新生。这首诗以比喻为主要手段，诗人善于运用形象来表达思想感情。在整首诗中，比喻不是语言的装饰，而是才情与感受力的自然流露，具有很强的感染力。

第六章 现当代文学——戏剧

第一节 当代戏剧发展概述

20 世纪初话剧作为一种舶来品引进中国，经过现代 30 年剧作家们的努力实践，逐步成为中国新文学中的重要组成部分，尤其是欧阳予倩、洪深、田汉、曹禺、夏衍、郭沫若、老舍等人在话剧中国化方面做出了杰出的贡献，极大地推动了中国话剧事业的发展，为当代话剧的进一步拓展奠定了坚实的理论和创作基础。当代话剧紧紧衔接着现代阶段取得的成果继续向前发展，除了继承现代话剧以现实主义为主流、具有鲜明的时代性、战斗性外，更体现出当代开放性的多元创造和收获，随着政治形势、历史条件的变化，在新中国十七年、文化大革命时期、新时期以及最近十年又体现出不同的话剧发展特点和面貌。

新中国十七年的话剧创作主要继承了中国话剧的现实主义传统，力求反映新时代、表现新人物。由于政治、历史条件的影响，十七年话剧体现出更加强烈的功利性和战斗性。当时戏剧创作队伍主要包括两部分，其中一部分是从"五四"以来就已取得相当成就的剧作家，如郭沫若、曹禺、田汉、老舍等，他们在现代文学阶段已经享有盛誉，在新时期仍然笔耕不辍，又在历史剧方面取得了新的成就；另一部分则是 50 年代出现的胡可、陈其通、王炼、崔德志等青年作家。总体而言，这一时期的历史剧成就较高，如田汉的《关汉卿》《文成公主》、郭沫若的《蔡文姬》《武则天》、曹禺等人的《胆剑篇》等，这些历史剧为以后的创作积累了丰富的经验。而该阶段反映现实生活的成功之作较少，其中老舍的《茶馆》是十七年现实主义戏剧中的重要收获，被誉为中国话剧的"经典"和现实主义话剧的高峰。

"文化大革命"时期，话剧创作方面一个独特的重要现象是对革命样板戏的大力提倡。"样板戏"成为当时官方主流意识形态的文艺宣传工具，也成为以江青为首的政治集团用以排斥其他正常艺术样式存在的政治手段。因此有学者指出，"样板戏"不仅是"文化大革命"时期最引人瞩目的文化现象，而且大概也是人类文化史上一个极为特殊的畸形文艺标本。当时最著名的八大样板戏是京剧现代戏《沙家浜》《红灯记》《智取威虎山》《海港》《奇袭白虎团》和芭蕾舞剧《红色娘子军》《白毛女》以及交响音乐《沙家浜》。

"文化大革命"结束时，"样板戏"的数量已经增加为18个。江青在一篇题为《欢呼京剧革命的伟大胜利》中指出："样板戏"不仅是京剧的优秀样板，而且是无产阶级的优秀样板，也是无产阶级文化大革命各个阵地上"斗、批、改"的优秀样板。在这种政治规范下，"样板戏"表达了艺术本身的审美价值，并担负起特殊的政治使命，而且从中抽象概括出来的文艺创作原则也成为裁决其他样式文艺创作的标准，从而以强势政治话语取代了文艺自身的内部独立话语。

在时代的巨大变革中，新时期戏剧文学起步了，并体现出与社会思潮的走向接近同步的趋势。反思性与探索性构成了新时期20多年来戏剧文学的两大基本特征。总体来说，新时期戏剧文学经历了复苏、徘徊、探索和调整的过程，也经历了从确立以"人"为表现中心到深入开掘"人的心理"、寻找和批评"民族文化心理结构"的内容演化过程。这一时期的戏剧大胆吸收外来戏剧特别是西方现代主义戏剧的优秀成果，以广泛多样的形式表现尖锐深刻的主题，形成了积极探索的发展热潮，逐渐从审美的单一走向多元化。戏剧思潮和理论争鸣也空前活跃，涌现出一批优秀的中青年剧作家、导演、表演艺术家，戏剧舞台异彩纷呈。

20世纪90年代以来，戏剧文学在承接以往戏剧成就的基础上又出现一些新的特点，其中戏剧舞台上的名著改编成为当下热门话题。北京艺人近年来上演了曹禺三部名剧，其中《日出》《原野》与原著相比改动较大；林兆华导演的莎士比亚戏剧《理查三世》运用了较多创新的艺术手法。大师们留下的经典剧目纷纷被改编、创新，再创造过程中注重感情的表达，这一现象在最近十年的戏剧领域中占有重要地位。"孟京辉戏剧"也在近年来的戏剧领域发挥了重要影响。他的代表话剧有《恋爱的犀牛》，根据马雅可夫斯基作品改编创作的话剧《臭虫》以及著作《先锋戏剧档案》等。孟京辉戏剧在剧本创作、音乐及结构的安排上都获得了一定程度的美学突破。

第二节　新时期以来的戏剧创作

一、现实主义戏剧的主流

1977年至1980年前后，新时期话剧进入复苏阶段。围绕着"人的重新发现"这一主题，话剧文学首先开展了对"文化大革命"十年的反思和批判。金振家、王景愚的《枫叶红了的时候》、苏叔阳的《丹心谱》、宗福先的《于无声处》等是这方面的代表作。党的十一届三中全会的胜利召开，使话剧创作从揭露、批判进而转入反思，这一时期，现实生活中的拨乱反正、解放思想、厉行改革、振兴经济等一系列重大课题都在创作中得以表现。沙叶新的《陈毅市长》，宗福先、贺国甫的《血，总是热的》，梁秉坤的《谁是强者》，中杰英的《灰色王国的黎明》等以其思想的敏锐、题材的切中时弊而在广大观众中引起强烈反响。这些剧作基本延续了现实主义的创作方法，对易卜生和斯坦尼斯拉夫斯基的创、表、导体系多有借鉴。随着"四化"建设的不断推进，社会生活中出现了大量亟待解决的问题，因此在新时期戏剧中开始出现对现实生活问题进行思考的作品，如赵梓雄的《未来在召唤》、邢益勋的《权与法》、赵国庆的《救救她》、崔德志的《报春花》等。尽管这些被称为"社会问题剧"的剧作仍存在反映现实生活不够深刻、有明显时代局限等缺陷，但却给读者很大的启发，在社会上引起了强烈的共鸣。其中最具代表性的剧作家是苏叔阳、沙叶新、崔德志等。

苏叔阳（1938—），河北保定人，是新时期剧坛涌现出的卓有成就的新人，代表性作品主要有话剧《丹心谱》《左邻右舍》《家庭大事》《太平湖》，电影剧本《夕阳街》《盛开的季节》《春雨潇潇》《密林中的小屋》以及长篇小说《故土》等，出版有《苏叔阳剧本选》。《丹心谱》创作于1978年初，是苏叔阳的代表作，也是新时期出现较早的一部反映知识分子同"四人帮"做斗争的剧作。作品描写在周恩来总理提出的实现四个现代化宏伟目标的鼓舞下中医泰斗方凌轩为振兴祖国的医药事业，积极从事"03"新药的研究工作。剧本不仅反映了家庭亲属及朋友之间的矛盾冲突，也反映了"文化大革命"末期革命力量和反革命力量的激烈较量，实质上构成当时整个社会斗争面貌的缩影。作家对这场斗争的表现，准确把握了在特定历史环境下矛盾斗争的特点，着重描写不同人物之间的灵魂交锋。正气凛然的方凌轩与自私卑鄙的庄济生在灵魂上的殊死搏斗贯穿全剧始终。剧情的发展、矛盾的激化、高潮的出现，都是以人物思想感情的冲突为基础展开的，这符合当时的真实生活，更有利于深刻反映社会本质问题。

该剧坚持现实主义原则，从生活实际出发塑造人物形象。无论是正面人物或是反面人物，都尽量避免公式化、概念化、脸谱化的倾向。方凌轩是作者歌颂的英雄人物，但并没有将他人为地神圣化。方凌轩作为经历了旧社会的老知识分子，他受到共产党和政府的支持关怀，为了人民的健康而勤恳从事科研工作。当"四人帮"企图从他主持的新药研制课题开刀来实现诬陷打倒周恩来总理的罪恶目的时，方凌轩一下子被推到了矛盾聚结的中心位置。面对险恶的形势，他没有畏惧，不曾退缩，没有为求得自身晚年的安稳而屈服妥协，而是正气凛然地与之斗争。但他本身是缺乏政治斗争经验的，用公开贴《方凌轩启事》的方法，决心把冠心病的研究是否为城市老爷服务的问题辩论清楚。这种斗争方式显得书生气十足。在真正认清了斗争的实质后，他的政治觉悟上升到新的高度，这时作家没有让他采取超乎寻常的壮举，做出轰轰烈烈的行为，而只是写他用自己力所能及的方式进行了适当的斗争。在高压、恐吓面前，他无所畏惧地坚守自己的科研阵地，在荣誉和地位引诱面前毫不动心，拒绝把自己的科研纳入为"四人帮"阴谋活动服务的罪恶轨道。方凌轩不是按英雄模式塑造的英雄，而是生活中的真实英雄。此外，剧作极力鞭挞了反面人物庄济生，作家没有人为地丑化和夸大这个人物，而是以生活本身为依据如实描写。对这个典型的投机家、野心家，剧作通过真实而又典型的细节将其落落大方、通情达理的虚伪面纱小心揭下，从而充分暴露出掩藏其下的肮脏灵魂。但庄济生一开始并不是一个反面角色，作家从生活实际出发，描写了他走向反面时思想性格所发生的变化。在风平浪静的和平岁月里，庄济生不仅安分守己，而且颇有人情味，他对老丈人方凌轩恭顺敬重，对妻子温存体贴，与家人相处和睦。围绕科研的斗争刚发生时，他劝诱方凌轩听从"四人帮"的旨意遭到拒绝，上司又对他施加压力，这时他内心也发生了剧烈的矛盾和痛苦。随着斗争的激化，为了保全自己、保住乌纱帽，他终于心甘情愿地充当了"四人帮"的走狗，不仅对坚持正义的老丈人和妻子加以陷害，视亲人为仇人，而且参与诬陷周总理的罪恶活动。作家以现实主义笔触描画的庄济生形象颇有深度，使我们看到了"文化大革命"时期那一类反派人物滋生的思想根源。

《丹心谱》在构思上也很有特点。剧作以方凌轩的家庭为纽带，以老丈人与女婿之间的冲突作为主线编织各种人物的关系。剧中人物个性色彩鲜明，戏剧情节并不复杂，但人物之间的矛盾冲突却激烈尖锐，特别是灵魂的搏斗令人瞠目结舌，扣人心弦，惊心动魄，给观众带来强烈的思想震撼。

沙叶新（1939—），回族，江苏南京市人。主要作品有《陈毅市长》《马克思秘史》《寻找男子汉》等剧。其中，《陈毅市长》荣获 1980—1981 年全国优秀剧本奖和 1980 年全国少数民族文学创作奖。

《陈毅市长》取材于解放初陈毅任上海市市长期间的感人事迹，从当时那种复杂的历史背景和特殊的典型环境中，突出表现陈毅"对经济建设的巨大热情，对人民生活的深切关心，对各界人士的真诚团结，对干部作风的严格要求以及自己对党风党纪的身体力行"，以此启示和激励人们重新认识和发扬在十年浩劫中遭到践踏的这种伟大精神，并把它化作推动社会前进的巨大动力。剧作在历史、现实和未来的扭结中，揭示了具有鲜明时代特征的深刻主题思想。

首先，《陈毅市长》成功地塑造了陈毅的光辉形象。陈毅既是一位伟大的无产阶级革命家，又是一个有独特思想、鲜明性格和丰富情感的普通党员。作品通过描写他对国民党留用人员、对资本家、对知识分子、对工人、对干部以及对自己的亲属等各种对象的态度和言行，栩栩如生地表现了他处处以党的利益和党的政策为重的崇高党性原则，同时描绘了他能够根据不同对象的思想性格特征对症下药，把握了既团结人又教育人的卓越的领导艺术。作者还紧扣陈毅的性格特点——赤诚、坦率、幽默来加以深入刻画，写他对同志、对朋友、对亲属都是赤诚相待，而对自己又是严格要求，严于律己，宽以待人，做到了党性与个性的统一，从而表现了他对党的事业的一片赤诚忠心。其中第七场出色地刻画了他对军长童大威和新闻处副处长魏里的态度和言行：敌机来轰炸，负责防空的童军长所属的八门高射炮竟有六门没打响，造成了严重损失。陈毅对童大威的批评十分严厉，"我且问你；你有几个脑壳？嗯？"然而，当上级询问此事，真要给童大威军法制裁时，他又站出来主动承担了部分责任以此保护干部，使这员虎将感动得流下眼泪。新闻处副处长魏里在报道中把敌机轰炸击中的目标也报了出去，客观上等于向敌人提供了情报，这使陈毅火冒三丈，怒发冲冠，把魏里训得浑身发抖。但当他得知魏里是一个非党员干部时，就感到自己的批评有点过分了，于是便非常恳切地向魏里道歉，鞠躬认错的举动使魏里感动得落泪。诸如此类动人情节的选取和刻画，使陈毅那种光明磊落的胸怀、诚恳谦逊的美德、对党风党纪身体力行的崇高风范，得到了富有个性的生动展现。剧本多层次、多侧面地刻画了陈毅对人民的高度责任感和崇高的道德品格。《陈毅市长》为革命家形象的塑造提供了学习借鉴的成功经验。

其次，《陈毅市长》具有独创的结构形式，这也是它的重要成功之处。作者突破了"一人一事"的传统形式，采用"冰糖葫芦式"的戏剧结构，把戏写得波澜起伏，跌宕有致。全剧没有一个贯穿始终的中心事件和冲突，十场戏穿插了十个小故事，以陈毅这个中心人物穿引各场。该剧中每场戏都是一个独立发展的单位，有独立的故事情节和矛盾冲突，从这一点来看它采用的完全是传统结构形式。但各场之间又是连贯一气的，这集中在一个人物身上，共同完成表现陈毅如何当市长这一总情节总主题。分场来演，像一出出折子戏，合起来演，又有完整的戏剧感。这种结构形式，打破了古典主义"三一律"所强调的时间、场景和动作的一律，近似布莱希特式的戏剧结构。可以说，《陈毅市长》别出心裁地把传统的亚里士多德式戏剧结构和布莱希特式戏剧结构加以结合，并且取得了比较成功的效果。

最后，《陈毅市长》的成功还在于它体现出独创的喜剧风格。过去的喜剧一般只表现反面人物、中间人物或地位低下的小人物，而不表现崇高的英雄人物。新中国成立以来描写老一辈革命家的作品以正剧为多。沙叶新大胆突破了传统的喜剧观，用喜剧手法塑造陈毅这样一个无产阶级革命家的伟岸形象。这种艺术上的革新和创造，是从生活出发的，因为现实生活中的陈毅本来就是一个风趣幽默的活生生的人，在他身上，喜剧与崇高有着完美和谐的结合。因此，作者完全有可能用喜剧手法表现他的感人事迹。如在第三场（与资本家太太）、第四场（与年轻的女售货员）、第六场（与老丈人）等场面中，运用有趣的误会、夸张的情节、诙谐的语言等喜剧手法，使具有喜剧性格的陈毅卷入到喜剧性冲突中去，取得了寓庄于谐的艺术效果。在第三场中，资本家太太误以为陈毅是一个资本家老板，陈毅将错就错，承认自己是一个大老板，同这位资本家太太在融洽气氛中交谈，宣传了党的政策，消除了她对党的戒心，达到了"要资产阶级受我的影响"的目的。第四场中与年轻女售货员的误会则表现了陈毅对经济建设的极大关怀和支持。作者赋予陈毅形象一定的喜剧色彩，目的并非纯粹为了取笑，而是为了在达观开朗的笑声中展现陈毅的革命乐观主义精神和平易近人、和蔼可亲的品格，给人一种亲切感和贴近感，使陈毅的形象更清晰、更深刻地留在观众心中。

崔德志（1927—　），黑龙江青冈人，20世纪40年代开始文学创作，50年代后致力于话剧创作。1954年，他创作的《刘莲英》曾获全国独幕剧一等奖。此后他又创作了《时间的罪人》《爱的波折》《生活的赞歌》《韩巧苓》《春之歌》等剧本。创作于1979年的《报春花》标志着作家在现实主义道路上的新迈进。

作为一部社会问题剧，《报春花》之所以引起强烈的社会反响，正是因为它及时反映了现实社会普遍存在而又急需解决的问题，即必须彻底清除"血统论""唯成分论"及"左"思潮流毒对人们的影响，从而进一步解放人的灵魂，解放生产力。多年来推行的阶级路线使人们特别是一部分领导干部习惯以出身、成分去判定一个人品质的好坏，这使许多青年受到不公正的待遇，甚至遭歧视受迫害。"文化大革命"结束后，这种"血统论"在许多人的思想意识里仍然存在，严重地阻碍了"四化"建设的进程。作家敏锐地觉察到这一社会问题，大胆冲破思想的禁锢，通过艺术创作进行批判揭露。剧本描写某工厂围绕能否树立工作成绩优秀、但家庭出身不好的青年女工白洁为标兵而产生的激烈矛盾斗争展开故事。在"文化大革命"动乱中，厂长李健惨遭迫害，被搞得家破人亡，但复出后并不计较个人的恩怨得失，为了尽快改变工厂的落后局面，他坚持思想解放的作风，甘冒再次被打倒的风险，决心树立创造5万米无次布最佳纪录的青年女工白洁为标兵。党委副书记吴一萍对此坚决反对，她认为白洁出身不好，应该是教育改造的对象，树立这样的人作为标兵是丧失革命原则与阶级立场，因此不择手段地对李健进行诬陷。他们之间的矛盾冲突不是一般思想认识上的分歧，而是两种思想路线在本质上的矛盾冲突。白洁是个纯洁善良的姑娘，长期遭受精神折磨，做出成绩非但得不到肯定，反而还要受到歧视，甚至连自由恋爱的权利也被剥夺了。这正是吴一萍所坚持的"血统论"对人性压制和摧残的后果。剧作的深刻之处正在于有力地揭露批判了"左"的思想路线对人和社会的危害。

进入80年代，现代主义话剧创作此起彼伏，与此同时，写实性的戏剧并没有销声匿迹，而是获得了进一步的纵深性发展。其中苏叔阳的《左邻右舍》《家庭大事》，白峰溪的"女性三部曲"：《风雨故人来》《明月初照人》《不知秋思在谁家》，李龙云的《小井胡同》，李杰的《田野又是青纱帐》，魏敏等的《红白喜事》，何冀平的《天下第一楼》等是当时涌现出的杰作，这些作品都以典型的性格与细节刻画、优美的话剧语言散发出话剧动人的艺术魅力，体现了新时期话剧向现实主义传统的真正回归和强化。

继《丹心谱》之后，苏叔阳把艺术视角转向了北京城的普通市民，从而创作了《左邻右舍》和《家庭大事》。《左邻右舍》描写的是北京一座四合院内几户人家的日常化生活。剧作家没有刻意去组织故事情节和矛盾冲突，而是通过一幅幅日常生活画面展现这些普通人家的悲欢离合、酸辣苦甜以及邻里之间政党关系的破坏和人性的扭曲，从而透露出20世纪70年代后半期中国社会政治形势的变化。尤其是作家敢于正视粉碎"四人帮"后社会现实中仍然存在的某些阴影，并且对这些阴影给善良的人们造成的精神重压作了真实的书写，使剧作呈现出鲜明的现实主义批判精神。剧作所刻画的赵青、李振民、李秀、吴萍、洪人杰等人物形象生动鲜明，表现了作家对遭受种种磨难的正直善良的下层百姓的深切同情和对趋炎附势、投机钻营的小人的鞭挞、嘲讽。最后的大团圆结局虽然有点牵强，似乎与全剧的悲剧气氛不太协调，但几个主要人物的不同命运给观众留下的反思却是深沉的。

剧作《左邻右舍》在构思上、表现手法上、场面及人物语言的设计上都表现出作家对老舍《茶馆》的学习和借鉴，京华风味浓厚，集中体现了"京味"剧的一般特点：

第一，通过普通人日常生活的如实描写，反映国家政治生活的变迁。《左邻右舍》写的是在1976年至1978年这个历史转折时期北京一个大杂院的居民的日常生活。这个大杂院居住着不同职业的几个家庭，他们的运命随着国家政治生活的变化而变动，正如作者在剧本《前言》中所概括的那样："无非是张家怎么长，李家怎么短，没有什么惊天动地的大事情。可各人有各人的命运：酸、甜、苦、辣、咸、喜、怒、哀、乐、惧，仿佛是咱们国家的小影儿。"

第二，注重刻画人物，而不是注重铺排故事情节。剧本打破了话剧的主人公模式，没有贯穿始终的故事情节和矛盾冲突，而是通过日常生活事件表现人物个性，展现平凡人的群像画面，尤其注重刻画人物的精神气质。如对老一辈北京人赵春形象的刻画就很成功。他扎根京华乡土，阅历丰富，心地善良，爱憎分明，诚恳待人，不畏强暴，扶弱济贫，因此深受街坊邻居的尊敬与信任。他的一身正气主要体现在对待比较重大的政治问题上，比如在李振民与洪人杰的争执中主持公道，对那些受"四人帮"影响的光拿钱不干活的人敢于提出尖锐批评，等等。女青年李秀的形象也塑造得很出色。她深爱青年工人钱国良，当国良因反对"四人帮"而被捕入狱后，她一直等着他，并无微不至地关心照顾钱大妈。当国良作为一个监外执行的犯人归来时，她勇敢地当众宣布："我爱他，我要嫁给他！"因为她内心坚信国良并没有犯罪。作品有力地烘托出她在政治上的纯洁和爱情上的圣洁。

第三，语言生动、朴实而富有"京味"特色。作者常常是三言两语就刻画出一个人物的性格特点和心理状态。因此，尽管剧中登场人物很多，但大都给观众留下了生动鲜明的印象。如对钱大妈这个人物，作者并没有过多地使用笔墨，只写了她与儿子钱国良被捕时的一段对话和获释归来时的一段对白，但仅此已把她的形象活灵活现地刻画出来了。又如周静，这是剧末才出现的一个人物，作者也只用了寥寥几笔，就把这个铁骨铮铮、坚强不屈的形象刻画得栩栩如生。北京剧作家的语言自然带有浓郁的北京乡土味，他们常常在普通话中夹杂一些北京的方言土语，如"圣明""瓷实""杂和面""糊弄""寒碜""地道""腻歪"之类。这些词语如果单个说出来，外地人不好懂，但夹在人物的对话中，在特定的语言环境中出现，使外地人不但可以体味到它的意味，而且可以感受到北京独特的生活气息。

苏叔阳的《家庭大事》也是以描写普通人家生活为主题的话剧。通过一个普通家庭在改革大潮来临之际引起的躁动不安、爱情的离异与重组以及两代人思想观念的碰撞，反映出 20 世纪 80 年代我国社会生活中出现的巨大变化。剧作在构思上与《左邻右舍》有相似之处，它们都不注重组织戏剧情节和戏剧冲突，而是关注富在生活气息的日常生活画面中透视时代风貌，展现历史转折期的各种社会心态变化，从许多看似稀疏平常的生活细节中蕴含深厚的生活底蕴，从而达到启人思考、令人回味的艺术效果。

白峰溪（1934— ），女，河北人，原为中国青年艺术剧院演员，20 世纪 70 年代末开始戏剧创作。代表作有剧本《女性三部曲》，即《明月初照人》《风雨故人来》《不知秋思在谁家》。也许由于剧作家本身就是女性，白峰溪对妇女的命运有着天然体验和丰富情感，正如她自己所说："一种激情的催动，我愿为她们的命运呼喊。"白峰溪剧作的重要特点和主要价值在于对女性问题的重视和探讨。

《明月初照人》是出现较早的女性戏剧代表作。全剧中的十个人物全都是女性，中心人物是省妇联主任方若明。方若明对待工作认真负责，每天四处奔波忙碌于处理家庭纠纷和各种婚姻问题，在她的帮助和调解下许多矛盾得以化解，很多女性找到幸福美满的爱情婚姻。她也因此成为婚恋自主的坚强维护者，妇女权益最有力的守护神。然而，更棘手的问题出现了：她当外语教师的小女儿爱上了一个水暖工，而作为研究生的大女儿又爱上了自己的导师，这位导师偏巧又是当年由于组织上的干涉而不能与她结合的恋人。这一切搅动了方若明内心隐秘的一角，传统的世俗观念和年轻时留下的爱情隐痛，使得这位妇女干部陷入了深深的烦躁不安与万分痛苦之中，这也暴露出她在言行表里、对内对外之间的新旧两种思想的剧烈交锋和矛盾冲突。作品由此写出了中国当代知识女性在不断走向觉醒的历史过程中所遇到的困惑、苦恼以及觉悟的艰难。

白峰溪的剧作关注社会道德伦理题材；重视女性形象的塑造，在细腻的心理刻画方面尤见特长；在戏剧冲突的结构上，她充分注意到情节高潮与人物内心自我冲突的叠加；其语言既具有时代感又富有浓厚的抒情意味。

李龙云（1948—　），祖籍河北河间市，出生在北京南城罗圈胡同，1979年考取南京大学中文系研究生，师从剧作家陈白尘。1982年到北京人民艺术剧院任专职编剧。著有大型话剧《有这样一个小院》《小井胡同》《这里不远是圆明园》《正红旗下》，独幕剧《球迷》《人间烟火》，长篇小说《落马湖王国的覆没》，纪实文学《我所知道的于是之》等作品。

1981年发表了五幕话剧《小井胡同》，这是一部典型的"京味"话剧，它用流畅平淡的京味语言，采用素描手法表现老北京的各个阶层，特别是中下层老住户这些小人物充满喜怒悲欢的平凡生活，被赞誉为《茶馆》的续篇。该剧以北平新中国成立前夕、1958年夏末秋初的"大跃进"期间、文化大革命时期、"四人帮"垮台的消息正式传出的前夕、1980年夏末三中全会以后五个重大历史关头为背景，写出了小井胡同几十年的生活变化。剧作色彩斑斓而又笔力深沉，既描绘出大杂院内生动的生活画面，又通过市井小民的人心向背透露出历史大变动即将和必将带来的某些新气象。《小井胡同》充分展示了作家的戏剧功力和高超笔法，它的艺术特色主要体现在以下三方面：

首先，在结构上纵横交错却杂而不乱。作者从纵向选择了五个历史非常时期，即从1949年北平和平解放前夕到1980年党的十一届三中全会之后的各个时期进行描写，展现不同时代风貌。从横向上，他选择了一条胡同五户人家共四五十个人物，在纷繁复杂的社会关系中构成一幅现代北京市民生活的风俗画卷。作者说他在写《小井胡同》时，也曾希望多少搞点"革命"。人物过多，跨度过大，而人物命运又必须贯穿始终。于是，不得不逼着自己将人物不间断地调出院子，然后在适当的时候再让他们回到院子里。这种结构经纬交织，形成了其结构艺术的系统工程。正如陈白尘所评价的那样，这种结构的戏剧在中国现代戏剧史上的确是罕见之作。其次，在人物塑造上，全剧写了40多个人物，囊括了社会上的三教九流，形形色色的各种行业。这些人物大都具有鲜明的个性，即使对话很少的角色，如火葬场的工人、换房者等，也给人留下很深的印象。作者注重突出表现底层人民的人情美、人性美和人的尊严，如滕奶奶、刘家祥、水三儿、石掌柜等，正是这无数小人物的存在和相互依傍"筑起了中国的脊梁"，使黑暗邪恶望而却步、不能长存。

最后，整部话剧从剧名、人名到胡同街门贴的对子都显示了作者刻意追求的"京味"戏剧风格。其中剧名主要是从北京70多处与井有关的胡同名中择取的；剧中的人名如水三儿、大牛子、疤瘌眼等也是"京味"活现，胡同街门贴的对子如"处事留余地，存心居自安"更是体现出老北京市民诙谐闲逸性格的神韵和生活色彩，所有的"京味"因素协调一致，浑然完整。

第七章 文学经典阅读与传统文化的融合

第一节 何谓文化

马克思主义的文化观是实践唯物主义视野下的文化观，这一文化观的本质归根结底是实践活动中的诸多矛盾关系的反映而已。本节即从此视角出发，对文化本质进行实践唯物主义的思考，认为文化具有主观目的性、客观实在性、社会历史性等特征，是诸种实践关系的思想结晶与符号表征。

对于文化的本质问题，马克思主义创始人并未对此作专门论述，只是在论述人的本质问题时对文化的基本属性做出了一般性认识，认为文化即人化，是人们所创造的一切物质和文化生活的总和。这表明了在马克思主义创始人那里，尚未形成哲学意义上的系统的文化理论。而且他们对于文化问题的探讨，并没有以之作为专门的问题来研究，只是在思考人的社会历史本质问题时对其进行引申性说明。而在马克思主义哲学诞生之前，如果说在思想史上也有过对于文化本质问题的理论认识的话，那么，认真来说，这些马克思主义创立之前的理论大都属于主体性哲学的范畴，他们所论文化的本质仍然是对人的文化性的认识，这种认识具有抽象性与超历史性的局限性，不仅被当代中国思想界所批评，且也早已经被西方近现代哲学所超越。

我们说，从学术研究的逻辑径路讲，作为哲学范畴的文化是最普遍的文化，它从逻辑上理应涵盖各种具体文化的属性与特点，就是说，各种文化形态中无论是西方文化形态或者是中国传统文化形态应是统一于哲学范畴的文化的。因此，要从哲学意义上把握文化范畴，关键是要准确理解和把握文化创生和发展的一般属性，也就是要找到各种文化存在的一般的共同的生活基础和逻辑前提。这也是我们论述元文化问题的逻辑出发点。

在马克思理论界内，人们对于作为哲学范畴的文化的内涵的认识虽然是仁者见仁、智者见智，但却几乎没有人否认文化是属于马克思主义历史观范畴的，实践是文化存在和发展的生活基础。对文化研究中所达成的这种共识恰恰就是我们探讨文化本质问题的思想基点。从这种共识出发来看待文化的本质，我们就可以进一步把对文化本质问题的理解建立在对实践本质问题的理解基础之上了。这样，也就有利于我们在研究中找到各种文化的同一点所在了：一切文化思想和文化形态，都是实践的产物，同时也是特定时期的人们改造自然和从事社会生活的精神表征与符号反映。这就启迪我们，人类的实践活动就是文化生成的奥秘所在，文化的思想根基就奠立于人的实践过程中。在马克思主义创始人那里，文化之所以没有被作为一个专门的问题予以论述，也许，他们认为文化从哲学上讲归根结底从属于实践观范畴的，对实践的理解就自然而然地揭示了文化的内在精神。

从文化哲学研究的意义上讲，文化之所以作为实践的表征形式的观点，就是把文化的本性归结为实践性，文化的实践性又具体表现为实践所具有的主观能动性、客观实在性、社会历史性。

一、文化生成的主观能动性

文化与主观能动性有着内在的联系。按照实践历史观的观点，文化这个概念乃是从人们实践活动中产生的，是实践活动的精神结晶。这就意味着，人的实践需要是文化赖以产生的一个基本前提。实践过程中，人的需要在不同的实践阶段具有不同的实现程度。在其尚未被认识到的时候，只是一种自在的、与自然浑然一体的人的本能。人的活动并不直接地受自身本能的支配和影响，直接影响人类活动的因素，乃是人在实践过程中自觉到的并在实践中努力实现的需要，这种需要形成为人的实践目的。这种反映人的意识并体现人的活动的主观性需要，恰是文化产生的基本动力。

在实践主体的目的性作用下，文化成为实践主体从事社会生活的镜像——不仅是人们自我关照的参照物，同时也是人们改造自然和社会的经验积累，文化成为人类寻找情感归宿和价值理念的心灵家园。由此看来，基于人的实践需要而产生的目的，是文化发生的根源之一。而且在文化的孕育、生长和发展过程中，目的始终作用于其中，影响甚至决定着文化的传播和发展方式，文化的发展具有甚至必须服从主体目的性的规范和制约。在推进文化的发展过程中，人们总是依据文化是否合于特定历史条件下社会主体目的的不同，将文化划分为有益文化和糟粕文化，进而决定对不同文化的取舍或扬弃。可见，主体在文化生长、发展过程中的作用，在于营建与其目的相一致的文化形态。

在推进文化的发展过程中，人们在对符合自身需要的文化观念或文化形态或引进或创造性活动中，必须要正确对待一般意义上所说的糟粕文化。主体在选择、创造或引进、学习优秀文化时，对不同文化思想、文化形态的价值判断并不是直接的由自身目的性决定的，而是由两种不同性质的文化思想或文化形态之间的辩证关系所决定的。优秀文化也必须依赖于糟粕文化，故从某种意义上讲，对糟粕文化的学习与把握，是主体为建构优秀文化而不得不付出的代价。优秀的文化思想或文化形态，因其合于主体目的，故为人们所重视并推广；糟粕文化因其悖于目的，而往往被人们所唾弃。所不知者，哲学上所讲的优秀与糟粕之分，二者同属发展范畴。故一种文化形态的存在，未必皆善，亦未必皆恶；反之，糟粕文化，未尝无价值，只是其为负价值罢了。"负价值不等于无价值。""把恶的东西为无价值之物而绝对否气之，此乃形而上学，而非辩证法。"在新时期，我们要建设社会主义优秀文化形态，就注定了我们必须以哲学上所讲的扬弃精神为基本态度和基本方法，对一切糟粕文化，乃至于对人们通常所谓的旧文化，加以限制和改造，以使之成为建设先进文化的工具，其价值也正在于此。

二、文化存在的客观性

文化的发生固然与实践目的性关系紧密，文化创新与文化传播的标准也取决于目的作用的对象和目的作用力的大小，但是文化并非就等于目的。文化在形成过程中尤其自身独特的组成要素和独特特征，并不因主体目的的转换而转换。文化的客观性主要表现为两个方面，在文化研究中应当遵循之，运用之。

首先，文化的存在不以人的意识为转移。从文化发生学角度讲，意识当然是文化生成的前提，没有意识就不会有文化的产生。可以说，文化伴随着人类社会的产生而产生，人类社会的进步发展史同时也就是文化文明的演变发展史。但是，文化在作为意识的产物的同时，也是意识的对象，是外在于意识的客观存在者。因此，当文化进入人的特定认识领域，与意识发生关系时，文化必然以其特有的内容影响意识的选择和判断，并因其形式各异而影响意识作用的效果。

其次，文化可以被人们认识。从文化价值论角度看，认识的过程不过是主体对特定文化形态的反映。意识作用于文化的过程，就是主体学习不同文化观念、提高文化修养、培养文化判断能力的过程。此过程中主体间的交往以及由此交往而达成的共同的文化认同，是达成对于不同文化形态进行判断、区别的认识之关键。这种文化认识，本质上是基于不同主体人目的的一致而达成的关于文化的社会共识。这种社会共识，就是我们通常所谓的"普世价值"。在文化哲学的视野中，"普世价值"不过是文化的认识形式而已，这里的主观，不是指个别人的认识，而是指许多人的共同认识。共识意义上的主观，就不是个别的、片面的文化观，而是普遍的、全面的认识。从实践唯物主义的基本立场来看，"普世价值"的本质在于其对人类实践活动规律的揭示和显现。当然，这里还须从不同层面理解这一问题，对于一些国家将本民族的文化宣称为"普世文化"的行为，不应当视其为对实践规律的揭示和反映，它们是意识形态作用下文化霸权主义的理论表现，因为宣扬"普世文化"者的内在逻辑，试图直接以"个别文化"替换"普世文化"，殊不知是否是普世文化须以许多人的共同认识为基础。随着人类实践范围的扩展，即如马克思所说的人类历史进入"世界历史"阶段时，人们基于对共同实践生活的理解而形成世界范围内的文化共识，是文化发展的必然结果。

三、文化发展的社会历史性

实践的社会历史性决定了文化发展的社会历史性，文化从根本上是对一定社会历史阶段的人的交往关系的意识反映。这说明，只有社会才是文化的主体。这首先是由于文化发生前提的意识是一定社会关系的反映，而文化的传播和发展也赖于一定社会关系的存在才能进行，故社会矛盾关系运动始终是文化存在和发展的内在保障。社会作为文化的主体，当然还有更深方面的含义。

其一，既然文化是凭借一定的社会交往关系为存在基础的，那么，任何个人的目的和行为仅与社会的目的和行为相一致时，个体才可能成为社会文化的担当者和创造者。此时的个体则不仅仅是作为特殊的个人而存在的，而是作为具有特定社会思想的社会人存在的。这就说明，个人在文化创作过程中，只有在揭示特定的社会矛盾基础之上，才能够创作出真正的文化作品。孤立的或者不融于社会的个人所倡导的所谓的个性文化，最终不过是子虚乌有，在现实中是根本不存在的。

其二，肯定文化以社会为主体，多元文化之间的冲突实质上是在更宽广的实践视域内，具有特定的实践方式和价值理念的不同种族、不同民族之间的"同而不和"与"和而不同"辩证统一的过程。"同而不和"指在以社会实践方式出现融合或同化趋势的前提下，社会共同体之间互相抵触、互相排斥的矛盾状态；"和而不同"指不同的社会共同体之间在保持各自文化异质性（相对异质）的同时，互相学习、各自取长补短，形成新的文化共生共荣的局面。文化发展的趋势，就是由文化冲突到文化共生进而形成新文化形态的过程。

其三，肯定文化以社会为主体，如何定位自然在文化中的地位和作用呢？正如本节并不一概地反对个体也可以成为文化的主体那样，对自然也应当区分为人化自然和原始自然区别看待。自然原本是无所谓目的的，但当自然成为社会的有机构成时，原始自然就转化为了人化自然。人化自然的存在是社会目的的反映，具有自己的相对独立性。在文化研究中，提倡一种尊重自然的精神，其实是对社会的尊重，是人自尊的一种表现。自然有其固有的法则，它对社会需要的反映不同于人对社会需要的反映，"人是以其目的来反映社会需要的，自然则是以固有的法则来反映的"，人化自然既包含着目的性因素，又有其自身运行法则。人化自然的这种属性，使其不可能绝对地服从于社会需要。所以，当人致力于改造自然和利用自然的活动时，应当尊重自然，使其按自身法则运行。

文化的发展以社会作为其主体依据必然表明，文化的发展是一种历史性的运动。

任何一种文化形态自其萌发之日起，便呈现为一种辩证的运动过程。文化形态的辩证性主要表现在不同性质的文化的相互转化上。由于社会生产力特别是科学技术日新月异的发展，以经济关系为基础的社会关系处于不断变动之中，并以社会关系的根本变革为其阶段性标志。社会关系的变革必然引发代表不同利益的社会关系集团的社会和历史地位的更替，有之，反映不同社会共同体的文化形态也必然会引发由量到质的变革，并最终形成新的文化形态。文化作为一种辩证的运动过程，总是受一定的历史条件限制，在文化发展的不同阶段上，文化观念与文化思想是各不相同的。故文化形态的形成总是具体历史时代的产物，超历史、超民族的所谓"永恒的文化"是不存在的。

第二节　何谓传统文化

传统文化历史悠久、丰富多样，无所不包、林林总总、生命力强，沉淀了精神文明精华，传承了民族情感和智慧。语文教学是实施语言文化、传统文化教育的重要途径。初中生的人生观、文化观与价值观处于初步形成阶段，结合文化教育与语文教学，在学习活动、陈述性与程序性知识分析、文本内容解读中渗透传统文化，有助于开阔视野，培养道德修养与学习习惯、语文素养。

传统文化内涵丰富、底蕴深厚、博大精深，涉及伦理规范、哲学宗教、文学艺术、民族心理、民俗民风、语言文字等内容，传统文化蕴涵的行为准则、价值观念、思维方式深刻影响着国人的行动、情感与思想、价值判断、文化信仰，是立人之本与立国之基、精神家园。初中生心智不成熟，在初中语文课堂中实施传统文化教学，可让学生全方位及多角度了解传统文化，感知伟大的民族成就与智慧，培养优秀文化品格、高尚道德品质、健全人格、和谐个性，弘扬民族精神，增强文化认同感，激发初中生语文课程学习的兴趣。

一、传统文化的深度挖掘

语文教材中的文言文、古诗词等记载了中华文明，承载了丰富的传统文化，灵魂丰满、思想上乘。教师应理解教材，品味及解读文化典籍，找准传统文化切入点，立足于课堂深度挖掘语文教材中蕴含的传统文化，鉴赏文章、传授语言及文字知识，同时分析文章的思想内容、现实意义、思想高度、优秀品质，以古为范，利用传统文化氛围气息熏陶学生、鼓舞学生，提升意志品质与道德情操。例如，教学《出师表》时，可分析鞠躬尽瘁的忠君思想；教学《竹影》《散步》时，深度分析传统伦理道德文化，利用传统美德感染与熏陶学生。在挖掘教材中的传统文化时，应注重创设相应的文化情境，增强课堂中的传统文化气息，同时以教材为基点，引导学生延伸阅读其他同类题材作品，进一步渗透优秀的传统文化。例如，教学《安塞腰鼓》时，可为学生播放激情澎湃、动感奔放的鼓声、画面，利用视频传递安塞腰鼓宣泄的力量及奋力搏击之美，让学生了解到更多文化习俗、民族服饰与民族精神。教学《狼》后可让学生阅读蒲松龄的《聊斋志异》。此外，可分析教材中提到的传统节日，通过深度挖掘传统节日文化追寻民族传统文化。教材文本中通常会征用或选取一些相对独立、静态且具有人文意义的节日，利用特殊节日加深人文厚度，衬托人物命运与性格。例如，《孔乙己》中提到中秋、端午、年关等时间节点，有力衬托了人物的穷困潦倒与悲剧命运，增强了悲剧色彩。教学时可让学生查询中秋节、端午节相关信息，如节日别名、来历、涉及的著名人物、传统习俗等，整理查询到的资料，并在课堂上交流。通过交流加深了解传统习俗、文化渊源、文化艺术，同时拓展相应的传统节令文化、饮食文化及婚嫁文化等。

二、传统文化的长时熏修

传统文化教育需要潜移默化、时时浸润、长时熏修，只有做到长时熏修，才能宣扬伦理纲常、仁义道德、民族风俗等传统文化，弘扬与继承文化精髓，有效教化人心，让学生品味到文化的"真"与"韵"，培养热爱中华文明、热爱祖国的美好情感。为使学生得到传统文化的长时熏修，应将传统文化全面渗透到阅读教学与写作教学中。例如，教学《散步》时，先让学生仔细通读课文，在通读课文后向学生提问"作者表达了什么样的思想感情？"让学生畅谈传统文化中的"首孝悌"，引入《弟子规》中的"入则孝"，引导学生回忆亲情的温暖与父爱母爱细节，结合"入则孝"讨论怎样做才能成为孝子，学会孝顺父母。教学《赠从弟（其二）》时，可让学生说说自己理解的"悌"与手足之情，随后逐渐由古诗中的勉励坚贞自守过渡、延伸到兄弟手足之情、兄弟姐妹之间的相互关爱，说明传统文化的"悌"彰显出的人伦美、人情美与人性美，引导学生在课堂中回忆自己经历过的事情、情景，并用神情、语言、动作等细节描述手足之情，加深对"孝悌"文化的理解。练笔与写作能促使学生深入反思传统文化，起到反躬自省的作用，督促学生修正自身行为与提升修养，从而提升传统文化影响力。可让学生利用积累的古诗文名句以周记、日记形式记录生活与学习中的收获、反思，多设置以送别、思乡及爱国等为主题的写作训练，以长时熏习与浸润文化的芬芳，利用传统文化不断反省、警策自己。

综上所述，传统文化构成了国民的精神支柱与文化基石，传统文化与语文学习密不可分，文化传承是语文课程教学的本体目标。实施传统文化教学时切忌舍本逐末、浮躁或庸俗化、肤浅化、功利化，应循序渐进、潜移默化、脚踏实地、持之以恒、水到渠成，让学生能深入理解与感悟传统文化、传承传统文化。明确传统文化的知识性、文学性、思想性，教会学生协调传统文化学习中的专研一经与博览群书、必求甚解与不求甚解、出乎其外与入乎其内，同时对传统文化进行现实转化、时代转化处理，通过实施传统文化教学切实训练及培养语言能力，提升审美力、想象力、理解力与感悟力。

中国传统文化历史悠远，延绵不断。本节介绍了传统文化基于儒家、道家、释家等的思想体系，从个体身心、人与人、人与社会三个方面阐述了和谐价值观的思想，最后从对内和对外两个角度说明了中国传统文化的当代价值。

有二十六种文化形态出现在人类历史上，但只有一种文化体系是独特的，长期延续并且没有中断的，那就是中国传统文化。就世界而言，华夏文明是不可或缺的一部分。重新解读中国传统文化，对我们每一个人都有益处。

三、中国传统文化的概念

中国传统文化是中华民族在中国本土上创造的文化，其中，从夏、商、周以来至鸦片战争前的这一大段属于中国传统文化的范畴。儒家的思想一直是中国传统文化的思想体系的主流，其中也掺杂着佛家和道家思想。现在主要分析三大思想体系的形成过程。

（1）儒学。儒教起源于在春秋时期的孔子儒学。到了战国时期，经过孟子和荀子的改造，儒学成为诸子百家中的蔚然大宗。而在秦始皇时期因"焚书坑儒"遭到沉重打击。汉武帝时期，董仲舒改造儒家思想，形成了新儒学体系，自此儒学成为历代封建统治者的正统思想，也逐渐成为中国传统文化的主流。隋唐时期，出现了"三教合一"的趋势。宋元时期，儒学从佛、道之中吸取了有益的内容，构建了新的儒学体系——理学。明末清初，三大进步思想家对传统儒学有一定的批判。

（2）道家。春秋时期，老子集古圣先贤之大智慧，以《道德经》的问世为标志，形成了"无为无不为"的道德理论，标志着道家思想已经正式成型。庄子继承和发展老子"道法自然"的观点，认为"道"是"无所不在"的，强调事物的自生自灭，否认有神的主宰。学者说："道家思想可以看为中国民族伟大的产物。是国民思想的中心，大有'仁者见之谓之仁，知者见之谓之知，百姓日用而不知'的底气概。"

（3）佛教。东汉永平年间（公元 58—75 年），佛教就已正式传入中国。从南北朝开始，中国佛教进入兴盛发展阶段。隋朝皇室崇信佛教，唐朝皇帝崇信道教，但对佛教等其他诸多宗教都采取宽容、保护政策。中国佛学逐步发展成熟。

四、中国传统文化的思想

对中国传统文化而言，无论哪一种思想体系都彰显了和谐价值观的思想。

（一）个体身心的和谐发展

"中庸之道"，"礼之用，和为贵"是儒家学说的基本精神方向。既把握欲望，又不至于失去道义情感失调，就做到了中庸。而老子也说，"人法地，地法天，天法道，道法自然"。在个体生命价值的自我完善上，道家不仅主张"无为而无不为"，而且提出了"致虚极，守静笃"的修养方法。这就要求做到无为，顺从自己的本性，反对过多的人为干涉。所以说，中国传统文化体现了个体的和谐发展观。

（二）人与人的和谐发展

以儒家思想为例，儒学的思想核心就是"仁"，主要是人与人之间的关系。西周社会，周氏王权追溯到上天的使命，而孔子就完成了一个崇尚"礼"的历史使命，礼也就成为调节人与人和谐发展的工具。儒家代表人物对诚信进行了不断的探讨和论述，如：荀子的"君子养心莫善于诚"的观点；西汉时期的董仲舒更是提出"仁、义、礼、智、信"的"五常"观。所以说，中国传统文化都体现了人与人的和谐发展。

（三）人与社会的和谐发展

孟子提出"与民同乐"，荀子提出"群居和一"，都反复强调群体和谐的重要性。孟子提出"民为贵，社稷次之，君为轻"，用现代话说，当以人民的利益为重的时候，社会就比较容易取得和谐。面对人与社会的和谐发展，道家着重强调"无为"。道家无为是天地间一切存在的本然状态，因此可以用它统一各种相对的特殊的存在方式，实现天下的和谐，使一切存在都能远离外界的干扰而顺其自然地发展。这给我们的启示就是要顺应自然，不要违背规律。所以，中国传统文化体现了人与社会和谐发展的思想。

五、中国传统文化的当代价值

中国传统文化的核心价值观是和谐价值观，有着持久的生命力，具有巨大的当代价值。

（1）从内部说，中国传统文化有助于构建和谐社会。当代国学大师钱穆先生有言："大体言之，儒家主进，道家主退，乃中国儒学自中庸，流传以下，无不兼容道家言。故知进必知退，乃中国人文大道之所在"，这说明了中国传统文化对安身立命的影响。儒家强调和谐有序、公平正义，重视整体和谐；道家也主张"道法自然""无为而治"，都体现了一种动态性的平衡；佛家的普度众生的情怀，也可以是一种和谐。而这些都契合社会主义的价值观内核，可以帮助构造身心和谐、人人和谐、人与社会和谐的美好世界。

（2）从外面说，有助于对外的文化交流。英国著名历史学家汤恩比博士指出："挽救21世纪的社会问题，唯有中国孔孟学说和大乘佛法。"这一句，充分说明中国传统文化的重要性。在东西方的文化对比中，中国自然文化是相当有分量代表的，中国传统文化的影响力早已经超出了中国的范围，深深影响东南亚甚至世界。文化自身就有传承历史的使命。越来越多的孔子学院在世界各地陆续出现，代表着中国对外的文化交流的作用也在不断加大。

第三节　文学经典问题

本节以我国文学经典问题域业已成为基本判断，全面和历史性地梳理其形成原因和过程，分析问题域中诸问题之间的逻辑关系，目前面临的研究困境等。借此提出文学经典重读的问题，旨在从文学经典现象和重读主体实践活动角度，从该问题的界定、研究目的和重读对象的确定等基本方面做了交代。最后，提出文学经典重读问题需要置于现代与后现代相互交融的"思考和感觉方式"中。

文学经典问题在当下语境中关涉极广，业已形成了问题域。文学经典问题研究现状和前景如何？哪些问题是当下最重要，可成为今后研究走向？本节即以此为目的展开讨论。

一、文学经典问题域及形成

问题域是所有科学研究均有的现象。"所谓'问题域'是指一门学科主要关注哪些问题"。问题域概念的题中应有之义是：提问的范围、问题之间的内在关系、问题走向、可能性空间等。问题域随问题走向而发生变化。我国文学经典问题讨论的原因大致有两个方面：一个是国外学术影响。20 世纪六七十年代，西方文学经典遭受来自自由多元文化（liberal pluralism）的质疑，继而 80 年代出现体制上的"经典之争"，出版了一系列论著等，译介我国之后拓宽了学者们的视野，启发了相应思考。另一个是我国具有悠久文学传统和文学经典的丰厚资源，当代学者需要解答如何继承文学遗产、惠及当代人们精神生活的问题。

文学经典问题域形成过程中的事件和论争，以及问题的提出和形成大致如下。

其一，一系列与文学经典相关的事件和论争。事件为标志，对文学经典理解的解放和拓展是深层原因。一系列事件和论争依次为：① 20 世纪 80 年代后期我国关于 20 世纪文学的讨论。② 1988 年陈思和、王晓明在《上海文论》4 期上联袂主持"重写文学史"专栏，正式提出"重写文学史"的口号，"重写文学史"事件拉开序幕。③主要发生在 20 世纪 90 年代的给中国现当代文学家重新排座次系列事件。该系列事件依次为：1994 年北师大教授王一川在其主编的《20 世纪中国文学大师文库》中，为中国现当代文学家重新排座次并引发了热议；1997 年谢冕、钱理群主编的北大版《百年中国文学经典》（1996 年版）和谢冕与孟繁华主编的海天版《中国百年文学经典》（1996 年版）隆重推出；1999 年人民文学出版社发起"百年百种优秀中国文学图书"评选活动，最后由 15 位专家、学者讨论、投票选出 100 种图书，与以往教育界和文学界开出的经典性书目形成极大反差；整个 90 年代，金庸武侠小说得到了反复出版，发行量之大、读者之广堪称空前，金庸作品被迅速经典化。④ 21 世纪第一个十年当代文学研究界建构经典的潜流，目前尚在进行时。

这些事件的逻辑关系为：20 世纪文学的讨论，将影响广泛的百年来诸多作家和作品从依附于社会政治历史概念的框架中移出来，放到人类通用的百年为世纪的自然时间框架中。这一讨论自然引起重写文学史以及如何重写文学史的问题。"重写文学史"事件依此位移而提出，文学作品评价标准势必随之重新确定，文学经典于是成为问题。既有文学经典观念和评价标准被开放，在 20 世纪 90 年代中国现当代文学家重新排座次的系列事件中得到实际体现。北大版《百年中国文学经典·序言》和《中国百年文学经典·序言》均已解构了本质主义文学经典观念和标准：经典不代表神，而是一种对尽善尽美的追求。精神产品价值判断是多元的：自身繁复性、判断者自身的差异、文学史有意和无意的遗漏等都会造成判断的差异性。如何判定应由时间来裁决（北大版）。海天版编选原则为，经典是历史性的，没有永恒的经典；对于经典的确定有局限性，并且隐藏着个人趣味（海天版）。目前尚在进行当代文学研究界建构经典的潜流，也是以解构原有文学经典观念和标准为前提的。总括以上论争与事件的深层思潮和文学观念为：文学经典是人为建构产物，不具有绝对化本质。恰是有这些事件，我国文学理论界关于文学经典的性质，没有太多争议，即达成建构的基本共识。

其二，文学经典问题与相关学科研究的结合，深化了文学经典建构特点的认识，并依其建构性质而置于文化研究视野之中。2003 年以来为我国文学经典问题讨论最集中的时期，参与讨论的学者来自中国语言文学的各个学科。黄曼君从梳理和总结现代文学经典化过程的角度，发表了题为《回到经典重释经典——关于 20 世纪中国新文学经典化问题》和《中国现代文学经典的诞生和延传》两篇重要论文，从现当代文学学科出发阐述了对文学经典建构性的理解。另有一些学者从经典化过程切入讨论。如陶东风《文学经典与文化权力（上）——文化研究视野中的文学经典问题》；杨增和《文学经典：跨时段的多维张力空间》；朱国华《文学"经典化"的可能性》；陈鸥帆《效果历史与文学经典》；王洁群、季水河《公共性与文学经典的生存》；邢建昌、范丽《权力笼罩下的文学经典——从文学史、后殖民写作的角度看》；王确《文学经典的历史合法性和存在方式》等。上述讨论特别注意到了文化权利等因素在文学经典化过程中的作用。这些思想回应和深化了荷兰学者佛克马（douse Fokkema）1993 年 9 月至 10 月北大的学术讲演中专门谈到中国经典尤其是 20 世纪中国文学经典构成问题时的思想。当时，佛克马除了提出经典问题很重要之外，还提出文学经典形成具有外部和内部的复杂因素，当外部因素发生变化时，文学经典地位也会发生变化。这是动态和辩证的思想方法。历史证明佛克马的演讲确实是"提醒了中国文人的'经典'记忆"。拓展至文化研究的视野自然引出经典化过程中更多原因的探讨。

其三，文学经典被经典化的因素得到了更为综合性考察和探究，其外部原因和文本内部原因被置于更开阔的研究视野，研究思路和方法也更为辩证。代表性论文，如童庆炳《文学经典建构的内部要素》《文学经典建构诸因素及其关系》等。童庆炳教授认为，文学经典建构的因素是多种多样的，起码要有如下几个要素：①文学作品的艺术价值；②文学作品的可阐释的空间；③意识形态和文化权利的变动；④文学理论和批评的价值取向；⑤特定时期读者的期待视野；⑥"发现人"（又可称为"赞助人"）。就这六个要素看，前两项属于文学作品内部因素，蕴含"自律"问题；第③、④属于影响文学作品的外部因素，蕴含"他律"问题；最后两项"读者"和"发现人"，处于"自律"和"他律"之间，它是内部和外部的连接者，没有这两项，任何文学经典的建构都是不可能的。文学作品本身的艺术价值是建构文学经典的基础，决不像某些学者所说的那样可以忽略不计。以童庆炳教授为代表的如上思想，应和了佛克马在北大演讲的另一个思想，即佛克马认为，经典构成包括：文本的可得性（accessibility）和起到调节作用的认知动机。可得性的含义是易接近、可亲的，容易影响的，即具有可读性；起到调节作用的认知动机，是指"如果在经典流传下来的知识和所需知识及非经典性文本中可得知识之间存在着巨大的差异，那么对经典的调整必然就会发生"。

其四，对文学经典概念等进行学术清理：文学经典概念的源流、文学经典观念发生及演变的过程及理论表述等。该研究突出资料性和知识性。代表性研究成果是李玉平博士的《多元文化时代的文学经典理论》。他通过从英语词源学考察，区分出来自英文 classic 的文学经典Ⅰ和来自英文 canon 的文学经典Ⅱ。"文学经典Ⅰ起源于古典学研究，其作品必然是古典作品，绝不可能是现代的作品。它强调普遍人性与文学经典的唯美性和永恒性。……文学经典Ⅰ的合法性建立在这样一个假定之上：'就当下感而言，古代之于现代有着或多或少的直接联系或有效性。'""文学经典Ⅱ有着浓厚的宗教渊源。……文学经典Ⅱ是由特定的权威机构和人士，出于某种意识形态的意图，遴选出来的文学作品。不同于文学经典Ⅰ的以审美为中心的普世性，文学经典Ⅱ将文学经典政治化，彰显文学经典的建构性及其背后的权力斗争。……文学经典Ⅱ聚焦于文学经典之中和背后复杂的社会关系，凸显文学经典的社会、政治功能。经典化——权力的建构、意识形态的运作过程——是文学经典Ⅱ的必要条件。"此外，他还梳理和研究了文学经典的生成、功能、流变、拓宽和被消解等问题。他认为文学选集、中学乃至大学的教科书等都是文学经典生成的因素。文学经典的被改写，以及文学经典的被使用是流变的主要表现。所谓拓展，则指文学经典范围发生了变化，处于变化之中，即西方的"打开经典"的含义，这一切均在社会文化条件下发生。

至此文学经典问题域大致形成，其基本问题为：文学经典性质如何？文学经典被经典化需要哪些外部和内部因素？文学经典的生成、功能、流变、拓宽和被消解的因素及规律如何？由建构性逻辑推导出：生成、功能、流变、拓宽和被消解均需内在根据，即童庆炳教授所说的文学作品的艺术价值和文学作品的可阐释的空间。两者互为因果：可阐释的空间是较高艺术价值之证明；较高艺术价值势必有宽阔的阐释空间。依此逻辑理论关注点自然倾向于文学经典内部。文学经典内部艺术价值分析、判断和评价的问题，自然成为文学经典问题域中的新问题。

二、当下文学经典问题域的批评原则和标准问题及其困境

文学经典艺术价值标准何在？标准是文学经典基本特征的外在表述。对此学者们

认识清晰予以研究，基本共识为：文学经典的鉴别机制内部往往存在纵横两轴。纵轴是历时的衡量，衡量的依据包含各种传统、规范、法则以及文学经典的现身说法。横轴是共时的，与周围的文化氛围相互呼应。任何一部文学经典无不处于纵轴与横轴的交叉点上，文学经典的价值交给纵横两轴构成的坐标来综合衡量。借此共识前提，在纵横两轴的主从关系如何上却出现了分歧。一方（南帆）"更为重视横轴的衡量。纵轴仅仅显示了传统、规范停泊在什么地方；横轴则显示了重新写出文学经典的动力，以及传统在什么地方被重新激活。横轴方向的内容是主动的，纵轴只能在横轴的带动之下延伸"。另一方（赵毅衡）认为纵轴更为重要，"批评性经典重估，是在符号纵聚轴上的比较选择操作"。"批评家重估经典，是历史性的。没有历史认知，无法声称某作品可以跻身于经典之列。而以历史为尺度的比较，必须超越形式，今日与先前的作品艺术模式已经大变；小说的写法已经不同于《红楼梦》，戏剧已不同于《牡丹亭》，诗歌已不同于唐宋，因此批评比较，不得不依靠对艺术内在质量的洞察。"笔者以为，其一，分歧是本质主义和建构主义之根本问题在批评标准上的再次浮现。南帆说得很坦率："我充分地意识到，赵毅衡与我的分歧超出了纵横两轴的理解差异而涉及更为深刻的问题。……赵毅衡似乎相信纵轴的起始之处高悬某种终极标准——这或许可以解释他之所以如此重视纵轴。这种终极标准完整地昭示了永恒的价值，具有超越历史的不朽意义。"[1] 其二，双方就批评标准的论述依然是在理论层面，依推导逻辑展开。其三，纵横轴哪个为主导的分歧，是现代与后现代理论范式之区别在文学经典标准问题的另一表现，脱离现代与后现代两种不同的"思考和感觉方式"的兼容思路，无法获得有效说明。可否改变推导逻辑转向从现象出发的工作方式，从思辨转换到具体行动？学者需要根据学术敏感和判断设计和提出学术价值的问题，此为问题域作为动态范畴的体现。

三、文学经典问题域的新问题：文学经典重读

笔者以为，可否转向从文学经验、接受主体、阅读行动出发的思路重新提出问题？借此，笔者提出文学经典重读问题。该问题含有若干子问题，本节仅提出问题并不涉及具体问题和展开研究。下面先行讨论文学经典重读问题的含义和可能性，即题解。分为四个方面：

（一）文学经典重读问题的界定与概括

文学经典重读问题，基于文学经典在理解和建构中存在的理解。以既有、既定文

---

① 赵毅衡．两种经典更新与符号双轴位移 [J].文艺研究，2007（12）.

学经典为对象，以既往理论批评对其艺术特性理解为参照，立足于当今现代与后现代交融的文学理论视野，展开重读活动，重读侧重从文学经典艺术现象出发，重温、发现和创造文学经典的意义，重新总结文学经典的艺术特征。

（二）文学经典重读的目的

讨论文学经典重读的目的，需先行确定重读主体。依据波兰现象学美学家英加登的理解，"我们必须考察在以下两种阅读方式中对文学作品的了解和认识，①出于研究目的的阅读；②以审美的态度完成的阅读。在这两种情况中，文学的艺术作品及其具体化不再是某种其他目的的工具而是成为读者的活动，尤其是他的意识活动的主要对象"。阅读的行为是纯粹的读者的活动。出于研究目的的阅读，属于"前审美认识"的范围，即文学经典重读相应有两种主体：一般读者和文学研究者。首先需要回答的是，一般读者会重读文学经典吗？可从历史事实和理论推导两个方面来回答。既然文学经典经过了诸如文学评奖、批评家的频繁引述和征引、人文教育通行教科书、进入文学史等诸多文本之外因素，使之被社会熟知化，即可说明人们在各种引导下阅读文学经典作品是历史事实。从理论上来说，一般读者阅读文学经典是自觉自愿行为，依据主要来自人类学理解。希利斯·米勒（J. hills Miller）在借文学批评术语《叙事》认为，叙述的范围覆盖很广泛：既有生活中叙述，也有文学叙述，而文学叙述又覆盖至小说、戏剧、史诗和叙事诗等。叙述就有故事。当我们将视点聚集在虚构叙事上面的时候，我们就面对文学叙事了，由此涉及故事。希利斯·米勒问了三个问题："为什么我们需要故事？再给它加两个问题：为什么我们一再需要'同样'的故事？为什么我们总是不知足地需要更多的故事？"[①]他的回答可概而言之：人们通过故事，可以从有节奏的形式中获得愉悦，可以通过模仿学习，学习可以获得愉悦。人类需要"同样"的故事来理解和巩固自己的经验，并在"同样"的故事所赋予的生命形式中得到证实。此外，"同样"的故事也含有以同样的方法复述很多故事的意思。这正是人类包含口头和书面在内的故事模式的含义。他对第三个问题的问答是："也许我们总是需要更多的故事是因为在某种意义上故事从未令我们满意，一个故事，无论写得多么可信和有力，无论多么令人感动，也不能十全十美地完成它们应尽的功能。一个故事和每一次重讲或其变化形式总会留下某种不确定性或包含一个尚未阐明旨意的散漫的结尾，这种必然的不完美意味着没有故事能一次或一直完美地履行其整理和巩固的功能。所以我们需要另一个故事，又一个故事，再加一个故事，我们对故事的需求不会到顶，我们寻求满足的愿望不会缓和。"即故事让人们不断地需要故事：人类学的推

---

① ［英］富兰克·兰特利奇,托马斯·麦克列林.文学批评术语[M].张京媛等译,牛津大学出版社,1994：90.

导逻辑。将希利斯·米勒就人类为什么需要故事的三个问题的回答，置换为人类为什么需要文学经典，完全符合逻辑。叙事性文学经典则更具希利斯·米勒所说的故事功能。另一个论证来自卡尔维诺。卡尔维诺在《为什么读经典？》一书中提出关于文学经典的几项定义中的1、2、4、5等几项也可以看作读者重读的基本原因。这些原因是："经典就是你经常听到人家说：'我正在重读……'，而不是'我正在读……'的作品"；"经典便是，对于那些读过并喜爱它们的人来说，构成其宝贵经验的作品；有些人则将这些经典保留到他们可以最佳欣赏它们的时机再阅读，对他们来说，这些作品仍然能提供丰富的经验"；"经典是每一次重读都像首次阅读时那样，让人有初识感觉之作品"；"经典是初次阅读时让我们有似曾相识的感觉之作品"。文学经典能够对人类有如许帮助，从人类本能看必将乐意重读。概而言之，一般读者重读文学经典，是自己的一种自觉自愿行为。

笔者意在侧重讨论重读文学经典的另外一类主体即文学研究者的目的。身份已然确定了研究目的，具体研究目的可从两个方面看。其一，一切知识最原始产生均来自现象：研究者对现象的发现、提问、探索、分析乃至总结和归纳而成为知识。范畴是知识链条上的若干结点并依此存在。如将我国古代"滋味说"看作知识形态的范畴，即来自钟嵘、司空图、严羽等诗人对诗歌的"透彻之悟""妙悟"等而得到。当知识的范畴达到相当数量时，借助对相关范畴推导演绎，可能会使知识增加。但终究是无本之木、无源之水。知识生产需要不时回到经验和现象。文学经典作为文学现象，重读作为经验，是文学理论知识生产的重要途径。当初钟嵘仅提出了"五言居文辞之要，是众作之有滋味者也"。唐代的司空图则不仅认为诗歌在于"辨于味而后可以言诗也"，进而提出"味"的更具体化的"咸酸之外"，"讽喻、抑扬、渟蓄、温雅，皆在其间矣"。宋代的严羽则在《沧浪诗话·诗辨》中进一步提出"兴趣"，"诗有别材，非关书也；诗有别趣，非关理也"。回溯滋味说的理论链条，前后继承关系依赖诗人们反复重读前人优秀诗作妙悟之后的经验概括。其二，文学经典重读，是重温、发现乃至创造意义之途径。文学经典之为经典，意义凝聚是原因之一。人类是追求意义的理性动物。人意识到自己行为和所做的事情具有意义而感到满足。反之，人类无法忍受只有含义没有意义的状态，以那种状态为荒诞。荒诞感是人的一种非人的感觉。"荒诞并不缺少直接的含义（Meaning）内容，但唯其有含义而终归无目的价值，故才荒诞。"荒诞派戏剧的艺术机制，即显示了人只有含义没有意义的惶惑与痛苦。出于本能人类避免荒诞执着追求意义。对既有文学经典意义的理解和阐释即为重温。同时在后现代视野中，并不存在文本解释的边界，多样解释均具合理性。文学经典的意义不取决于作者，也不尽取决于文本，而取决于文本在当下对于读者的可能意义，即卡尔维诺文学经典定义的第六点"经典是从未对读者穷尽其义的作品"所表述的意思。发现意义是文学研究者深化对文学经典特性认识的重要方面，即卡尔维诺关于文学经典定义的第八点："经典是不断在其四周产生由评论所形成的尘云，却总是将粒子甩掉的作品。"与发现意义相对应，在解构主义视域中，更注重阅读经典的创造意义功能。希利斯·米勒这样表述过："在故事中我们整理或重新整理现有的经验，我们赋予经验一个形式和一个意义……我们用小说研究、创造出人类生活的意义。那么，是创造意义还是揭示意义呢？"希利斯·米勒认为，揭示意义，"那就预示着这个世界有这种或那种先在的秩序，而故事的任务就是以这种或那种方式去模仿、复制或者准确地再现那种秩序。若是这样的话，对一个好故事的最高检验就是看它是否符合事物的情形"。希利斯·米勒立足后现代视野，认为读故事是创造意义："如果说是'创造意义'，那就预示着世界自身并不能有序化，或者，无论如何，故事的社会和心理功能如行为语言学的理论家所称是'述行性'的（performative）。照此看来，可以说故事具有惊人的重要性。这种重要性不在于它是文化的准确的反应，而在于它是文化的创造者和谦逊的因而也是更有效力的监察者。"

（三）文学经典重读对象的确定

所谓重读势必涉及何者为经典？即选取哪些作品作为文学经典来重读？从理论逻辑上来说此问题无解。因为依然是何为文学经典本质的提问。笔者换一个思路，从既定事实出发：业已被经典化的作品：不去追究这些文学作品经由哪些因素被经典化，即南帆教授在《文学经典、审美与文化权力博弈》中所说的"事实上，文学经典是在一系列的特殊待遇之中逐步被确立的"。这个看法并不排除如下两个方面：其一，不排除文学经典被打造成经典文本内部根据。即童庆炳教授所说的文学经典的建构起码需要的六个要素中的①文学作品的艺术价值；②文学作品的可阐释的空间。其二，每种文体内被称为文学经典的作品，艺术成就有所差异。文学研究需要分辨它们的差异，以怎样的标准分辨？这就又回到赵毅衡在《两种经典更新与符号双轴位移》中所说的"批评比较，不得不依靠对艺术内在质量的洞察"。南帆指出，这其实还是需要一种标准，标准就会涉及横轴为主还是纵轴为主的分歧。笔者认为，如果以赵毅衡的"比较，比较，再比较"的看法来对应于选择和确认经典，确有逻辑困难，如果依此看待既定文学经典，通过比较和分析，指出哪些更优秀则合乎逻辑。

更为具体的选择是以文本现象的丰富与特异为优先选择和确定的条件。文学经典的基本特性是文本现象纷繁复杂，常常跃出理论描述和概括之外。文学经典特异现象是作家创造性的表现，如果处于既有理论描述和概括范围之外，对于理论家来说是陌生和零散的，却恰是理论创新的机遇。回顾西方叙事学著作的产生，如法国叙事学家热拉尔·热奈特（G. Genette）《叙事话语新叙述话语》就是通过对普鲁斯特的《追忆似水年华》的特异现象分析而成就的理论著作。热奈特说得很清楚："我在此提出的主要是一种分析方法，我必须承认在寻找特殊性时我发现了普遍性，在希望理论为评论服务时我不由自主地让评论为理论服务。"

以上仅论述文学经典重读问题的定义、合理性和可能性。具体解决哪些问题以及如何切入和研究方法等，则为复杂巨大的研究工程。

四、后现代视野与文学经典重读

文学经典重读问题，其本身就是现代与后现代相交叉时代的问题，也自然应该置于现代与后现代相交融的"思考和感觉的方式"中。（这个思想借鉴了周宪的论文《文学理论范式：现代与后现代的转换》，该节对于应超越于现代与后现代两分，并形成综合视野，及其综合视野的"思考和感觉的方式"有详细且有说服力的说明。）

后现代视野与文学经典重读有以下几个方面需要再思考。其一，重读即表明确认，含有认定和继承之意。认定以其文本的存在、存在的合理性为前提，也就认定了文本有其艺术价值，读者通过重读、重温和发现之意义即来源于，这是现代性的逻辑。可是既然重读是回到现象并从经验出发，那么就意味着承认经验永远超越既有理论，从经验的路径向既有理论和定评提出挑战，是对既定艺术价值和意义的解构和怀疑，这是后现代性的逻辑。两者之间有张力。其二，在现代与后现代相交融的"思考和感觉的方式"中，既有文本本体论，又有审美接受论，更有文学活动论的文学观念。因此，重读文学经典不是单向地理解文学经典文本，或者作家，或者读者和批评家；而是将重读看作是一种复杂的意向性活动。既有文本的根据，又有读者和研究者的意向性活动。这种意向性活动的结果是，读者和研究者将自己的愿望和理解加入对文本的解读中，所获得的意义（对于读者而言）和所获得的看法（对研究者而言）是相对的。可能时而偏重审美方面时而偏重应对社会现实的意义和价值方面。文学经典的价值就这样在重读中持续地、波澜起伏地得到实现。其三，文学研究者的重读将发现特异现象并予以理论概括，那么"重读"之所获向上提升和抽象到何种程度？是否还应形成基本概念和规律性表述？后现代"思考和感觉的方式"可能会有自己的回答。笔者援引社会科学研究领域的一个看法来参照，即"搁置绝对真理，专注相对，在时代条件可能达到的程度上去认识、寻求狭理、时理，解决本国、当代问题"的辩证唯物史观指示的思想方法。那么，重读的思想成果诉诸理论时，如果局限于某种概括程度，而不抽象为定律，是否更符合文学特性？提出这个问题来自笔者阅读钱钟书的疑问。仅以钱钟书《七缀集》中的七篇论文为例，如他的《诗可以怨》，仅对历史上诸多围绕"诗可以怨"的说法、理解和分歧给予细致分析，最终并未进行理论形态的抽象，就将这些依然心得一样的看法摆在那里，如钱钟书这样学贯中西的大家，显然不会是忽略，终止继续抽象一定自有考虑。这是否如有学者所说："我们的古人更有智慧。对于文学本身却深知其如'水中之月''镜中之像'，是'无迹可求''不可凑泊'的，于是，他们清醒地保持了缄默，只是谨慎地以诗话、词话和评点，吞吞吐吐、欲言又止、顾左右而言他地加以点拨和启发"。其合理性是否也可从后现代思维的"从同一性逻辑向差异性逻辑的转变"走向得到印证。

第四节 文学经典阅读的价值

文学理论创新的根本在于阅读经典作品，包括阅读文学经典，文学理论经典和哲学、历史、政治等人文社会科学方面的经典。阅读经典应该有一颗爱真理的心灵，能够学思并用，颐情志于经典、漱经典之芳润，在熔铸的基础上实现创新。阅读经典不是唯经典马首是瞻，而是通过吸收经典中蕴藏的宝贵财富滋养丰富而强大的主体，丰富而强大的主体是实现创新的关键。阅读经典必须积极介入当代文学创作实践，充分发挥文学理论的"磨刀石"作用，通过介入文学创作实践实现文学理论家介入现实生活的社会价值。

从 20 世纪 90 年代开始，许多学者发现中国的文学理论面临一定的危机。先是有人提出"失语症"，认为在 20 世纪的世界文学理论舞台上没有中国的声音。针对这一问题，学界提出了"中国古代文论的现代转换"，希望通过激活中国古代文论的话语来获取文学理论的话语权。如果说"失语症"多少夹杂着种族主义的焦虑，那么新世纪以来当西方处于后理论时代的时候，中国的文学理论面临着更严重的危机。20 世纪在西方被称为批评的世纪，涌现了各种各样的理论，如现象学、存在主义、哲学阐释学、接受美学、精神分析学派、结构主义、新批评、新历史主义、解构主义等。但是在新中国成立之初由于极左意识形态的封闭，导致中国学人对许多理论闻所未闻。改革开放以后，各种西方文学理论陆续被引介到中国。现在的问题是许多学者感叹再也找不到什么新鲜的文学理论话题供大家讨论。针对这种窘况，许多学者意识到了中国文学理论必须通过创新走出危机，并围绕这一问题召开过多次学术会议。遗憾的是，一些讨论流于口号和皮相之见，没有触及问题的核心。笔者认为文学理论要实现真正的创新必须从阅读经典开始，阅读经典是文学理论实现创新的基础和根本，脱离此而希望创新无异于缘木求鱼。

一、为什么要阅读经典

提倡阅读经典，首先要搞清楚什么是经典，对于这一问题，仁者见仁智者见智。意大利卡尔维诺的《为什么读经典》一书对经典特征的概括非常深刻。笔者在这里想谈谈自己对经典的看法。笔者认为经典是伟大的作家创造的，经过历史的检验能够令人常读常新，至今仍然能够给人以巨大启发的著作。经典虽然是在特定的历史语境下诞生的，每个时期都有自己的经典，但是真正的经典能够跨越较长的历史时期，具有较强的生命力。尽管经典的建构有时会遭到意识形态的干扰，但是真正的经典主要靠自身的魅力来征服读者、征服历史，而不是其他的外在因素。这是笔者提倡阅读经典的主要依据，下面略加说明。

第一，经典经受住了时间的考验。

每个时代的学术创作必然是泥沙俱下、鱼龙混杂，但随着历史的冲刷，那些劣质的、粗糙的作品必然被淘汰，只有真正优秀的作品才能获得历史的认可。每个时期都有大量的作品存世，但只有那些真正的经典作品才能唤起人们阅读的兴趣，使人们时常挂在嘴边。时间给作品做出了公允的评价，使我们在面对浩瀚的"历史流传物"时不至于不知所从。

第二，经典是伟大的作家创造的产物，与其对话能够提升阅读者的心智。

朗基努斯曾分析过崇高的五个主要来源，认为最重要的是要有庄严伟大的思想，也就是高尚的心型。歌德也认为艺术家只要具备正直的心灵，好的思想就会不招自来，他形象地描述道："一个人必须生性正直，好思想才仿佛不招自来，就像天生的自由儿童站到我们面前，向我们喊：'我们在这里呀。'"欧阳修云："道胜者文不难而自至。"（《答吴充秀才书》）沈德潜亦云："有第一等襟抱，第一等学识，斯有第一等真诗。"朗基努斯还指出走向崇高的一条重要途径是"去模仿过去伟大的诗人和作家，并且同他们竞赛"，因为"用竞赛的目光注视这些卓越的榜样，它们就会像灯塔那样放光来指导我们，而且会提高我们的灵魂使充分达到我们所设想的高度"。这是非常独到和明智的见解。中国传统文化强调尚友古人，与贤者交，绝不是某些论者所谓的古人交往都是出于功利目的的，而是古人发现只有与圣贤交往才能提升自己的精神境界。经典既是提升阅读者的良师益友，也是需要阅读者超越的竞争者。

第三，经典虽然是过去的产物，但是它们具有"往者虽旧，余味日新，后进追取而非晚，前修久用而未先，可谓太山遍雨，河润千里者也"的特征。

经典之所以具有较强的生命力，根本原因在于它们捕捉到了许多人类生存中难以回避的母题，如公平、正义、爱情、亲情、友情、爱国之情、罪恶、贪婪、喜怒哀乐、生老病死等问题。尽管随着社会生产条件的改变表现这些母题的形式会千变万化，但是人类想要彻底摆脱这些母题几乎是不可能的。这是古今中外的文学经典虽然产生于不同的时期、地域、民族但能够广泛被人们接受的根本原因。经典都是过去的产物，存在一定的局限性是必然的，但是能否因为经典存在局限性就将其中所蕴藏的宝贵财富一起扔掉呢？答案显然是否定的，道理就像不能因为倒洗澡水而连盆中小孩一起倒掉一样简单。

二、阅读哪些经典

在人类历史长河中，几乎每个领域都积淀了自己的经典，文学理论要实现创新需要阅读哪些经典呢？笔者认为至少要阅读三个方面的经典：

（一）阅读文学经典

众所周知，文学理论最初是围绕文学创作而产生的，它的根在文学作品，因此，研究文学理论必须精读文学作品方面的经典。道理很简单，皮之不存，毛将焉附？但是长期以来我们的文学教育注重文学知识的介绍和记忆，忽视阅读文学作品。这一现象已经引起了一些学者的注意。整体而言，目前文学专业的本科生和研究生对文学经典作品是非常陌生的。笔者通过调研发现，许多学生知道《荷马史诗》的主人公和主要故事情节，但是却没有几个知道《荷马史诗》的结构和语言，原因在于他们没有亲自去阅读《荷马史诗》，有关《荷马史诗》的知识都是从老师或教材那里接受来的。不只是《荷马史诗》面临这一问题，几乎每一部经典都面临这样的问题。高校文学教育的一个普遍现象是老师的讲解代替了学生的阅读。由于没有阅读经典的经验，学生只能被动接受老师所讲的东西，把老师所讲的当作理所当然的"真理"，以此应付考试、考研，而缺乏对问题的独立思考。刘勰云："操千曲而后晓声，观千剑而后识器；故圆照之相，务先博观。阅乔岳以形培塿，酌沧波以喻畎浍。"（《知音》）学生根本没有读过多少文学作品，哪里知道文学作品的好坏呢？没有见过高山大川怎么能够判断土丘小溪的地位呢？"文成法立"，伟大的文学理论观念都是从成功的作品中概括出来的，脱离了文学作品的文学理论岂不成了无源之水、无本之木？那么，处在中西文化汇流的今天，应该阅读哪些文学经典作品呢？笔者认为应该广泛阅读古今中外的文学经典作品，具体包括中国的《十三经》、先秦的《子书》、屈原的《离骚》、唐诗宋词、唐宋八大家的古文、四大名著以及现代的鲁迅、茅盾、巴金等名家作品，西方的《荷马史诗》、古希腊的悲剧、莎士比亚的戏剧、莫里哀的喜剧以及歌德、巴尔扎克、托尔斯泰、陀思妥耶夫斯基、雨果、马尔克斯的小说等。阅读文学经典作品能够最直观地告诉学生什么样的文学才是好文学，好文学能够给读者带来什么样的享受和快乐。这是培养学生文学感悟能力和鉴赏能力的主要途径，也是学生建构文学批评标准和从事文学批评活动的重要参照系，其重要性不言而喻。

（二）阅读文学理论经典

文学作品虽然是文学理论的基础，但是文学理论并不完全屈从于文学作品，而是与文学作品保持着一定的张力，从而发挥"磨刀石"的功能。在漫长的历史过程中，文学理论也积淀了许多经典。比如，我国有刘勰的《文心雕龙》、钟嵘的《诗品》、严羽的《沧浪诗话》、叶燮的《原诗》、王国维的《人间词话》以及其他书信序跋中的论文名篇；西方有亚里士多德的《诗学》、贺拉斯的《诗艺》、朗基努斯的《论崇高》、丹纳的《艺术哲学》、爱克曼整理的《歌德谈话录》、艾布拉姆斯的《镜与灯》、伽达默尔的《真理与方法》、布迪厄的《艺术的法则》以及其他书信序跋中的论文名篇等。这些作品成功地评价了前人或同时代的文学创作，提出了真知灼见，许多理论在今天仍然熠熠生辉。比如，刘勰在《文心雕龙·知音》篇中提出的"六观"的批评方法；叶燮在《原诗》中对作者才、胆、识、力的分析；亚里士多德在《诗学》中对悲剧的定义及其对作品结构、悲剧主人公、故事情节的"突转"和"发现"的论述；贺拉斯在《诗艺》中对批评所起的"磨刀石"作用的论述，对作品既有益又快乐的双重要求；《歌德谈话录》对"艺术既是自然的主宰又是自然的奴隶"的论述，对文学如何独创的看法；丹纳在《艺术哲学》中关于时代、种族、环境对文学艺术的影响的经典分析；艾布拉姆斯在《镜与灯》中对作品四要素（作者、世界、作品、读者）的概括；伽达默尔在《真理与方法》中对理解之"前见"的深刻揭示；布迪厄《艺术的法则》对文学场、文化资本等概念的分析等等。这些文学理论经典都在某个方面抓住了文学艺术的本质特征，阅读它们能够使我们很快进入文学理论的堂奥，抓住文学理论的魂。时易世变，虽然部分文学理论经典作品所论述的对象已经发生了翻天覆地的变化，但是它们分析问题和解决问题的思路在今天仍具有启发意义。

（三）阅读哲学、政治、历史等人文社会科学方面的经典

众所周知，文学理论研究和作家创作都离不开思想，思想从哪里来？很重要的一个途径就是阅读哲学、政治、历史等经典著作，与伟大的哲人、政治家、历史学家对话。文学虽然不同于哲学、政治、历史，但是也离不开哲学、政治和历史的滋养。古今中外的许多贤哲都指出文学与哲学、政治、历史等人文学科对社会的作用是殊途同归的。同归指它们都致力于人的完善和社会的和谐，殊途指它们实现人的完善和社会的和谐的途径不一样，哲学、政治、历史主要是通过反思去实现这一目的的，文学则主要通过抒情或叙事来达到这一目的。正因为此，古今中外的哲学、政治、历史经典向来是作家、文学理论家取材或建构思想体系的重要来源。比如，柏拉图的《理想国》、《圣经》、孔子整理的"五经"、《庄子》、托马斯·莫尔的《乌托邦》、马克思的《共产党宣言》、约翰·罗尔斯的《正义论》、卢梭的《社会契约论》等，都对文学创作

产生过巨大的影响。这些哲学、政治、历史经典对理想社会的建构至今具有魅力，其所传达的很多价值观仍是作家和批评家希望通过文学作品予以实现的。

当然，需要阅读的经典并不局限于此，这里只是举其要者予以提示，不同的读者尽可以根据自己的性情和志趣选择不同的经典作为自己阅读和超越的对象。

三、如何阅读经典

经典虽然是固定的，但是不同的阅读态度会取得不同的阅读效果。那么，什么样的阅读态度才能实现文学理论的创新呢？

（一）要有一颗爱真理的心灵

学习是求知，求知预设了自己的无知或还有很多未知的东西，因此，阅读经典一定要抱着开放的心态去接受，而不是抱着已有的成见去主观臆断。这样说并不是要读者放弃怀疑经典的权利，而是提醒读者摒弃成见去聆听经典的智慧。古人云"虚则受，满则溢"，如果一个人的思想已经固化，有了先入为主的成见，那么经典对他很难产生作用。经典在他那里充其量只是既成观念的注脚，而不是有益的滋养品。歌德在谈到如何独创时有一句至理名言"关键在于要有一颗爱真理的心灵，随时随地碰见真理，就把它吸收进来"，这与孔子的"三人行，必有我师焉"说的是一个道理。真理没有国界，没有古今，只有是非与对错，有一颗爱真理的心灵才能把古今中外的真理都吸收进来。这一点说起来容易，做起来却非常困难。因为人很容易被自己的爱憎和好恶所左右，从而做出错误的判断。20世纪国人对待中国传统文化和文学的态度尤其能证明这一点。五四的激进派过度贬抑中国传统文化和文学，而国粹派则过度吹捧中国传统文化和文学，一褒一贬，势不两立，其实都不够客观公允。客观而论，中西文化和文学既有优点又有缺点，恰当的态度是客观公正地评价它们的优缺点，吸收两者的优点，扬弃两者的缺点，而不是东向而望不见西墙，以偏概全。

（二）要学思并用

孔子说"学而不思则罔，思而不学则殆"（《论语·为政》），这是千古不易的读书法则，也是阅读经典的不二法门。伟大的作家或文学理论家都是既善于学习又善于思考的巨人。学习而不思考就会知其然而不知其所以然，掌握再多的知识也只能是两脚书橱，而不是孔子所赞许的能够举一反三、告往知来的善学者。孟子说"心之官则思，思则得之，不思则不得也"（《孟子·告子上》），"君子深造之以道，欲其自得之也。自得之则居之安，居之安则资之深，资之深则取之左右逢其原，故君子欲其自得之也"（《孟子·离娄下》）。经典所传达的道理只有经过自己的思考才能变成自己的东西，只有变成自己的东西，使用起来才能左右逢源、游刃有余；经典所传达的许多道理在今天已经不完全适用了，这就需要阅读者予以辨析和发展，只有发展了的经典才能有效地作用于当下。同样，只思考而不学习必将劳而少功。人类在漫长的历史中积累了许多丰富的知识经验，对许多问题的探讨已经非常深入，如果一个人不学习前人，事事自我思考不仅会浪费很多精力，造成许多不必要的重复劳动，而且很难取得实质性进展，因为他殚精竭虑思考的也许前人已经证明了或证伪了。而且，不学习的思考很可能天马行空、胡思乱想，不能深入问题的内核。孔子说："吾尝终日不食，终夜不寝，以思，无益，不如学也。"（《论语·卫灵公》）夫子自道，良有以也。古人云"君子善假于物也"，真正的智者懂得站在巨人的肩膀上前进，经典无疑是可以给我们提供肩膀的巨人，需要我们善于学习之、假借之。因此，阅读经典一定要学思并用，在学习和思考的基础上掌握经典，用活经典，实现质的超越。

（三）要颐情志于经典，漱经典之芳润

经典往往从其诞生之日起就引起人们的关注和研究，因此要想撰写经典方面的研究论文具有一定的难度。正因如此，很多学者放弃了经典阅读，代之以一些不太被前人关注的人物或问题作为自己的研究对象。笔者认为这种研究心态值得反思。举个例子也许更能说明问题。比如，阅读卷帙浩繁的《苏轼文集》《杜甫诗集》《莎士比亚全集》等经典作品，不仅需要耗费很多时间，而且很可能写不出几篇独创性的文章来，因为前人的研究已经很深入了。但是能否因此而不阅读这些经典呢？答案是否定的。阅读经典虽然不能在短时期内产生成果，但是如果阅读者通过阅读经典陶冶了自己的情志，提高了自己的见识，那么在未来的批评中他必将发出振聋发聩之声。相反，如果急功近利，暂时看似产生了许多成果，但是这些成果很可能没有多大价值和意义，经不起时间的检验。有鉴于此，笔者认为阅读经典不能抱着快出、多出成果的急功近利的心态，而应该秉持"颐情志于典坟""漱芳润于六艺"（陆机《文赋》语）的态度。如前所述，经典中不仅蕴藏着高尚的思想情感，而且包含着优美的语言文字。阅读经典既能提高阅读者的心智，又能培养阅读者的语言表达能力；既能领略伟大的作家是如何谋篇布局的，又能培养阅读者分析问题、解决问题的能力。久而久之，阅读者的精神世界就会变得非常丰富而强大，丰富而强大的精神世界是发出振聋发聩之声的根本前提。刘勰早已洞悉了其中的道理，《宗经》云："义既埏乎性情，辞亦匠于文理，故能开学养正，昭明有融。然而道心惟微，圣谟卓绝，墙宇重峻，而吐纳自深。譬万钧之洪钟，无铮铮之细响矣。"如果把刘勰对经典的理解稍微放宽一点，刘勰所言真是切中肯綮。学界时常感慨我们的时代缺乏独创性的思想，那么问题出在哪里呢？笔者认为一个重要的原因在于研究者过度注重把经典作为自己批判的对象，而没有将经典作为颐养情志的炼金厂，结果没有培养出具有丰富而强大精神世界的作家或学者。笔者认为阅读经典看似迂缓，实则千古不易之康庄大道也；研究非经典看似捷径，实

则绠短而不可以汲深之迷途也。

（四）要在熔铸的基础上实现创新

目前，部分学者对创新的理解似乎存在误区，误以为创新就是彻底摆脱前人的依傍，独立创造一套前人未尝提到的思想和学说，这种创新观值得怀疑。正如歌德所言："事实上我们全都是些集体性人物，不管我们愿意把自己摆在什么地位。严格地说，可以看成我们自己所特有的东西是微乎其微的，就像我们个人是微乎其微的一样。我们全都要从前辈和同辈那里学习到一些东西。就连最伟大的天才，如果想单凭他所特有的内在自我去对付一切，他也决不会有多大成就。可是有许多本来很高明的人却不懂这个道理。他们醉心于独创性这种空想，在昏暗中摸索，虚度了半生光阴。我认识一些艺术家，都自夸没有依傍什么名师，一切都要归功于自己的天才。这班人真蠢，好像世间竟有这种可能似的！"歌德是对的，不用心于熔铸前人的伟大思想，而希望某一天提出完全独创的学说几乎是痴人说梦。歌德这样说是否意味着否定天才的主动性呢？非也。歌德认为天才的主动性主要表现在他们拥有"把外界资源吸收进来，为自己的高尚目的服务的能力和志愿"，"有坚强的意志、卓越的能力以及坚持要达到目的的恒心"。歌德还发现"各门艺术都有一种源流关系。每逢看到一位大师，你总可以看出他吸收了前人的精华，就是这种精华培育出他的伟大。像拉斐尔那种人并不是从土里冒出来的，而是植根于古代艺术，吸取了其中的精华的"。歌德不愧为伟大的天才，洞悉天才成功的奥秘。众所周知，伟大的天才几乎都是集大成的人物，如孔子、杜甫、李白、韩愈、欧阳修、苏轼、莎士比亚、歌德、马克思等等。他们之所以能够集大成不在于他们空无依傍，而在于他们善于转益多师，能够把外界一切美好的东西都吸收进来，然后用自己的心智去灌注熔铸。由此可见，熔铸式创新是人文社会科学创新的主要途径。这一点对于当下的中国学界尤其重要。我们正处在一个各种文化和文学传统交流并竞的时代，这就需要我们在去粗取精的基础上实行熔铸式创新。可以断言的是，未来的文化和文学形态必然是中西文化和文学合璧的产物，而不是由某个天才凭空创造的。

四、介入当代文学创作实践

笔者认为理想的文学作品是通过抒情或叙事来介入现实生活的，理想的文学理论是通过对文学创作发挥"磨刀石"的作用来介入现实生活的。因此，阅读经典不是终极目的，终极目的是通过发掘经典中蕴藏的宝贵财富来滋养当代文学创作，通过介入当代文学创作实践介入现实生活，从而实现文学理论的社会价值。但是这一理想状态在当下却遭遇尴尬，当下的文学理论与文学创作渐行渐远，呈现出明显的疏离状态。一些文学理论家根本不关注创作实践，一些作家对文学理论家的批评充耳不闻。笔者认为这种现状的形成与文学理论的学科设置不合理、文学理论重学术研究而轻视创作规律的总结有关。文学理论现在归属于文艺学学科，文艺学学科包括中国古代文论、西方文论、马列文论、现当代文论、文艺美学、中西比较诗学等多个研究方向，每个研究方向又包括广阔的内容。过细的学科划分虽然有利于学者的深耕细作，但是也把研究者束缚了在自己的研究领域之内，割断了与当代文学创作实践之间的纽带。文学理论是围绕文学展开的，由于文学与哲学、政治、历史、经济、文化等因素密切相关，很多学者便从哲学、历史、政治、文化、经济学、心理学等角度研究文学。这些研究本来也无可厚非，能够从不同的角度加深对文学的认识。但是如果对这种研究思路不加以任何限制，就会走向漫无边际，与文学创作实践渐行渐远，最终不能对文学创作发挥"磨刀石"的作用。当下文艺学研究的一个显著特征是有学术而无法指导创作实践，这是很多作家忽视文学理论价值的一个主要原因。当前的文学理论教给读者的主要是抽象的观念或知识，而不是能"使无天机者坐致天机"（皎然《诗式序》）的创作指南。这样的教学方式只能结出苦涩的果实，理论学习越多，创作能力越差，这是很多青年作家如韩寒等对中文系避之唯恐不及的主要原因。因此，笔者认为当下的文学理论必须实现一个转向，回到创作论的研究上来，通过研究创作过程来加强与创作实践的联系，使文学理论重新发挥"磨刀石"的作用。

此外，只有介入创作实践才能在现实问题的逼迫下发展经典，发挥经典的当代意义，借经典之光灼照出当代文学创作存在的病症并提出相应的治疗办法，实现经典智慧与现实的双向互动。否则，屠龙之刀再怎么锋利又有什么用呢？这个问题需要学界认真反思。众所周知，中国古代文论研究已经取得了丰硕的成果，但是由于中国古代文论的研究者很少介入当代文学创作，导致古代文论的许多真知灼见无法作用于当代文学创作。这是非常可惜的。如果文学理论放弃了介入文学创作的机会，也就放弃了介入现实生活的权利，最终必然危及文学理论存在的合法性。

面对文学理论的危机，许多学者开出的药方是采取跨学科研究或者以现实问题为出发点。笔者认为这些思路还没有触及问题的核心。跨学科研究主要是对研究思路的调整，不调整不足以切入研究对象，从这一点来说当然贡献卓著，但是它主要还是一种学术研究的思路，很难通过跨学科研究解决当代文学存在的危机。从现实问题出发看似有一定的道理，其实未必行得通。众所周知，如果研究者的主体精神很贫乏，就很难发现真正的问题所在，也很难给出切实有效的解决办法。笔者提倡研读经典的要义在于通过研读经典，丰富研究者的主体精神，使研究者具有宽广的胸襟、伟大的人格、深厚的专业素养、敏锐的文学感受力等品格。笔者认为丰富而强大的主体精神是研究者发现问题和解决问题的根本保障，抛开这一关键因素而希望通过跨学科等方法解决文学理论面临的危机是值得怀疑的。

第八章　汉语言文学写作研究

第一节　汉语言文学写作相关问题

目前，高校的汉语言文学专业的写作课存在着写作理论与实践脱节、课堂教学与写作训练脱节、教材编排与学生生活脱节等问题。要改变这一现状，必须从教学观念、教学模式、教材编排等方面进行改革。实行写作能力延续性训练，使汉语言文学专业学生的写作训练从大一到大四不仅有阶段性，而且有延续性，是切实提高学生写作能力的有效方法。

在高校汉语言文学专业课程中，写作是一门重要的基础课，也是一门实践性很强的课程。一方面，学得好对其他各门功课都大有益处，小到课程作业的阐述、课程论文的写作，大到毕业论文的撰写，都需要扎实的写作基本功；另一方面，写作作为一项能力，也是学生毕业后走向社会从事各项社会工作的重要技能。这门课程具有的技能性、综合性特点，要求写作教学无论是在课程学习中，还是在能力提高上，都必须进行大量的实践训练，才能获得良好的效果。可是在实际教学过程中，在写作训练方面却存在一些不尽如人意的地方，需要在教学中进行探索和改革。

一、写作教学中存在的问题

大学汉语言文学专业课程里，写作课是培养本专业合格毕业生的必修课，写作能力是体现该专业学生综合素质的重要指标。长期以来形成的一些教学模式、教学观念和教学方法，让学生产生类似的感慨："学起来似乎有兴趣，实际写作水平却难提高。"写作原本是一门应用性、操作性很强的课程，学生学过之后为何收效甚微呢？探究其原因，我们可以从教师和学生双方进行理性的分析。

（一）教师教学中的问题

从教师教学角度来看，无论是写作课的教学内容安排，还是教学方法都存在问题。

在教学内容上重理论、轻实践。当前汉语言文学专业的写作课教材大都分成两部分，前半部分是写作理论，笔者把它叫作"大理论"，即从宏观的角度，讲述文章的主题、结构、语言、表达等文章一般规律；后半部分是各类文体理论，笔者把它叫作"小理论"，讲的是各种文体的特点、要遵循的写作规律、文体格式及要注意的事项等等，还是理论类的东西。教师教学自然而然进入一种从理论到理论的空洞教学模式，这与真实的写作活动和学生的生活实践有较大的差距。学生在学习过程中，老师也会布置作业，会练习写几篇文章，由于缺乏系统性、连续性，练得又太少，所以难有大的提高，而且这些练习可能与学生的学习生活脱节，与未来的职业缺少真实的联系，造成所学的知识很难转化为实际的写作能力，难以与未来的职业生活接轨。

在教学方法上仅重视教师的主导作用，而忽视了学生的主体作用。大学写作教学比较重视教师的主导作用，教学中习惯于把教材的理论知识和学生习作作为教学依据，侧重对文章的主题、结构、语言、表达等方面做静态构件的分析，认为只要学生掌握了这些东西，就自然而然地提高了写作能力。实际上这样的教学只抓住了文章外显的构成因素来指导学生"写作"，却忽略了写作过程是作者的一种复杂的精神劳动，也是内部复杂的认知操作行为过程。这种教学方法，忽略了学生的主体作用，忽略了对写作训练的关注，导致学生只知道应该"写什么"（比如知道什么是好主题、好结构、好语言、好表达等），却不知"如何写"（怎样去确定好主题、组织好结构、选用好表达方式、选择好语言），所以到最后，还是不知如何写文章，写作能力的提高还是十分缓慢。

在写作训练上存在盲目性、缺乏延续性。大学里的写作课程大都在大一开一个学年，课程结束后，学生写作训练只是在大一时为完成老师布置的作业，而完成有限的几篇作文练习，加上老师布置作业时也有较大的随意性，系统性和目的性很难达到。以至于大一一过，不少学生的写作就处于完全自由和自觉状态，除了应付某个课程作业（比如某个课程须写一个小论文做考查作业）外，很多学生干脆就"停笔歇业"，直到大四要写写毕业论文时，才"重操旧业"，写作练习已经歇业两年了，这样的写作训练缺乏延续性和全程性，效果当然也就可想而知。

（二）学生写作中的问题

从学生写作情况看，由于对写作缺乏计划性、延续性训练，大学四年下来，写作普遍存在下面的问题：

内容上缺乏真实性。"做真人，说真话"，本来是为人处世的行为准则，也是提笔写作的准则。我们太习惯为作文而作文了，获取考试的高分成了我们唯一的目标，所以长期以来，我们看到的文章，从内容上来说大多存在"四不"现象：写自己不实，写亲人不亲，写学校不新，写社会不深。急功近利的写作态度，让学生写作时缺诚信，少真诚。不少学生为应付老师布置的任务，不惜采取"抄袭"或"下载加改头换面"的方式，交差完事。

主题上缺少创造性。文章的主题来源于写作者对生活的高度的富有见地的提炼。主题的平庸，往往根源于思想的平庸。不少学生对身边的人、周围的事、心中的情熟视无睹，更不能从生活中捕捉鲜活感人的细节，不能换个新的角度去审视身边的问题，不能从平凡的人物事件中挖掘振奋人心的精神，这样写出的文章，当然只能老生常谈了。

情感上缺少独立性。在情感上作文的本源是要"写我之见，抒我之情"，一切皆"着我之色"。但很多大学生已经习惯高中时为分数而作文的俗套，很少从"我"出发写生活，不敢打上浓烈的"我"的烙印，即使写"我"，也不能很好地认识自我，出现一般化、普泛化现象，这样对语言和结构都会产生影响，因此语言、结构就显得空乏、老套、无个性。

语言上缺乏准确性。按常理，汉语言文学专业的学生，最先过的应该是语言关。但是我们在改学生习作时发现，有不少的学生连最基本的"文从字顺"都做不到。如遣词不够讲究，造句前言不搭后语，错字、别字不太在乎，标点符号使用不当，卷面写得不够干净，字体写得不够美观得体等等。

虽然这些现象表面上看是教师或学生各自的问题，实则是一个问题的两面，要改变当前写作教学的这些问题，就必须彻底改革传统的写作教学思维模式、训练模式，以及训练的时间和空间。

二、写作教学改革的方向和对策

改变教学思维模式。大学写作教学，写作教师已经形成了一个较为固定的思维模式：认为只要教好了理论知识，学生掌握了理论知识，就自然会把理论运用到作文之中，实际上这只是老师的一厢情愿。学习写作理论是必要的，但必须明确，学生只有通过不断实践，才能使理论逐步转化为能力，才能切实提高写作水平，而且写作训练不能局限于对某种技法和体式的训练。写作的综合性和实践性特点告诉我们：写作这项复杂的精神劳动，其写作过程及其产品，都是作者综合素质的反映。写作训练要求教师要培养学生健全的人格，陶冶健康的情操，开发全面的智力，还要具备很强的思维能力和语言表达能力，这些东西都不是一时一刻可以完成的，而是要经过长期反复的实践。

因此，在教学中大学写作教师要改变现有的教学思维模式，明确教师不仅是"讲师"，还是"训练师"。如果把教学过程看成是一台戏的话，教师是"导演"，学生是"演员"，戏必须让学生登台演出，提高他们表演的积极性，教师只是做好"点拨""引导"工作，让学生在不断的练习中体会理论，真正把理论融汇于实践中。

细化学生训练模式。马克思主义理论告诉我们系统科学的理论永远是一切行动和实践的指南，写作理论对于写作实践的指导意义也不言而喻。反观中学时代的作文教学，不少的老师进行过多种多样的改革，有的训练思维，有的训练速度，有的注重知识的拓展，有的注重技巧的培训，不一而足。但还是存在写作理论的零碎与僵化、写作体验的被动与无奈、写作结果的肤浅与粗糙。探究其根源，缺乏系统、科学、完整的写作理论指导是一个重要原因。进入大学后，大学生学习环境相对自由，思想氛围相对活跃，情感体验相对丰富，这些应该能够激发大学生多年来受到压抑的写作冲动和写作欲望。但是他们的灵感、欲望、朝气、自信仿佛都被慵懒冲淡了，他们还习惯于中学时代所养成的写作方式，不在意什么理论，对思想和体验也浅尝辄止，让很多有才华、有潜力的大学生最终日渐平庸起来。

但怎样才能将大学里学的系统、科学、完整的写作理论化为真正指导学生习作的积极因素呢？笔者根据多年的写作教学实践和对写作教学的思考，2008年申报了一项省级教改课题——《汉语言文学本科专业写作能力延续性训练的研究与实践》。通过实践和改革，想从传统的写作课的教学模式和教学方法中解脱出来，从注重理论知识讲述而忽略写作训练的训练模式中解脱出来，让汉语言文学专业写作能力的训练从大一到大四贯穿始终，使写作能力的训练既有阶段性又有延续性，即大一时注重一般文体训练，重点又在于记叙文和议论文训练，适当训练文学文体，为后来的训练提供写作基本功；大二时重点训练实用文体；大三时训练课程论文；大四时主要训练毕业论文。使整个学习过程有目标、有重点，全程化。

通过这些训练的研究和实践，使学生树立正确的写作观，养成良好的写作习惯，从而进一步提高写作能力，为今后从事中学作文教学，或者从事文秘、行政工作，或是进行相关专业的深造都奠定较为坚实的基础，让他们成为真正符合市场经济需要的实用性人才。

具体做法是：大一时重点在讲授写作理论的同时，加强一般文体训练（重点在记叙文和议论文训练），要求学生训练篇数不得少于50篇，此项主要由任课老师督促完成，本学年完成后，将50篇结集成册，要求设计出封面、目录、前言、后记等，并进行评奖。旨在培养学生写作的基本功。大二时重点训练课程论文，要求其他任课老师配合，每门课不得少于两篇的课程论文，由专业课老师督促完成，把情况汇总给写作教研室。大三时重点训练实用文体。写作老师跟踪，大三学生结合社会实践，训练社会实践中运用得比较频繁的应用文体，不得少于40种。大四时重点训练毕业论文的写作。由论文指导老师配合，重点训练学生的初步科研能力，要求写出格式规范，内容有一定创新的论文。通过这种有训练目标、有训练内容的教学模式，以期能够改变现在的写作教学现状。

延伸训练时间空间。传统的写作教学，有的重视基础知识传授，有的重视文体写作，有的注重方法技巧的操练，但都限于大一时的任课阶段，并且数量少，程度浅。不论哪种情况，都不利于全面提高学生的写作水平。再加上纵向（时间）上没有考虑写作技能训练的延续性、全程化，横向（空间）上没有向其他课程的渗透，因此有不少的弊端。为改变这一现状，想通过进行延续性的写作训练的改革，打破原有的只重视理论或只强调训练的教学模式，通过四年的不同文体、不同阶段的训练，让教学从课内向课外延伸，让写作课向其他课程延伸，具体来说有下面几个方面的延伸：

从时间上看，将写作训练由大一延伸到大四。而且每一阶段都有训练的内容，这样才能全面提高学生写作能力。

从范围上看，由写作课渗透到其他专业课。从写作课的作文训练，延伸到课程论文、毕业论文，让其他老师参与，大大提高了写作的督促、训练的广度。

从深度上看，从基础写作拓展到应用写作，再到研究性写作（论文写作），使写作的水平不断升级。

社会在不断发展，人的认识在不断深化，大学写作课也将随着社会的发展变化而变化。这种变化对学生整个人生发展起着重要的基础作用。

大学阶段是每一名学生成长的一个重要阶段，大学生是一个具有鲜明特色的写作群体，大学写作也是具有独特阶段的写作现象。写作老师在指导学生进行写作训练时，将系统、科学的写作理论与具体的写作训练相结合，让他们在理论学习和写作实践中学习写作，在写作中充实自己、完善自己、提高自己，使大学生写作水平获得可持续发展和可持续提高，从而成为适应社会需要的专业人才。

第二节　汉语言文学写作的技巧

首先分析汉语言文学写作中的主要问题包括写作内容缺少真实性、主题创造性不足、情感独立性不够、语言不够准确等，随后介绍汉语言文学写作技巧，包括通过感性思维创作、运用个体意识写作、设身处地思考、剖析心灵深处、注重细节描写等，希望能给相关人士提供一些参考。

写作技巧是展现作者写作意图的基础条件。正常情况下来看，作者通常都是以某种写作意图为基础进行写作活动的，其中的写作意图其实就是作者想要通过创作表达怎样的思想以及描述怎样的生活，或是通过相关表达实现怎样的目的。想要实现写作意图就需要掌握各种写作技巧，如此才能更加直观、灵活地表达出自己的想法。

一、汉语言文学写作过程中的主要问题

（一）内容缺少真实性

说真话、做真人不仅是一个人生存的基本准则，同时还是汉语言文学中的写作基础。而学生在考试的压力下，经常会因为追求高分而进行写作，由此从一开始创作目标就错了。在学生写作过程中经常能够发现以下四种问题，分别是写社会不深、写学校不新、写亲人不亲、写自己不实。这种功利性的写作态度，导致学生在创作过程中缺少真诚性，不够诚信，大部分学生通常只是为了完成教师所布置的任务，甚至会为此而采取抄袭等。

（二）主题创造性不足

汉语言文学的创作源泉主要就是生活，通过对生活进行高度凝练形成文章主题。而思想平庸，就会导致主题的平淡。大部分学生在日常生活中对于周围的事和人通常会保持一种事不关己的态度，不懂得从生活中汲取灵感，经常从固定的角度来看待问题，不懂得转变思想，无法在平凡的生活和人物中挖掘出伟大的精神，这样文章也注定平淡。

（三）情感独立性不够

从情感角度上分析汉语言文学，主要就是抒发自己的情感，写自己的感受，所有的一切都赋予自身的特色。但是学生大部分都已经习惯了老生常谈，很少能从自己的角度出发理解问题，不敢将自己浓烈的特色刻印上去，即便是写自己，学生也无法准确地认识自己，经常出现普泛化和一般化等现象，从而影响文章的结构和语言，让整篇文章的结构、语言表现出一种无个性、空乏的特点。

（四）语言不够准确

汉语言文学中的基础性要求就是语言的准确性，其中写作的首要关卡就是语言关，但是在学生写作的过程中经常存在语句构造等方面的问题，比如标点符号的使用、错别字以及造句前后不搭等。

二、汉语言文学写作技巧

（一）通过感性思维创作

感性思维主要就是人们利用自身的感官，比如皮肤、舌头、鼻子、耳朵、眼睛等器官用来感知世界中的热能、声波、光波等因素，在一定的刺激下，将信息传输到中枢神经，随后经过相关处理，能够产生一种感性信息。感性思维是通过体验和感知来认识世界的。汉语言文学中的写作过程比较倾向于通过感性思维进行写作，为此也将文学作品看作是感性思维成果。文学是人们表达情感的主要渠道，通过感性思维进行创作，在感性的煽情和渲染下，需要作者也是情感丰富的，并将自己潜意识中的激情充分调动起来，用文字表达出自己感受到的一切事物。而读者在阅读后，才能获得诗意的感性。为此在汉语言文学的写作过程中，学生应该将自身的个性特征在文学作品中充分展示出来，其中就包含思维个性。

（二）运用个体意识写作

个体意识主要就是人在认识自己与客观世界之间的关系时，从主动和主导的角度出发，了解到自己拥有独立自主的人格，同时还是命运的主人。在汉语言文学的写作过程中，应该注重使用个体意识进行写作。文学是一种展示自己的方式，文学表现自己越忠实，自身的成就感就越大。文学写作过程中写的是作者的喜怒哀乐，阐述的是作者的内心情感。就像著名作家沈从文所提到的，所有的作品都应该拥有自己的个性特征，同时渗透着作者的情感和人格，想要实现这一目标，在写作过程中，就应该做到彻底独断。沈从文的《萧萧》中就描述了萧萧作为一个童养媳的生活，而这一主人公的原型其实就是沈从文的嫂子。沈从文亲身接触了童养媳的日常生活，失去了自由，也没有女性的独立人格，从而给作者的内心深处留下了深刻的印象。因为作者拥有不同的个体意识，因此作者内心感受也存在较大的差异，处理作品的方式也有较大的差异。文学写作属于一种创造性活动，因此需要具备独创性，避免千篇一律。

（三）设身处地思考

将自己彻底融入汉语言文学的整个写作过程中，通过自己的认识、见闻、体验和经历，引导读者走进自己创建的情境当中，让读者悟其理、感其情、传其意。即便是一个虚构的文章也应该将自己变成其中的线索人物、目击者和参与者，如此才能和读者之间产生情感共鸣。尽管写作的材料并非是将真实的生活全部引入进来，但是创作本来就是以生活为基础的，为此需要避免在写作过程中无病呻吟。写作教师应该科学引导学生描述自己的内心世界，将自己的所思所感通过自己独特的语言阐述出来。学生在创作中往往带有活泼、清晰等特点，幼稚中还带有一定的灵气。而部分学生在创作过程中会出现没有材料、写不出来等问题，主要就是不相信自己所说所想能够创作出符合时代潮流，拥有较强思想性的文章。

（四）剖析心灵深处

和汉语言文学中的写作相比，通常学生的私人日记水平反而会更高，更加真实、富有生气，产生这一现象的主要原因就是学生不能将真正的自己解剖出来，但实际上，敢于露丑反而比空洞的内容拥有更好的效果。真挚也是文章的核心灵魂。在写作过程中，就应该关注生活，将自己的所思所感和所见所闻真实地反映出来，写自己最想说的话，表达真实的喜怒哀乐，如此才能将被动转化为主动，将痛苦的写作过程变成一种愉悦的享受，提高文章的可信度和真实性，彻底改变现有的写作现状。

（五）注重细节描写

写作前应该学会感知生活的细节，用心观察生活中的人和事，做一个有心人，不能漏掉生活中的每一个微小细节，不断积累生活中的感动内容，并将其记录下来。在汉语言文学的写作中，应该利用自身情感载体，勾画出对生活的真切感受，创作出情感真实的文章。比如《隔着代沟，我看见了您》，就是从情感触发点入手，从父亲不经意间显露出来的白发，看到了和父亲之间的代沟。《路是月的痕》中则是以生活中的情感为载体，也就是父亲的笛声以及充满爱意的小路。尽管人的情感属于意识性的活动，但是情感活动又是由现实生活中的刺激所产生的，也就是说人类的情感和特定的物、人相关，尤其是某一强烈情感的爆发通常是从某一触发点开始的。在写作过程中也应该抓住情感触发点，带动情感浪潮。

综上所述，写作技巧是形成文学作品的主要组成因素，没有写作技巧也就没有文学作品中的艺术性，也就是会降低文学作品中表达情感、反映生活的完美度。这种艺术性也是由作者的写作技巧、创作方法和世界观所决定的，在各种实际的文学作品当中，艺术性就是在作家的基础世界观指导下，灵活使用多种写作手法从而创造出各种拥有较高审美价值的典型形象，读者在阅读中也能获得一种愉悦的审美体验。

第三节　汉语言文学专业写作实践教学

在探索汉语言文学专业改革的过程中，我们始终将"能写会说"定位为专业的核心能力，各措并举强化写作训练。为了进一步推进写作实践教学改革，探索写作实践教学新模式，我们率先在黟县屏山村建立了汉语言文学专业实践基地，带领学生在特定环境中深入生活，通过参与劳动、采访、调查等多种写作实践活动，让学生贴近生活、贴近底层、贴近心灵、贴近应用进行写作，这极大地提升了学生的综合素养和写作能力，作品的真实度、艺术性、感染力、说服力和文本的规范意识都得到了显著提升。

在探索汉语言文学专业改革的过程中，我们坚持把"能写会说"定位为专业的核心能力，并注重打造写作类、语言类课程群，积极开展课程建设和课程教学改革，不断强化"写""说"能力培养，切实提高教学效果。其中，对写作课的实践教学这个较为薄弱的环节，我们采取了一些举措推进教学改革，也取得了一定成效。但同时也发现了一些新的问题。为了解决这些问题，根据《安徽省地方应用型高水平本科院校建设标准（试行）》的要求，开始着力建设校外实践基地，积极建构写作实践教学新模式。通过科学设计、过程管理、严格要求等方式，积极组织学生到实践基地开展专业实践活动，将"看""做""写""说"融为一体，在真实的环境中进行观察、体验、采访、调查、思考和写作，并要求学生及时完成各项写作任务，切实提升学生的综合素养和写作能力，强化了写作文本的规范意识。这些做法及成效得到了一些著名作家、学者的肯定和好评，也受到了有关媒体的报道和推介。

一、采取各项举措加强写作实践教学

在当今社会快速发展和分工大调整中，汉语言文学专业人才的优势就是要成为适应社会发展、满足用人单位亟须的"笔杆子"。从该专业人才就业情况看，那些具备深厚的人文素养和较强写作能力的学生，更容易受社会和用人单位的青睐，更容易找到专业对口的工作。为此，我们一直采取各种举措，加强写作教学及写作实践。

第一，在人才培养方案设计中，突出写作课的重要地位。我们先后设置了基础写作课、应用写作课，加大了写作课的学分、学时，同时在"专业技能训练"实践教学模块中，还安排了较多课时开展写作实践活动。

第二，在教学理念上，倡导大写作、大实践，主张"在写作中学会写作"。所谓大写作，就是教育学生要跳出写作看写作，强调写作的开放性、现代性、系统性、创造性、审美性、应用性等，要通过全面提升自身的综合素养，建构写作与做人、写作与社会、写作与生活、写作与生命、写作与思维、写作与审美、写作与文化、写作与创造、写作与表达等相互协调、相互激发、相互提升的动态写作场，从根本上激活学生的多种潜能和写作内驱力，以避免封闭的、教条的、脱离实际的、局部的写作教学与写作训练。此外，从汉语言文学专业人才培养过程看，大写作的教育理念，还强调在所有专业课程教学中都要进行写作设计，都要布置并督促学生完成相关写作任务，追求合力提升学生写作能力，而不是仅仅依靠写作课的教学。

所谓大实践、"在写作中学会写作"，就是在重视写作理论的指导作用的同时，更要看到写作教学的根本特点就是具有很强的实践性。任何先进的写作理论如果不通过学生的写作实践转化为自身的写作素养与写作能力，就很难取得写作教学的实效性。正如学者赵国刚和段晶所言，要"树立实践教学与理论教学并重的教育理念，强化实践育人的重要性"，要"打破固有模式中理论与实践相脱节状态，有效地将写作理论转化为课堂及课外实践训练，真正让学生学有所得"。因此，在写作教学中必须高度重视写作实践。这主要表现在如下几个方面：其一，每个教学单元都要精心设计写作训练题，组织学生进行写作，上交电子文本，制作作品课件，组织学生在课堂演示、朗读作品，谈写作心得，要求师生共同参与对作品的评议和修改，切实提升学生对作品的感知力、判断力、评价力和修改能力。其二，课后布置写作实践题，要求学生开展写作实践，及时提交写作成果。其三，在上课期间，要求每个学生每学期都要独立开展系列写作活动，自写、自编、自配图片、自写前言后记、自我校对、自主印制一本图文并茂的个人作品集，作为写作课平时成绩的考核依据之一。其四，组织学生参加各级各类写作竞赛，拓展学生写作境界，提升写作竞争力。其五，鼓励学生申报大学生创新创业项目，或参与教师的项目研究，积极撰写相关调查报告、论文等。其六，鼓励学生自主写作、合作写作，发表新闻、文学作品、论文，或为学校有关部门、社会有关单位提供实用性写作服务等。通过这些写作实践，提高学生的写作能力。

第三，加强写作教材建设，建构便于开展写作实训的写作教学体系。为了便于推动写作教学改革，我们在借鉴国内优秀写作教材优点的基础上，积极组织老师开发具有本校特色的写作教材。我们明确提出"体现教改精神，构建训练体系，强化能力开发，提升教学实效"的编写宗旨，力求编写出具有创意的高质量的便于教学训练的写作教材。几年来，我们先后主编出版了《基础写作》《应用写作》《应用文写作》《应用写作训练教程》等省级规划教材，其中《基础写作》由高等教育出版社出版，在全国销量逐年增长。

第四，积极申报各级各类写作教研、课程建设项目，以教研、课程建设成果推动写作实践教学改革。多年来，写作教学团队先后申报了省级教研项目"建构现代的开放的科学而实用的写作教学体系""应用写作教学改革及训练模式研究"、省级精品课程"写作"、校级精品课程"应用写作"、校级重点教研项目"'工程化'教育理念与应用写作教学改革及课程网站建设研究""省级名师工作室"、省级重点教研项目"基于'写作育人'、创新创业能力提升的高校写作教学改革研究"、省级"汉语言文学专业综合改革试点"等，通过这些项目研究，取得了不少研究成果，促进了写作教学观念的转变，也推动了写作教学内容、教学模式、教学方法、教学手段、教学考核方式的变革。其中对写作实践教学的路径、方式和举措也进行了探索和实施。先后申报的教改项目《建构现代的开放的科学而实用的写作教学体系》《省级精品课程〈写作〉》教学内容更新及实践》《高校〈应用写作〉教学改革的探索与实践》均获得省级教学成果三等奖。同时，我们还积极参加国内写作界的学术会议，在会上交流我们的写作教改经验，受到与会专家的肯定和好评。我们提交的论文多次获得大会论文评比一等奖。

第五，改革写作课考核方式，将学生写作实践及成果纳入成绩考核。写作课是一门实践性很强的课程，如果按传统的以一张试卷决定学生成绩的考核办法，不仅不合理，也无法调动学生参与各类写作实践的积极性。为此，我们制定了《写作课教学及考试改革试行办法》，将学生写作实践的各类成果分类、分项、分级纳入写作课成绩考核，以逐项加分的方式累计学生平时分，再与考试成绩一起按比例合成学生写作课成绩。这样，既能充分调动学生参加写作实践的积极性，又实现了以能力考核为主的教改目标。

二、写作实践教学面临新的亟待解决的问题

尽管我们采取了多项举措，切实加强了写作实践教学，也取得了一定成效。但毋庸讳言，写作实践教学仍面临着一些新的亟待解决的问题。这些问题既有客观因素，也有主观因素，它们从不同层面影响实践教学的成效。主要有：

第一，校外实践基地建设不足，不利于沉下来开展综合性的多种文体写作实训。根据《安徽省地方应用型高水平本科院校建设标准（试行）》，要求着力建设"应用型人才培养基地等资源"（皖教秘高〔2018〕136号）。但多年来，我校汉语言文学专业建设的实践基地主要在校内某些部门或本市某些单位，在本市以外，没有建立实践基地。即使安排学生在本地实践基地进行写作实践，也很难集中一段时间，让学生独立开展各类实践活动，并根据活动情况，紧扣真实情境进行不同文体的写作实践。

有时仅仅是安排半天或一天到某地参观，然后让学生自己写作。这类写作实践，常常流于走马观花，很难深入进行观察、调查、体验和思考，从而获得有价值的发现，激发学生写作兴趣和动力，写出真实可信、有个性、有创意、有见解的作品或文章。此外，有些实践基地因缺乏特色和吸引力，难以激发学生热情，缺少助力写作的内涵，也会直接影响学生的写作成效。

第二，缺乏真实的写作情境，导致写作存在脱离实际、凭空想象、胡编乱造、下载拼凑、剽窃他人成果等不良现象。在开展写作实践教学过程中，有不少学生态度很认真，积极参与活动，严肃对待写作，但也有些学生有畏难情绪，对写作实践抱着敷衍了事、不思进取的态度。仅从写作实践成果的角度来看，其主要表现有如下几种：

其一，从课堂演示的学生作品看，有的作品存在严重失真的状况。在进行习作交流"会诊"的过程，会发现很多人物、事件、场景等方面的描述都存在细节不真实、想当然、随意编造的问题。课堂讨论中也常因写作失真问题哄堂大笑。围绕如何修改的争论焦点，也常是反复探讨如何做到真实、准确、贴切的表达，让学生充分感受到真实写作、准确写作的重要性和困难性，培养学生观察、体验、思考、写作、修改的耐心和对写作的敬畏心。

其二，从学生做的作品集看，学生写作仍存在各种各样的问题。虽然大多数学生都花了不少心血写作、编辑排版、校对，作品集印制也十分精美，前言后记也写得像模像样，写出了自己对写作的体验和感悟。但老师在细致审阅的过程中，也发现有的学生对外界事物、现实生活和身边人的观察大而化之，不细致，不具体，缺乏深刻的体验、分析和准确的把握能力，导致写作出现了很多问题，或情境不真实，或细节虚构，或前后矛盾，或没有把握事物的本质，或没有触及人物的灵魂，或没有发现问题，或没有表达个人感悟和见解等。例如有些散文、消息、求职信、个人简历、调查报告等文体写作还存在拔高、夸大、虚构、拼凑的问题。如有的写消息，写的却是远在千里之外发生的地震、举办的国际文化节或农产品博览会等新闻事件。经核查，学生并没有去采访，而是根据别人已发新闻稿加以编造、拼凑的，这已违背了新闻写作的基本要求。

其三，从开展实践活动的写作成果看，有的学生并没有认真参加相关实践活动，写作时不能依据真实的情景或事实进行写作，造成写作脱离实际。如写新闻稿，常根据别人的报道编写一个新闻稿交差。写调查报告，没有选好调查对象，没有确定调查目的，没有实地进行深入调查，没有问题意识，没有自己的发现和见解，只是从网上收集一些材料拼凑。这样的调查报告既没有实际应用价值，也失去了对调查过程、写作过程的真实体验。

第三，缺乏写作规范意识，没有通过较多写作训练、写作实践将不同文体的规范要求及文本的基本规范内化为写作素养，没有形成写作的敬畏感、自律性和自觉追求有效写作、完美写作、规范写作的内驱力。这一点首先表现在应用文写作上。学生虽然通过理论学习，了解到有关应用文体的基本特点、规范要求，但到具体写作时就将其抛在一边，不去认真回想或对照规范要求进行写作，而是凭想当然、信马由缰、随意写作，结果导致既文不对题又题不对文，完全背离了写作的文体规范性、主旨的切题性，最终变成了无效写作，甚至还闹出写作笑话。例如消息的导语、主体结构都有明确的内涵、分类和写作格式要求，但学生写消息时仍平铺直叙、事无巨细地进行事件描述，写出的稿子从标题到内容都不像新闻报道。再如写调查报告，尽管教师在教学中已结合文案详细讲解了调查报告的内涵、分类、特点和写作格式要求，但学生写起来仍没有突出体现调查情况、调查分析、调查建议等方面的内容，没有通过对材料进行有效提炼，对调查情况进行富有条理的凝练的概述，没有在概述的基础上进行多角度的深入分析，形成富有见解和应用价值的调查建议等，而是习惯于按时空转换的结构方式，从头到尾叙述调查的过程，将调查报告写成了长篇记叙文。

此外，在文本格式上常常出现各类低级错误。尽管我们在平时写作训练、写作实践方面都要求学生上交电子文本，并且特别强调文本规范，但学生交上来的习作或作品集，常常出现每篇排版不统一，包括字号、字体、行间距，甚至连每段开头空两字都做不到（有的开头顶格，有的空一字，有的空三字甚至四字），标题与作者、作者与正文中间各空一行都常常被忽视等。这些虽然是一些细节问题，但对于汉语言文学专业的学生而言，这类问题是不容出现的，也影响学生的专业素养和形象。

三、探索写作实践教学新模式的举措与成效

解决上述问题的途径主要有两个。第一，树立"写作育人"的教育理念，对学生加强写作教育（包括写作诚信、写作态度、写作境界、写作意志、写作品质、写作主体性、写作自律性、写作艺术性等），并且通过写作实践解决好写作与做人的关系问题。"因为写作的过程，实际上就是对写作者的灵魂和潜能不断进行激活、发掘、重组和表述的过程，也是将'人'提升为'写作主体'的过程。"

第二，就是要创造条件，为学生提供真实的写作情境，让学生参加各类实践活动，要求学生紧扣真实的情境、人物、事件和贴近实际的写作任务进行写作，以避免学生因缺乏生活体验而进行浮泛式写作、应付式写作、编造式写作等。因而经过认真思考，结合我校办学实际，决定首先从专业实践教学模式改革方面做出新的探索。为此，我们决定在黟县屏山村建立汉语言文学专业写作实践基地。这个皖南小村被誉为"徽州

风水第一村"，自然生态环境优美，文化底蕴深厚，乡风民风淳朴，历史与现实在这里交相辉映，传统与现代在这里融为一体，是全国很多艺术院校学生写生的实践基地。同样，选择这里作为汉语言文学专业学生的实践基地，有利于将学生置身于一个陌生新奇、极具吸引力、易于开展各类活动的真实环境中，以便调动他们参与实践的积极性，培养他们做人做事的综合素养和专业能力，激发他们的创造潜能。为了确保这次实践活动取得成效，我们确定了本次活动的宗旨：一是瞄准国内汉语言文学专业都在加强实践教学、积极探索实践教学新模式这一教改方向，谋划我们专业改革的新思路和突破口，力图敢为人先，有所作为；二是根据我校汉语言文学专业人才培养方案中的"专业技能实习实训"的时间安排，对学生的综合素养及"能写会说"的职业能力进行一次实战式训练和具体检验。为此，特将此次活动命名为"屏山村采风暨写作实践活动"，将实践的具体目标确定为：亲近自然，接触底层，考察历史，观照现实，用心感悟，用笔书写，培养人文情怀，提升写作能力。活动要求学生注意发现传统文明的奥妙与价值，感悟现代文明的特征与风采，在传统文明与现代文明的交汇处表达现代人的思考、追求与梦想。

为了确保活动取得成效，我们对本次采风暨写作实践活动的具体任务做了明确的要求和科学、合理的安排，使学生每天都有事做，每天都要写作。主要包括：其一，文学采风。要求学生结合自己的观察、劳动、体验和思考，写作与屏山村实践活动有关的现代诗、散文、散文诗等。其二，新闻采访。要求学生根据自己独立采访的人物、事件或开展的实践活动情况写作消息、小通讯等。其三，考察调研。要求学生自主选择调查对象，结合自身的观察和思考，写作一篇调查报告。此外，鼓励学生撰写与屏山村有关的广告词、解说词、演讲稿等实用文。其四，开展活动。即先后组织举办"行走屏山，话说实践"演讲会和"感悟屏山，抒写情怀"诗文朗诵会。通过演讲与朗诵，培养学生"能写会说"的专业能力。

此外，为了检验本次实践活动成效，要求每位学生必须完成写作任务，制作"屏山村采风暨写作实践活动作品集"（包括个人作品集、班级作品汇编），院部将举办作品评奖、作品展等。个人作品集是本次专业实践活动成绩考核的主要依据。个人作品集除了必须完成的作品外，每个学生还可以根据个人兴趣和写作情况，自由增加散文诗、解说词、说明文、演讲词、活动策划书、活动总结等。所有作品均要求配置相关照片。作品集制作要求学生自行设计，力求个性化，富有创意。班级作品汇编要求以班级为单位成立学生编委会，确定主编、副主编、责任编辑、责任校对、美编等，全程由学生自主审稿、编辑、校对、印制，切实提升学生的写作能力、编辑能力和文本规范意识。

经过为期一周的采风暨写作实践活动，达到了预期目标，在探索建构写作实践教学新模式方面取得了明显成效。正如蚌埠日报记者余小乔在《探索教学新模式传统专业焕新春》的深度报道中所言："高校普遍存在的'重理论，轻实践'的课程设置倾向，通过'走出去'写作采风的课程调整，在蚌埠学院汉语言文学这个传统专业得到了有效扭转。"可以说，这是我校汉语言文学专业推进实践教学改革的一次有效探索，是对该专业学生综合素养及专业核心能力的一次实地检验。其成效性主要体现在如下几个方面：

第一，通过这次采风实践，提升了学生的综合素养，增强了他们的集体观念、团队意识、合作意识、自律意识、审美能力、发现能力、创新意识和写作能力。同时，学生们普遍认为，这次实践活动还密切了学生之间、师生之间的关系。正如有的学生所言："这一周，是两年大学生活以来，学生之间最为亲密的一周。""除了同学以外，跟老师的距离也拉进了。平时上课，授课结束，老师学生各自退场，师生之间的交流少得可怜。而在屏山这一周中，因为采风写作需要，还有安全方面的顾虑，师生每天都有很长的一段时间是待在一起的。我们接触了老师们私下可爱的一面。她们会因为调侃而害羞，会因为一句夸奖而喜笑颜开，会因为美景像小孩子一样叫出声。这可爱的一面是我们平时所看不到的，一周下来，我们与老师似乎更加亲密了。"（胡菲）

第二，学生作品质量有显著提升，有的作品甚至超常发挥，显得出类拔萃，不仅洋溢着浓郁的生活气息、生命气息，还闪射出独特的悟性、灵性和思想的光芒，真正实现了对平时在校时那种"生编硬凑"式写作的一次质的超越和提升。正如蚌埠日报记者余小乔在报道中所描述的那样：汇总的"人人一本作品集，堆成小山一般。任意翻开其中一本，活动剪影、前言、诗歌、散文、新闻稿、调查报告、心得体会、后记，篇篇真情实感，页页图文并茂。短则16页、长则22页的作品集，握在手里沉甸甸的，流露出的是学生们对于'行走创作'的渴望"。"的确，经历过大自然熏陶和人文浸染的文字，美得有点醉人：'四月的屏山，映入眼帘的是猝不及防的绿，远山黛绿，近水浅绿，竹林翠绿，桑树青绿''远山如黛眉，近水似盈目，屏山古镇宛若婉约清静的女子，傲放在四季轮回里，只余了一双顾盼生姿的水眸望长了岁月''走出校园，看暮春苍翠的树叶撑满天宇的葱然，听水流叮咚歌唱的幽静，品绿茶在舌尖跳舞的奇妙，这样的时光真像一朵亭亭玉立的莲花，在记忆里永久地芬芳馥郁'……"特别是诗歌、散文、实践心得的写作都达到了较高水平。随意翻开每一个同学的作品集，那洋溢着才情、充满着活力、极具艺术表现力和感染力的文字便扑面而来，其中都蕴含着他们敏感、细腻、惊奇、独特的发现和感悟。限于篇幅，这里不再举例论述。

值得肯定的是，在这次采风暨写作实践活动中，学生所写的新闻稿、调查报告等都是贴近活动、贴近调查实际的，没有任何虚构编造的成分。新闻是紧扣每天开展的活动进行写作的，包括举办的"行走屏山，话说实践"演讲会、"感悟屏山，抒写情怀"诗文朗诵会等，是对整个活动进程的现场报道，切实培养了学生敏锐观察、及时采访、快速写作的能力。调查报告则是同学独立或自愿组成调查小组，紧扣屏山村的实际，自主选择具体调查对象进行调查和写作的。如《关于屏山村绿茶生产及销售状况的调查》《关于黄山屏山祭祀文化的调查报告》《关于屏山古村茶业资源的调查报告》《关于屏山村特产销售现状的调查报告》《关于徽州屏山古民居现状的调查报告》《关于屏山村石雕文化的调查报告》等，从标题即可以看出，这些调查报告有着确凿的真实性和较强的针对性、实用性，是在校园里无法写出的。

第三，通过开展相关实践、即兴演讲、诗文朗诵等活动和多种体裁的写作实践，学生完成了一次"做""写""说"相统一的实战训练，大大提升了他们的自主实践能力和"能写会说"的专业核心能力。在这次采风过程中，有很多令人难忘的事。例如学生上山采茶、挖笋，下山跟师傅学炒茶，做采访，搞调查，师生一起修改作品，举办演讲会、诗文朗诵会等，那种好奇、热情、认真的样子令人难忘。尤其是学生即兴演讲时，精神处于完全放松的状态，激情洋溢，妙语连珠，有的甚至完全按照个人感受，用生动幽默的语言进行表述，场面热烈，掌声雷动。这完全出乎预料，是我们老师在校时没有经历过的。演讲大大拉近了同学之间的距离、师生之间的距离，增强了集体的凝聚力。此外，学生在路边、在树下、在餐桌上写作的场景给各位老师留下了深刻的印象。因为这次采风布置给学生的写作任务是很重的，学生因集体住宿，写作环境受到影响，于是他们就自寻地点，见缝插针，抓紧写作，及时完成写作任务。

第四，采风归来，在老师的指导下，每个同学都对自己在屏山村写出的作品进行了认真、细致的加工修改，制作成了图文并茂的作品集。学院组织老师遴选出部分优秀作品，制作成作品展板，在学校艺术中心进行为期两周的展览。学校领导及有关部门领导、很多师生都参观了作品展，并给予了好评。笔者所在院校参加了与省作协领导有关学术会议、高校专家以及皖北地区部分作家应邀参观的作品展，对此次实践活动及取得的成果给予了较高评价。安徽省作家协会副主席、著名作家潘小平为作品展题词："读万卷书，不如行万里路。"安徽省作家协会副主席（现为主席）、著名作家许春樵欣然题词肯定此次实践活动："文字和想象带我们走向远方，走进屏山采风暨写作活动帮我们圆梦。成效显著，令人惊喜。"安徽省文艺评论家协会主席、安徽大学文学院博士生导师王达敏教授，则以"走进现场收获想象"的题词为学生点赞。安徽省写作学会会长、安徽大学文学院博士生导师赵凯教授为作品展题词："知行合一，为蚌埠文教学院学生采风活动点赞。"

第五，院部组织专家对学生实践作品进行了评奖，并向获奖的同学颁发了奖状。

同时，每个班级成立了编委会，由学生自主确定主编、副主编、责任编辑、责任校对、美编等，对本班作品进行整理、审改、编排，按照出版要求，印制出全班采风暨写作实践作品集。值得肯定的是这次无论是个人作品集，还是全班作品集，都严格按照事先确定的文本格式要求，经过三校后，均达到了文本的规范要求。通过本次编辑、制作、印制作品集的全过程实践，大大提升了同学们自觉追求文本规范、完美的质量意识，为以后从事写作奠定了基础。

第六，这次带领汉语言文学专业学生到屏山村进行采风暨写作实践活动受到各界关注、肯定和好评。其一，蚌埠日报社得知我们的实践情况后，专门派出深度报道组记者进行采访，于2017年7月21日在《蚌埠日报》以4000字的篇幅发表了《探索教学新模式传统专业焕新春》的深度报道，对笔者所在院校汉语言文学专业探索实践教学改革给予了充分肯定和大力推介。其二，2017年9月6日，安徽科技学院人文学院院长陈传万教授带领中文系主任、编辑出版系主任等一行来到笔者所在院校文学与教育学院，调研汉语言文学专业建设与改革情况，详细了解赴屏山村开展采风暨写作实践活动的具体做法、过程及成效，实地观看了学生采风作品展及个人作品集，认为这种做法富有开创性，成效显著，值得推广和借鉴。其三，我们应邀先后参加了2017年9月在徐州召开的中国写作学会现代写作学委员会学术年会、2017年10月在重庆召开的国际汉语应用文写作学会第十二次学术研讨会、2018年8月2日在澳门大学召开的国际汉语应用文研究高端论坛，在会上介绍笔者所在院校写作教学改革经验时，都着重介绍了我们赴屏山村采风暨写作实践的做法及成效，得到与会专家的充分肯定和较高评价。学会领导认为，蚌埠学院的这一做法富有创意和成效，值得大力推广。

综上所述，在探索汉语言文学专业改革的过程中，我们一直高度重视写作课程建设，倡导写作教学改革。在积极推进写作实践教学改革方面，采取了各项举措，强化了写作训练与写作实践，也取得初步成效。为了尝试建构写作实践教学新模式，我们率先在黟县屏山村建立了汉语言文学专业实践基地，带领学生在特定的环境中深入生活，观察和考察地方风土人情、社会风貌，参与各种实践劳动，开展各种调查及专业实践活动，通过真实的体验让学生贴近生活、贴近底层、贴近心灵、贴近应用进行写作，取得了明显的成效，受到学生、老师、学校领导、作家和学者的充分肯定和高度评价。当然，上述举措及采风实践活动只是我们探索写作实践教学改革的一次初步尝试，是我们开展系列专业实践活动中的一环。我们将在此基础上，继续创建更多新的实践基地，不断探索新的实践方式，丰富活动内容，从不同角度、不同层面提升学生的写作实践能力，力求将汉语言文学专业打造成笔者所在院校特色专业、重点专业，以提升学校办学实力，培养出更多更好的专业人才，为传承中华文明、推动社会进步和发展、实现伟大的中国梦做出更大贡献。

第九章　汉语言文学与人文素质教育

第一节　汉语言文学中人文素质教育的重要性

长时间以来，汉语言文学作为我国重要的语言文学教育学科，一直受到高校汉语言文学教师的高度重视，在培养大学生综合素质、促进大学生全面发展方面发挥着极其重要的作用。特别是对于新时期高校大学生来说，由于当前社会上相关信息相对繁杂，学生在繁杂信息的影响下往往无法树立正确的人生观和价值观，严重影响了学生的健康成长。而在汉语言文学中渗透人文素质教育则能够在完成基础知识传授的同时，对学生的思想价值观念加以引导，逐步培养学生养成正确的社会意识，能够客观地看待社会相关现象，为学生正确价值观的树立以及学生的未来发展提供相应的保障。

一、有利于学生综合素质的培养

我国高校汉语言文学的教学目标一般是向学生传授相关汉语言文学知识，希望学生经过系统的学习能够掌握扎实的理论基础，并且受汉语言文学的影响养成良好的文学素养和人文情怀，为学生未来的发展奠定基础。因此在汉语言文学教学中渗透相应的人文素质教育，能够让学生在掌握基本专业知识的基础上，受到经典文学的良性影响，在提升人文素养的同时，自身分析问题和解决问题的能力可以得到相应的强化，辩证思维能力和发散思维能力也可以得到显著的增强，促使学生的毕业竞争力逐步提升，为学生未来获得良好的社会发展提供坚实的保障。

二、能够陶冶情操，提升学生的精神境界

汉语言文学教学本身涉及一定的文学教育，在其中渗透人文素质教育能够促进汉语言文学教学的人文性得到充分的发挥，进而促使学生的文化艺术审美能力得到一定的强化，为学生精神境界的提升提供相应的保障。具体来说就是在汉语言文学教学中

渗透人文素质教学，能够以典型的形象、优秀的历史人物事迹等对学生实施潜移默化的思想影响，并以优美的文学语言陶冶学生的情操，促使学生在学习的过程中对文学、艺术以及人生观和价值观等形成更为深刻的认识，进而有效地提升学生的精神境界，为学生健康发展创造条件。

三、能够满足和谐高校的建设需求

由于在汉语言文学教学中适当地渗透人文素质教育，可以对学生的人文素养加以培养，能够引导学生树立正确的人生观和价值观，促使学生以客观公正的眼光看待问题，因此学生经过良好的人文素质教育，在面对社会相关问题和学校教育问题的过程中能够冷静分析，科学处理。简而言之，就是受人文素质教育思想的影响，学生可以正确处理学校学习和生活中的各项问题，并与教师和其他学生构建良好的关系，这对和谐高校的建设也产生着积极影响，在一定程度上满足了新时期和谐高校的建设需求，因此受到高校教育管理部门的高度重视。

第二节 加大汉语言文学教育力度的举措

一、选择优秀教师任教

课程教学质量的好坏在很大程度上取决于教师的教授水平，同一篇文章由不同的教师讲述带来的效果是不一样的，汉语言文化教育本身要求教师自身的文学素养要够高，且对文字有很好的驾驭能力，这对教师的教学能力也是一种考验。选择优秀教师任教能够带动学生的学习积极性，增进课堂气氛，在其渊博的学识下对整个课堂也就有更好的控制能力。在清华、北大，大学语文这门课都是由大师级人物来传授的，而且这堂课一直被认为是最受重视且要求最高的课程，学生在大师的带领下畅游文学天地，对自己素养的提升有很大的帮助。

二、教材内容合理取舍

大学语文作为一门选修课，因课时有限所以需要对相关篇幅做出取舍，怎样选择最佳的方式应该将权利留给学生，让学生选择自己感兴趣的篇章进行讲解。在课堂讲解中重点加强对有感染力、启发性文章的讲解，尽量激起学生的学习欲望，通过选择合适的科目也可以让学生和老师之间更好地互动，增进课堂的交流，活跃课堂气氛，在轻松的环境中提升学生的人文素质的教育。

教学内容是教学目标的主要体现。教学内容的合理筛选，将能够确保汉语言文学教学的实际作用，促进学生人文素质的提升。汉语言文学是大学汉语言文学教育中的重要科目，汉语言文学范围较广，涵盖内容较为全面，为保证实际教学效果，必须有针对性地进行筛选和增添。首先，汉语言文学教学内容应该尽量满足学生的兴趣和需求，按照学生兴趣和爱好进行教学内容的筛选，以提升学生的学习积极性。同时，汉语言文学的教学内容应该选择较为经典且积极的、寓意深刻的文章，并且能够对学生产生较为积极的影响。在实际教学的过程中，老师也应该加强对知识的渗透，课堂上做好相关知识的补充及延伸，在帮助学生掌握相关教学重点的同时，丰富学生的知识面，加强对知识的巩固，使学生能够从中得到积极的影响，为学生树立正确的价值观念。

三、考试方式改革

高校大学语文考试适宜使用灵活多样的方式进行，目前有很多高校普遍采用的是闭卷考试，这种考察方式对于学生来讲是最为反感的，而且在学习初期如果预知到最后要闭卷考试也会失去学习的热情和欲望，因此传统的闭卷考试方式不宜选择。适当采取多样形式进行，比如通过平时的上课学习程度及最后的掌握程度综合的方式，灵活使用诸如在课堂上回答问题的次数、读书笔记等，最后课程结束后的学习后心得等等，综合评定学生的掌握能力。并且不必非要严格按照分数来划定成绩，可以采取分级的形式，分为甲、乙、丙或者 A、B、C 登记成绩，学生之间成绩差异不会太大，在心理上也能起到很好的平衡作用。

四、积极开展教学活动，培养学生健全的人格

如果大学生人格方面存在一定的缺陷，对大学生的学习和生活都会有一定的影响，对学生的未来发展也是极为不利的。因此，在实际教学过程中应该加强对教学活动的制定，为学生培养健全的人格。比如，有的大学生在人际交流方面存在一定的障碍，有的大学生语言表达能力较差，且不愿意与人沟通，性格上的孤僻使得学生的发展受到很大限制。为此，在汉语言文学教学中，可以多组织一些教学活动，比如演讲比赛、诗词比赛以及场景教学等等，让学生主动去开展相关的交流活动，在学习和知识巩固的过程中去交流和沟通，消除学生的不良心理问题，促进学生的健康成长。

总之，随着大学生人文素质教育越来越受到重视，汉语言文学教育将在对学生人文素质引导和提升上做出更多的贡献，高校要加大对该类课程的投入力度，争取能够通过汉语言文学教育培养出更多、更优秀的高校人才。

第三节 汉语言文学与大学生人文素质教育的关系

汉语言文学之所以被列入高等教育中的重点教学科目，是因为它对学生表达沟通的训练、文化底蕴的积累以及个人素质的培养都有着一定的影响，也就是说汉语言文学对大学生综合素质的培养与提高有着非常关键的作用。大学生通过对汉语言文学的学习可以更好地领悟和感受中华文化的精髓与本质，这种人文素质将是他们未来生活中的一种精神力量，也是在这种力量的约束之下，大学生才能够拥有正确的世界观、人生观与价值观。本节对汉语言文学与大学生人文素质教育之间关系的研究，以汉语言文学对培养大学生的人文素质的重要性为主要分析点，分析汉语言文学在目前大学生人文素质教育中的实际状况，着重分析其中存在的不足之处，然后针对目前教育中所存在的问题提出几点策略，明确未来汉语言文学在大学生人文素质教育中的发展方向。

21世纪，国家提出了人才强国的战略计划，也对人才有了更准确的定义和更高的要求。人才不再是指那些拥有高学历、海外留学经验以及丰富的社会实践的人群了，而是指那些不仅具有高水平的专业技能，还拥有较高的人文素质的人群，这种变化也是针对目前随着我国社会的不断发展与进步，社会上出现了很多杂乱的思想观念的现状而产生的。人才首先应该是一个具有正确社会观、人生观、价值观的人。大学生作为国家的重点培养对象，作为人才的助理后备军，更应该重视对其进行人文素质的培养。

一、大学生学习汉语言文学的意义

（一）提高大学生的综合素质水平

汉语言文学的课程进入大学生的教学体系当中，首先是为了让学生对中华文学方面的内容有一个较为系统性的认识和掌握。大学生作为即将步入社会的一代人，他们即将成为整个国家的主要劳动群体，承担着为祖国的发展、为中华文化的传承贡献力量的使命，而了解中华文学是完成这个使命首先应具备的条件。有为祖国贡献自己力量的这种精神理念是大学生综合素质中的一部分。其次，大学生学习汉语言文学也是为了在整个社会不断变化发展的情况下，培养学生适应时代变化的人文素养。随着教育改革的不断推进，大学不断进行扩招型的项目，大学生也越来越多，大学生数量的增长速度远高于社会岗位需求数量的增长速度。在这种大环境下，公司在对大学生进行招聘与录用时对其提出了更高的要求，不仅使要具备扎实的专业技能，还需要具备一定的综合素质，包括大学生在校期间参加的学校性的活动、参加的社会性的活动、是否担任学生干部、参加的竞技性比赛、社会面貌等等。汉语言文学的课程之中，根据教师提出的一个观点，学生可以尽情地发表自己的看法与见解，大家之间相互交流与讨论，这种课堂状态可以有效提高学生的语言表达能力和分析问题的能力。教师布置的写作性的作业，学生不仅对所学的知识进行了进一步的归纳与总结，更是对自己的文字写作功底的一种培养与积累。综上所述，对大学生进行汉语言文学的教学能够提高其综合素质水平。

（二）培养情怀，陶冶情操

随着我国科技的创新与新经济的发展，人们生活水平显著提高，人们对日常生活的追求不再局限于吃饱与穿暖，而是开始注重生活质量的提高，而高品质的生活是人们自身的人文情怀与情操的一种外向性的表现，这种理念素质上的培养对即将步入社会生活的大学生而言是十分重要的。在汉语言文学的课堂上，学生阅读一些优秀的文学作品，从深沉的文字中感受到一个时代、一个地区或者某一个人的历史过往，对各个时期的社会背景、政治格局以及经济状态在自己的脑海中进行还原与比对，同时透过这些文字感悟到民族的一种精神、历史文化的一种积累，还有关于生命与生活的感悟，这种人文素养的培养有助于大学生拥有一个积极向上的生活情绪，特别是对那些对即将步入社会而感到迷惘大学生来说，这种积极的情绪使他们怀揣着热情去生活，也使他们拥有了直面生活中不如意的勇气。

二、大学生人文素质教育的现状

国家层面已经下发了积极落实大学生人文素质教育的相关文件，也就是说大学生人文素质教育的培养已经是国家重点关注的项目，但是从目前大学生的生活学习状态来说，人文素质教育的培养仍有待进一步推进，下文列举了几点大学生在当前教育模式下所存在的问题。

（一）大学生在大学生活中迷失自我，人文素质教育有待提高

大学的生活与之前的学习生活有着巨大差异，学习的自由化程度较高，学习的内容与学生个人学习意愿的联系越为紧密，与此同时，很多大学生在复杂的大学生活中迷失了自我。以下有几个较为典型的例子：第一种，大学生的课余生活不再被各种各样的习题册所占据，丰富的业余生活使一些学生接触到了一些新事物与一个新的群体，在一个新群体当中大学生之间很容易滋生攀比的心理。过度的攀比心，不仅使自己的心态越来越差，经济上的过高需求也为父母带去了更大的压力，结果很可能是一个家庭的不幸福；第二种，大学的课堂对学生的自觉性提出了更高的要求，但是有些学生无法及时适应新的课堂模式，导致自己的成绩水平与高中相比较不再具有一定的优势

性，这种心理的落差是导致大学生自暴自弃的一个重要原因。

（二）大学生人文素质教育方式存在弊端

在汉语言文学教育意义与理念发生变化的同时，它的教学方式也应该随之改变。传统的汉语言文学教学当中，让大学生记住相关的理论知识是教学的重点，却严重忽视了对学生人文素质的培养。随着教育改革的进行，大学生的汉语言文学课上的氛围变得更加积极与活跃，新加入的读书交流、即兴演讲、小组讨论、辩论赛等课程活动培养了学生阅读的习惯，有效地提高了学生沟通表达的能力以及看待事物辩证性的思维，但是教育的方式仍有待完善。首先，要善于与时代相结合，合理地运用多媒体的技术增强大学生对学习汉语言文学的兴趣；其次，教师应该给予学生一些将所学到的知识运用到实际生活中的机会与指导，使学生深刻地感受到汉语言文学的魅力以及知道如何更好地去应用一些学到的知识。

（三）大学生人文素质教育的教学内容与社会需求不协调

如前文所述，汉语言文学的教学目的是为了培养大学生的综合素质能力，更好地去适应不断变化着的社会，拥有一个高质量的生活状态。但是，从目前汉语言文学教育的教学内容来看，知识体系与现代社会的需求之间存在偏差。首先，从汉语言文学的教学课本上来看，它与传统的教学课本之间并不存在显著的差异性，仍然是一些优秀以及具有代表性的文学作品的罗列，仍然是以知识点为系统进行教学，并没有与各个相关的科目进行科学的融合，以进行知识点发散方面的教学内容。事实上，单一化的文学知识不但会大大降低同学们的学习兴趣，而且无法有效地对大学生的综合素质进行培养。其次，汉语言文学教学的课堂内容变得越加丰富，的确有助于大学生语言表达能力的提高，但是一味地追求沟通交流就忽略了实践的重要性，人文理念以及交流表达等能力培养的最终目的是为了让大学生更好地去实践，这种观念性的转变可以在学生的语言文字中得到表现，所以说实践能力就体现在大学生的文字表达之中。综上所述，对大学生进行人文素质教育需要设定一个更为完善的课程体系。

三、大学生人文素质教育的未来

（一）重视对学生人格的培养

现在众多大学生均存在人格缺陷的问题，主要原因就是在之前的学习生活中过于重视对理论知识的学习，而在与人相处交流、工作的合理安排、面对挫折的态度等方面的能力不足以应对正常的社会生活。大学生如果以这种不成熟的人格踏入社会，不仅不利于学生个人专业技能的发挥，也不利于社会的发展与进步。针对这个问题，各大高校应充分意识到对学生人格培养的重要性，以及语言文学的教学与大学人格的积极作用，具体的有效措施是，学校应该积极地举办一些具有教育意义的关于人文素质培养的活动。例如，院系之间的辩论赛、相关单位举办的模拟校园招聘的活动、法学院举办模拟联合国法庭等等，同时可以成立相关的社团，社团下设的主席团、外联部、秘书处、活动部等等，学生可以根据自己的意愿选择加入的部门。这种相互交流以及团队配合的活动能够有效地调节学生的心理问题，同时提高其综合能力。

（二）对教学内容和方式进行改进

针对上文所述的目前大学生人文素质教育存在教育方式方面的缺陷以及教学内容不够合理的问题，国家相关教育部门以及各大高校应该联合进行分析与研究，对目前的教学内容进行重新的修订，对当前的教学方式进行创新。首先，关于教学内容方面的修订，教学内容的设定应紧紧围绕教学的目标进行展开，所以教材中仅仅涵盖文学类的知识是无法满足教育目标的，相关部门可以结合教学实际对目前的教材内容进行合理的筛选，并科学地添加相关扩展性的知识；其次，关于教学方式方面的创新，高校应该引进先进的教学设备，增强大学生对汉语言文学知识的好奇心，达到最好的教学效果。

（三）创造良好的大学生的生活环境

大学的校园相对单一枯燥的初高中校园充满了自由，这种自由也导致了一些劣质的思想与活动存在其中，并且这些不健康的思想与活动存在一定的迷惑性和引诱性。有些同学在大学之中努力学习专业知识的同时不断地丰富自我，提高自己的综合素质；也有些同学重视培养社交能力，积极地参加各种活动而忽略了自己的专业课程；还有一些同学每天逃课来打游戏，也从不参加社交性质的活动，这三类同学将拥有不同的未来。而培养大学的良好人文素质一个重要的辅助条件就是一个良好的校园环境和氛围，良好的校园环境是一种无形的力量，培养学生积极向上的学习和生活的态度，也有助于身边优秀的同学以及教师对具有问题的同学进行影响和指点。

随着社会的不断发展与进步，社会对即将步入社会的大学生提出了更为全面性的要求，不再单纯地以学习成绩来对学生进行衡量，更多的是对学生综合素质进行衡量与判断。首先，从这种社会大背景以及目前大学生初入大学校园容易迷失自我的现状来说，通过对汉语言文学的教学来提高大学生的人文素质是十分必要的；其次，大学生作为国家培育的重点对象，人文素质教育的进行不仅有助于大学生提高自己的生活质量，而且对国家未来的发展也具有重大的意义。总的来说，对大学生进行人文素质的培养是未来大学生教育的必然趋势，上文中具体分析了汉语言文学教育与大学生人文素质培养之间的关系以及目前汉语言教育中所存在的一些问题，并且提出了一些有价值的改进策略，希望能为相关人员提供一定的参考。总的来说，国家教育部门以及各个高校应该共同完善汉语言文学教学的体系，加强对大学生人文素质的培养。

参考文献

[1] 李长 . 后现代教育思想指导下的汉语言文学教学方法分析 [J]. 现代交际，2016（8）.

[2] 蓝贤发 . 后现代教育思想背景下的汉语言文学教学研究 [J]. 群文天地，2012（12）.

[3] 朱峰 . 有关现代教育思想的汉语言文学教学探讨 [J]. 吉林广播电视大学学报，2012（2）.

[4] 石慧 . 论后现代教育思想下的汉语言文学教学 [J]. 教育教学论坛，2011（5）.

[5] 陈文蓉 . 审美教育在汉语言文学中的渗透研究 [J/OL]. 北方文学（下旬），2017（6）：157-158.

[6] 牛朝霞 . 地方高师院校中文本科生实践教学现状调查与分析：以长治学院汉语言文学专业为例 [J]. 长治学院学报，2016，33（6）：94-96.

[7] 顾路路 . 汉语言文学专业建设视阈下的文学社团建设路径探析 [J]. 新丝路（下旬），2016，（3）：130+132.

[8] 李蕾 . 学习型城市中市民的汉语言文学学习需求调查与开放教育的教改策略探索 [J]. 当代继续教育，2016，34（2）：21-25.

[9] 王蕾滋 . 新媒体环境下汉语言文学教学优化策略 [J]. 新西部（理论版），2016（4）：115+114.

[10] 王洁琼，章国豪 . 关于少数民族大学生的汉语言文学教学的研究 [J]. 才智，2015（29）：67-68.

[11] 熊北雁 . 互联网时代下的汉语言文学经典阅读体验研究 [J]. 中国战略新兴产业，2017（16）：37.

[12] 司晶卉 . 网络语言对汉语言文学发展的影响 [J]. 考试周刊，2017（20）：139+142.

[13] 翁少娟 . 关于新建应用型本科院校汉语言文学专业转型的若干思考 [J]. 广西教育学院学报，2017（1）：78-82.

[14] 贾佳 . 浅谈汉语言文学的追求和人的涵养 [J]. 长江丛刊，2017（14）：44-44.

[15] 彭晓兰. 浅谈汉语言文学的追求和人的涵养 [J]. 课程教育研究: 学法教法研究, 2017（29）：44-45.

[16] 李汀. 汉语言文学教学方式创新思考 [J]. 中国培训，2017：1.

[17] 陈文蓉. 审美教育在汉语言文学中的渗透研究 [J]. 北方文学(下旬)，2017(6)：157-158.

[18] 吕绍泽. 试论汉语言文学教学方式的创新 [J]. 新西部（理论版），2015，（24）：152+151.

[19] 张才忠. 试析汉语言文学教学方式的创新 [J]. 成功（教育），2013（4）：99.

[20] 张才忠. 试析汉语言文学教学方式的创新 [J]. 成功（教育版），2013（4）：99.

[21] 刘颖. 基于现代教育思想下的汉语言文学教学分析 [J]. 科技资讯，2014（32）：154-154.

[22] 靳喜娜. 浅谈提高汉语言文学教学质量的途径 [J]. 大观，2016（9）：176.